女生徒
じょせいと
EX-LIBRIS
©DEE TEN PUBLISHING CO.

女生徒

じょせいと

太宰治／著

李桂芳／譯

笛藤出版

目次

皮膚與心。

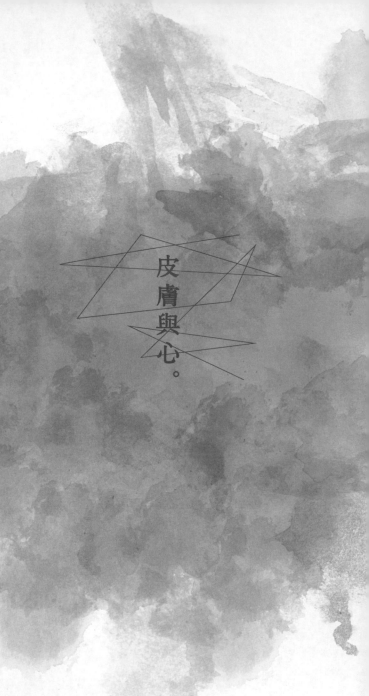

外へ出ると、陽の光がまぶしく、私は自身を一匹の醜い毛虫のように思いました。
この病気のなおるまで世の中を真暗闇の深夜にして置きたく思いました。

一走到外面，陽光眩目，讓我覺得自己像隻醜陋的毛毛蟲。
在我這場病康復之前，希望這世界都一直處在漆黑的深夜裡。

凸凸的，我在左胸下方，發現了一顆紅豆似的膿包。仔細一看，那膿包周圍，還有幾顆小小的紅色膿包像噴霧般散落開來，但這時完全不會癢。我覺得很討厭，於是在澡堂拿毛巾使勁地擦拭胸部下方，皮幾乎都要被我磨破了。但這樣擦拭好像反而造成反效果，回到家坐在梳妝台前，敞開胸對著鏡子一看，那模樣簡直無比噁心。從大眾澡堂到我家，走路不用五分鐘，在這短暫的時間裡，範圍就從胸部下方擴散到腹部，變得有兩個手掌般大，就像顆熟透的鮮紅草莓，我彷彿看到地獄繪般，四周頓時黯然失色。從那個時候開始，我已不再是從前的我了。我不再覺得自己像個人。所謂的茫然失神，大概就是指這樣的狀態吧。我久久呆坐於此。暗灰色的積雨雲滾滾而來，將我團團包圍，我彷彿遠離了現世，只聽得見微弱的聲響，好鬱悶，就是從這個時候，開始了我身處地底深淵的分分秒秒。就在我凝視自己鏡中的裸體時，像是淅瀝瀝地開始下起雨般，那裡、這裡到處都冒出了紅色的小顆粒，頸部周圍，從胸口、腹部蔓延到背後。我拿起另一面鏡子往背部一照，雪白的背脊上像是散落著紅色冰霰，冒得滿滿的。我不禁摀住了臉。

「長了這種東西……。」我讓他看了。那是六月初的事。他穿著短袖襯衫、短褲，好像已經做完了今天的工作，他閒坐在辦公桌前抽著煙，聽我這麼說後他站起身，一下要我朝這，朝那兒地給他看，他皺著眉，仔細地瞧，並用手指到處按壓，「不癢嗎？」他問。我回答他，不癢。真的一點感覺也沒有。他納悶地歪著頭，要我站在能照到午後陽光的檐廊上，繞著赤裸的我打轉，聚精會神地仔細察看。他總是非常仔細地留意我的身體。雖然非常沉默寡言，但我很明白，他心裡一直很珍惜我，所以即使他要我以害羞的赤裸之姿，站在檐廊的光亮處，一下朝東、一下朝西地轉，再以指尖任意地輕撫搔弄，我也無所謂，反而還覺得很安心，彷彿像是和神祈禱般的平靜。我輕輕闔上雙眼，希望能就這樣到死之前都不睜開雙眼。

「不知道耶！如果是蕁麻疹的話，應該會癢啊！該不會是麻疹？」

我苦笑著，邊穿上和服邊說：

「大概是皮膚對米糠過敏吧！因為每次上澡堂時，我都很用力使勁地擦拭胸部跟脖子。」

應該是這樣吧！大概吧！如此推測後，他便到藥局買來一條白色稠狀藥膏，靜靜地用手指將藥塗抹在我身上。我的身體馬上就涼了起來，心情也變得輕鬆了，

「應該不會傳染吧？」

「別擔心！」

雖然他這麼說，但我明白他的傷感是來自於對我的同情，而這份心意透過他的指尖，在我腐爛的胸上痛苦地發出聲響。唉……我打從心底希望能早日康復。

他總是小心翼翼地守護著我醜陋的容貌，我的臉上有很多可笑的缺點，但他卻連這類的玩笑話也都未曾說過，真的從來都沒有取笑過我的長相，總是像晴空般清澈，一副心無旁騖的樣子。

「妳有張很美的臉蛋喔！我很喜歡。」

他甚至會脫口說出這種話，而我則是常為此感到慌張困惑。我們今年三月才剛結婚。

就連「結婚」這個詞，對我而言都實在是做作輕浮，幾乎無法心平氣和地說出口，畢竟我們倆既懦弱又貧困，生性也怕羞。首先，我已經二十八歲了。因為我樣貌不佳，所以沒什麼姻緣。雖然在二十四、五歲時，即使是我這種人也曾有過兩、三個機會，但親事總是談了談又破局。主要是因為我家也不算是有錢人家，是由母親一個人，再加上妹妹和我三個女人所組成的弱勢家庭，會有什麼好姻緣，根本不用指望，算是個奢望吧！到了二十五歲，我下定了決心，就算一生嫁不出去，我也要為母親效勞，養育妹妹，並以此作為我生存的意義。妹妹和我相差七歲，今年就要二十一歲了，長得漂亮，也漸漸不再任性，成為了一個懂事的孩子。於是決定幫妹妹招一位優秀的贅夫後，我就要過我自己的生活了。在那之前，我會待在家裡，諸如家計、交際應酬，全都由我張羅，我會來保護這個家。一旦下定決心後，心中一直以來的瑣碎煩惱全都煙消雲散，痛苦、寂寥也都離我遠去。在做家事之餘，我還會努力練習裁縫，也漸漸開始試著接一些訂單，幫鄰居家的孩子做衣服。正當我朝著自立自強的路邁進時，就遇上了現在的他。由於來說媒的人算是亡父的恩人，因為有恩於他，所以無法隨便回絕，就談話內容得知，對方只有小學畢業，上無雙親下無手足，是被亡父的恩人撿到，從小拉拔長大的。當然對方也沒有什麼財產，是名三十五歲，小有技術的圖案工。月收入有時雖會超過二百圓，但偶爾也有沒半點收入的情況，平均起來，一個月大概賺七、八十圓。而且對方並不是第一次結婚，他曾和心儀的女人一起生活了六年，前年兩人因某些原因分開後，他便因自己小學畢業，沒有學歷、也沒財產、年歲又大等等原因而對婚事澈底死心，所以打算一生不娶，悠閒過日，當一個單身漢。對此，亡父的恩人說：「如此一來，他會被大家視為怪胎，這樣不太好，想趕快給他討個媳婦，我才可以稍微放心。」看到他悄悄說給我們聽的模樣，我和母親不禁面面相覷。因為這實在談不上是一門好親事。就算我是個嫁不掉的醜女，但我又沒犯什麼錯，難道我不和那種人結婚的話就嫁不出去了嗎？我起初很生氣，但後來又莫名地難過起來。除了拒絕，別無他法，可是來說媒的是亡父的恩人、是需要顧慮情面的人，正當我和母親懦弱地猶豫該如何不失禮地拒絕時，我突然覺得他很可憐。他一定是個溫柔的人。就連我，也只有從女學校畢業，並沒有什麼特別的學問，也沒什麼錢。父親已經去世，是個弱勢家庭。而且，如大家所見，我既是醜女，年紀又老大不小了，我才是毫無可取之處。說不定我們會是相配的夫妻。反正，我是不會幸福的。總比拒絕後，和亡父恩人的關係變得尷尬還要好。我的想法逐漸轉變，而且難為情的是，我可以感覺到自己的臉頰正微微發熱。母親一臉擔憂地問我：「妳真的願意嗎？」但我並沒有回應母親，直接允諾了亡父的恩人。

婚後，我很幸福。不！不對，我果然，必須說自己幸福才行，不然會遭天譴的！我被照顧得無微不至。他總是很軟弱，再加上曾被之前的女人拋棄，因此他更是一副唯唯諾諾的樣子，實在很令人受不了，一點自信都沒有，又矮又瘦，長相也很寒酸。不過，他對工作很賣力。讓我最震驚的是，有次匆匆一瞥他的圖畫，總覺得那張圖似曾相似，真是個奇妙的因緣巧合！我問了他，確認心中的疑問後，我似乎從那時起才開始愛上他，心臟噗通噗通地直跳。原來銀座那間知名彩妝店的藤蔓薔薇商標就是他設計的。不只那個商標，那間彩妝店推出的香水、肥皂、蜜粉等產品的標籤設計，以及報紙上的廣告，幾乎全都是他設計的圖案。聽說十幾年前開始，就已經是那間店專屬的設計，那具有獨特風格的藤蔓薔薇商標、海報、平面廣告……幾乎都是由他一個人繪製的。如今，那個藤蔓薔薇的圖案，就連外國人也都記得，就算不知道那間店的店名，只要看過藤蔓薔薇優雅地相互交纏的圖案，不論是誰都會將它記在腦海裡。就連我，自女校以來，好像就知道那個藤蔓薔薇的圖案了。我莫名地被那圖案吸引，即使離開女校後，我的化妝品，也全都是使用那間店的產品，可以說是它的支持者。但我從沒想過那個藤蔓薔薇圖案設計者的事。真是迷糊到不行，不過，不只是我，我覺得世上的所有人，就算看見報紙上的漂亮廣告，也不會去想美工的事吧？美工，就好比無名英雄！就連我，都嫁給他好一段時間了，才第一次注意到這件事。知道的當下，我相當開心興奮地說：

「我從女校開始，就非常喜歡這個圖案了。原來是你畫的呀！好高興！我好幸福啊。原來早在十年前，冥冥之中就已經和你結緣了。看來嫁到這邊，是早就註定好的呢。」

他紅著臉說：「別戲弄我了。不就是個技術活嗎……。」他打從心底感到難為情，眼睛眨啊眨的，接著無力地苦笑，露出哀傷的神情。

他總是太看輕自己，我明明什麼都沒多想，但他卻對學歷以及再婚、窮酸樣等事非常在意，耿耿於懷。這樣的話，像我這種醜八怪，又該如何是好呢？夫婦兩人都沒有自信，總是戰戰兢兢，彼此的臉上都布滿了羞愧的皺紋。他有時好像希望我能盡情地向他撒嬌，但我已經是二十八歲的中年婦女了，況且長得又這麼難看，再加上看到他沒有自信又自卑的樣子，我也被他感染了，變得有所顧忌，因而怎樣都沒辦法天真可愛地向他撒嬌，儘管心裡愛慕他，我卻總是嚴肅又冷淡地回應他，結果就讓他不開心了。我就是很明白他內心的感受，反而更不知所措，簡直像對待外人般過於客套。而他似乎也很清楚我缺乏自信，有時都會突然蹩腳地稱讚我的長相或和服的花紋等等，因為知道他的用意，所以我一點都不高興，內心總是鬱悶，令我難過地想哭。他是一個好人。我真的不曾意識過前一任的存在。託他的福，我總是忘了這件事。就連這個家，也是我們結婚後新租的房子，他之前獨自住在位於赤坂的公寓，他可能也不想繼續留下不好的回憶，加上對我的體貼顧慮，他將之前的家產、傢俱全數變賣，只帶著工作的用具，搬到築地的這個家。然後，我也向母親那邊拿了一些錢，兩人一點一點地購買生活起居的用品，再加上被褥和衣櫃是我從本鄉的娘家帶來的，所以完全沒有那個女人的影子，到現在，我已很難相信他曾經跟我以外的女人一起生活了六年。說真的，如果他不要那麼自卑，對我兇一點，斥責我、蹂躪我的話，我想我也許能天真地唱起歌來，並能盡情地向他撒嬌，我們家也一定可以變得很開朗。然而，我們兩人都自覺醜陋，互動生硬。我這種條件就算了，但他為什麼要如此自卑呢？雖說他只有小學畢業，但就教養而言，他與大學畢業的學士並無差別。說到黑膠唱片，他也蒐集了很多品味絕佳的收藏，還會在工作空檔，認真地閱讀那些我從未聽過的國外新秀小說家的作品，而且還創造了那個世界級的藤蔓薔薇圖案。儘管他偶爾自嘲自己的窮困，但這陣子工作很多，有一百圓、兩百圓等大筆金額入帳。就連前些日子，他還帶我去伊豆泡溫泉呢！然而他到現在仍然很在意被褥、衣櫃和其他傢俱是由我母親買來的事。看他如此在意，我反而覺得很羞愧，好像做了什麼壞事一樣，那明明都只是些便宜貨，我難過地想哭。因同情、憐憫而結婚是個錯誤，我或許還是一個人生活會比較好，我曾在夜裡閃過這類可怕的念頭，甚至腦中還曾湧現過可惡又不貞的想法——想和更強勢的人在一起。我是個壞女人。婚後首次的青春之美，就這樣灰暗地度過了，這股悔恨，讓我痛徹心扉，恨不得想咬緊舌根，真想趁現在拿些什麼將它填補起來，和他兩人靜靜吃晚飯時，有時仍會難掩悲傷，手裡還拿著碗筷，就露出泫然欲泣的模樣。都怪我的慾望，明明長得這麼醜，還盼望什麼青春。只會讓人笑話罷了。光是目前的生活，對我來說就已經算奢侈的幸福了，我必須這樣想才行。就是因為在不知不覺中變得任性，這次才會長了這麼噁心的膿包。大概是因為塗藥的關係，膿包不再擴散，說不定明天就會好，我暗自地向神明祈禱後，便在那晚提早休息。

我一邊睡，一邊深思，並愈發覺得不可思議。不管生什麼病，我都不會害怕，但唯獨皮膚病，我完全、完全沒辦法接受。無論要經歷多大的辛勞、多難熬的窮困都沒關係，我就是不想得皮膚病。就算少了一隻腳、缺了一隻手，也比得皮膚病還要好！在女校上生理課時，有教到各種皮膚病的病菌，當時覺得全身發癢難耐，恨不得馬上把教科書上刊載病蟲跟細菌照片的頁數撕毀。而老師那遲鈍的神經真是令人憎惡。不！就連老師，也不是心平氣定地教課。只是因為職務的關係，才努力忍耐裝作一副理所當然的樣子上課。一定就是這樣！一旦這麼想後，更覺得老師的厚顏無恥實在卑鄙，令我煩躁不已。那堂生理課結束後，我和朋友做了討論，疼痛、搔癢、發癢，這三種哪個最痛苦？對於這樣的議題，我斷然主張發癢是最可怕的。難道不是嗎？疼痛、搔癢，都是有個知覺上的極限。被打、被砍或者被搔癢，當那痛苦達到極限時，人就一定會失去意識。昏迷之後，便會進入夢幻的境界。也就是昇天。能夠從痛苦中完全解脫。就算死了，也無所謂！但是，發癢卻像潮水，漲潮、退潮、漲潮、退潮，無止盡地緩緩蠕動、扭動，絕不會達到臨界點，所以不會昏厥，也不會因為發癢而死，只能永遠承受這種不干不脆的痛苦。不管怎麼說，沒有比發癢更難熬的痛苦了。我就算被抓到江戶時期的白州[1]接受拷問，無論是被砍、被打，還是被騷癢，我都不會因這點苦而自白的。因為拷問到一半，我肯定會失去意識，要是繼續挨上兩、三次罰，我大概就會死掉。我才不會吐出實情呢！我會賭上性命守護烈士的藏身之處，守護他到底！不過，如果拿出滿滿一竹筒的跳蚤、蝨子或疥蟲，並說著：「嘿！我要把這些東西倒在妳的背上！」我就會全身汗毛直豎，渾身打顫喊著：「招！我招！饒命啊！」罔顧烈女的身份，雙手合十哀求對方。光只是想像，就厭惡地想要跳起來。當我在休息時間對朋友這麼說後，朋友們都紛紛產生共鳴。有次在老師的帶領下，全班去了上野的科學博物館，記得是在三樓的標本室，我突然「啊」地大聲慘叫，悔恨地哇哇大哭。皮膚寄生蟲的標本被製成和螃蟹一樣大的模型，並陳列一整排展示於架上，真想大喊一句「笨蛋！」後，拿根棍棒把它們砸得粉碎。那之後的三天，我輾轉難眠，總覺得好癢，連飯也不香了。我甚至連菊花都討厭。小小的花瓣密集地重疊，簡直像某種東西似的。就連看到樹幹凹凸不平的模樣，也會突然渾身發癢。我無法理解能平心靜氣吃下鮭魚卵的人。牡蠣殼、南瓜皮、碎石路、蟲啃食過的葉子、雞冠、芝麻、絞染、章魚腳、茶葉渣、蝦

1 江戶時期審判罪犯的場所，因鋪滿了白色的砂礫，於是被稱為白州。

子、蜂巢、草莓、螞蟻、蓮子、蒼蠅、鱗片，我全都討厭。也討厭標注的假名[1]。小小的假名看起來像是虱子。茱萸果、桑椹全都討厭。看到月亮的放大圖，我也覺得噁心想吐。就連刺繡，有些花紋我也無法忍受。就是因為這麼討厭皮膚病，我自然對皮膚也格外用心，到現在幾乎不曾長過膿包。結婚之後，我每天都會去泡澡，用米糠使勁地搓洗身體，一定是因為搓過頭了吧。長出這樣的膿包，實在讓人覺得又悔又恨。我到底做錯了什麼？神呀！實在太過分了。竟然故意讓我長了我最痛恨、最痛恨的東西！又不是沒有其它疾病，就像是正中那微小的紅心般，居然讓我掉進我最害怕的洞穴裡，我深深地感到不可思議。

隔天早上，天剛破曉我就起床了，悄悄地照著梳妝台，我「啊——！」地哀嚎了起來。我是妖怪！這不是我的身體！全身看起來就像顆爛掉的蕃茄，脖子、胸部、腹部上都冒出一粒粒奇醜無比，如豆一般大的膿包，像是長了角、長出了香菇一樣布滿全身，令我想呵呵呵地苦笑。不久就要擴散到雙腳了吧。鬼！惡魔！我不是人！就這樣讓我死了吧！

但我不能哭。身體都變得這麼醜陋了，要是還抽抽噎噎地哭，不但一點也不可愛，反而更像顆熟柿子被用力壓碎般的滑稽、淒涼，成為一籌莫展的悲慘光景。我不能哭。要藏起來。他還不知道，我不想讓他知道！本來就很醜陋的我，肌膚還變成這樣腐爛的狀態，我已經沒有任何可取之處了。是廢渣、是垃圾筒。變成這樣，他也沒有什麼詞彙能安慰我了吧！我也不想被他安慰。他若還是繼續寵愛我這副身體，我會輕蔑他的！討厭！我好想就這樣離婚！別再寵我了！不要看我，也別待在我旁邊了！啊啊！好想要更加更加寬敞的房子。好想一輩子待在相距甚遠的房裡生活。要是沒結婚就好了！要是沒活到二十八歲就好了！若能在十九歲，患上肺炎的那個冬季，沒康復直接死掉就好了。如果在那個時候死了的話，現在就不會遭遇到這麼痛苦、難堪，又慘不忍睹的情況了。我緊閉著雙眼，一動也不動地坐著，只有呼吸急促地起伏，就在這時我感受到我的心已遭魔鬼盤據。整個世界萬籟俱寂，昨天以前的我已然逝去。我蠕動著身軀，像野獸般起身穿上和服。我深深感受到

1 日本獨有的表音文字，主要有平假名、片假名。

和服的美好。不管是多麼可怕的胴體，都能像這樣好好地隱藏起來呢。我打起精神，往曬衣場走去，嚴肅地瞪著太陽，我不由得深深嘆了一口氣。耳邊傳來收音機體操的號令。我一個人開始悲傷地做起體操，小聲唸著一、二，試著裝出很有精神的樣子，但突然無法克制地覺得自己很可憐，再也沒辦法繼續做體操，淚水就快要奪眶而出。而且，不知道是不是現在突然運動的關係，頸部和腋下的淋巴腺隱隱作痛，輕輕一摸，全都硬硬腫腫的。一察覺後，我已無法站立，崩解似的整個人跌坐在地。我很醜，所以一直以來總是卑微地躲在陰影處，躲躲藏藏避人耳目地活到現在，命運為什麼要如此捉弄我呢？一股足以將人燒成灰燼的怒火正油然而生，就在那時候，

「哦！原來妳在這啊。這麼消沉下去可不行。」他在後方如此溫柔地低語著。「怎麼樣？好一點了沒？」

本來想回答好一點了，但我卻輕輕推開他溫柔搭在我肩上的右手，站起身說：

「我要回房了。」脫口說出這種話，連自己都變得不認識自己了。我無法為我的言行

負責了，不管是自己還是宇宙，我都沒辦法再相信下去了。

「讓我看一下！」他那困惑又窒悶的嗓音聽起來很遙遠。

「不要！」我抽開身，雙手摸著腋下說：「這裡長出硬硬的東西。」我放下雙手，倏地哭了起來，無法克制地放聲哭喊。這不像樣的二十八歲醜八怪，縱使撒嬌哭泣，也毫無令人憐愛之處，雖然知道自己非常醜陋，但淚水就是不停奪眶而出，甚至連口水也流出來了，我簡直一無是處。

「好了，別哭了！我帶妳去看醫生。」他的聲音第一次如此果斷地響起。

那天，他請了假，查了報紙的廣告後，決定帶我去找皮膚專科名醫，那位醫師的名字，我之前也曾聽聞過一、兩次。我一邊更換外出的和服，一邊問：

「身體一定要給別人看嗎？」

「是啊！」他非常高雅地微笑回答。「不要把醫生當男人唷！」

我臉紅了起來，覺得有些高興。

一走到外面，陽光眩目，讓我覺得自己像隻醜陋的毛毛蟲。在我這場病康復之前，希望這世界都一直處在漆黑的深夜裡。

「我不想搭電車！」結婚以來，我第一次提出這麼奢侈的任性。我曾在電車上看過手上長滿恐怖膿包的女人，自此之後，我都覺得抓電車吊環很髒，作嘔地擔心會被傳染。然而，我身上的膿包已擴散到手背，現在的我就跟那女人一樣了，對於「惡運纏身」這個俗語，我從未像現在這樣，如此深切地理解它的含意。

「我知道了！」他以開朗的神情回答，並讓我坐上轎車。從築地、日本橋，直至高島屋裡的醫院，雖然只有一小段的路程，但這段時間裡，我有一種乘坐葬儀車的感覺。只剩眼睛還活著，我茫然地眺望初夏的巷道，走在路上的男男女女，都沒有人像我一樣身上長膿包，真是不可思議。

到了醫院，和他一起進入候診室，這裡有著與俗世完全不同的風景，我突然想起很久以前在築地小劇場[1]看過的舞台劇〈在底層〉[2]的舞台場景。儘管外頭綠意盎然，陽光燦爛，但這裡是怎麼回事呢？即使有陽光卻仍舊昏暗，空氣中飄散著冷冽的濕氣和刺鼻的酸氣，彷彿盲人們垂頭喪氣地擠在一起⋯⋯。雖然這裡沒有盲人，卻有種殘疾的感覺，我很訝異竟然有那麼多老爺爺、老奶奶來看診。我坐在入口處附近的長凳邊緣上，像死去般垂著頭閉上了雙眼。瞬間，我留意到在這眾多的病患中，我可能患有最嚴重的皮膚病。我驚訝地張開雙眼，抬起頭，偷偷瞧著每名病患，果然沒有任何一個人像我這樣亂長膿包的。我從醫院玄關的看板上，第一次發現原來這裡專治皮膚病，和一個難以向人啟齒的糟糕疾病。那麼，坐在那裡像電影明星般俊美的年輕男子，看不出有什麼膿包，或許他不是來看皮膚科，而是來看另一個病狀的。這樣一想後，就覺得待在候診室裡的人——每個垂頭喪氣的亡者們——好像都是患了那個疾病似的。

「你要不要去散步一下。這邊很悶。」

1 小山內薰、土方與志以「戲劇的實驗室」為由而設置。一九二四年開始啟用，上演了很多的翻譯劇。小山內死後，其直屬的劇團也隨之分裂，此後出各個劇團租借使用，成為普羅戲劇運動的根據地。

2 馬克西姆．高爾基（Maxim Gorky，一八六八年～一九三六年）的作品。以木製的租屋處為故事舞台，描寫當時俄羅斯社會貧困階層面臨的困境。

「看來，還需要一段時間呢。」他無所事事地呆站在我的身旁。

「嗯，輪到我大概要中午了吧。這裡髒，你別待在這裡。」連我都訝異自己竟說出了如此嚴厲的話，而他似乎也坦然接受般緩緩點頭，

「妳不一起去嗎？」

「不，我沒關係。」我微笑地說，「我待在這裡最輕鬆。」

把他趕出候診室後，我稍微冷靜了下來，坐回長板凳上，像是吃到酸東西般，皺著臉闔上了雙眼。在旁人眼裡，我肯定像個裝模作樣，沈浸在愚蠢冥想中的老女史吧？但這個樣子對我而言是最輕鬆的。裝死，我想起這個詞，覺得很滑稽。可是，我卻開始逐漸擔心起來。「無論是誰都有秘密。」我彷彿聽見有人在我耳邊輕聲說出這句討人厭的話，開始心神不寧。說不定，這個膿包也……，思緒至此，一時間我全身汗毛直豎，他的溫柔、沒自信，該不會都是由秘密而起的吧？難道說……。我當時才第一次發現，雖然很可笑，但我卻是第一次深刻發現——對他而言，我並不是他的第一個女人。我站也不是，坐也不

是。被騙了！婚姻詐騙！腦海裡突然浮現這樣差勁的字眼，好想追上他，揍他一頓。我真是笨！明明事先知道他的過往才嫁給他的，現在才猛然對「他並非第一次」一事心懷不甘、憎恨，已經覆水難收了。他前一個女人的身影，突然鮮明地朝我胸口襲來，我還真的是第一次，第一次害怕、憎恨起那個女人，到現在為止，我從沒把她放在心上，面對自己的天真，我悔恨地淚流滿面。好痛苦，這就是所謂的嫉妒吧？如果，真是這樣，嫉妒這個情感，還真是無可救藥的狂亂，淨是肉體的狂亂。毫無美麗之處，醜陋到極點。這世上，大概還有我不曾知曉的、令人憎惡的地獄吧。我不想活了。自己哀戚地匆匆解開膝上的布包裹，拿出小說，隨意地翻開書，直接從那一頁開始讀起《包法利夫人》[1]。愛瑪煎熬的一生總能安慰我。我不禁開始覺得愛瑪那般墮落的人生，才是最符合女人、最合理的模樣。就像水會往低處流，身體會衰老般的真實。女人，就是這種生物。總藏著不可告人的

1 福樓拜（Gustave Flaubert，一八二一年～一八八〇年）的作品。鄉下醫生的妻子愛瑪．魯奧因無法滿足於沒有涵養的丈夫包法利，而與鄉下風流貴族魯道夫有染。後來她與昔日情人賴昂舊情復燃，後因欠下大筆債務，又被情人冷漠對待，絕望地服砒霜自殺。

秘密。因為，那是女人「與生俱來」的能力。心中絕對藏有一坑一坑的泥沼。這一點我可以大聲地說出口。因為，對女人而言，每一天就是她的全部。和男人不同，女人不會考慮死後的事，也不會思索。只求完成每分每秒的美麗，並沉溺在生活及日常的感觸之中。女人之所以會珍愛茶碗、還有漂亮花紋的和服，就是因為只有那些東西才是真正的生存價值。每一瞬間的行動，都是活在當下的目的。除此之外，還需要什麼呢？要是高深的現實主義能牢牢壓抑女性的放蕩和浮躁，並毫不留情地揭露一切的話，我們也能決定身之所往，那該會有多輕鬆呀！但卻沒有人願意去觸碰、去正視深藏於女人心中的「惡魔」，正因如此才會引發多起悲劇。或許只有高深的現實主義才能真正拯救我們。所謂的女人心，坦白講，在婚後第二天就能毫不在乎地想著其他男人了。絕不能輕忽人心！「男女七歲不同席」這古老的諺語，突然以可怕的真實感撞擊我心。猛然發現，日本的倫理竟是如此巧妙的寫實，我震驚地幾乎快要暈眩了起來。原來大家什麼事都知道。自古以來，泥沼就明確地存在，這麼一想之後，心情反而變得有些輕鬆，舒坦地感到安心，即使全身長滿了這麼醜陋的膿包，我還是一個有情慾的中年婦女。但也覺得自己這份從容既可憐又可笑，我繼續閱讀書本。現在正讀到魯道夫輕輕撫摸愛瑪的身體，並喃喃說著甜蜜的話語，但我卻是邊讀邊想著完全不同的妙事，不禁笑了起來。愛瑪如果這時長出膿包，那會變得怎麼樣呢？我冒出這奇怪的幻想，不！這可是個很重要的想法喔！我開始認真思考了起來。這時愛瑪絕對會拒絕魯道夫的誘惑。如此一來，愛瑪的人生就會截然不同。不會錯的！她一定會拒絕到底。因為長成這副醜陋的身軀，除此之外她別無選擇。這樣一來，這就不會是喜劇，女人的一生會被當時的髮型、衣服花紋、睏意，跟一些身體細微的狀況而定，曾經有個保母因為實在太睏，而動手勒死了在背上哭鬧的孩子，何況是這種膿包，我不知道它會如何改變女人的命運，扭曲浪漫。若結婚典禮的前一晚，出乎意料地長出這樣的膿包，正驚慌失措之際，膿包迅速擴散到胸部、四肢的話，該怎麼辦？我覺得這種事很有可能發生。唯獨膿包，就算平常有用心保養也無法預防，宛如某種天註定的命運。我感受到老天的惡意。我覺得肯定會有這種悲劇——某位少婦為了迎接五年不見的丈夫回國，正興高采烈地趕往橫濱的碼頭，就在雀躍等待之時，臉上的重要部位瞬間長出了紫色囊腫，搔弄後，這位滿心歡喜的少婦卻已變成慘不忍睹的女鬼阿岩……。男人或許對膿包不以為意，但女人是靠肌膚而活的生物，而對這點予以否定的女人是騙子。我不太了解福樓拜，但他好像是位心思縝密的寫實主義者。書中他細膩地描寫到夏魯要親吻愛瑪的肩時，愛瑪說了句：「不要！衣服會皺……。」以此為由拒絕了夏魯。福樓拜明明擁有如此細膩的洞悉力，但他為什麼不寫下女人面對皮膚病時的煎熬呢？難道這對男人而言，是難以理解的痛苦嗎？還是說，高深的福樓拜早已看穿一切，但由於太過汙穢且毫無浪漫可言，所以才裝作不知道，對這事敬而遠之？但這「敬而遠之」實在太狡猾！太狡猾了！要是我在結婚前夕，或是和五年未見的思慕之人重逢之際，始料未及地長出醜陋膿包，我寧願去死。我會離家出走，放任自己墮落，並自我了斷。因為女人只能靠著那短暫且稍縱即逝的美麗愉悅而活，不管明日將有何變化……。門悄悄地開起，他露出像栗鼠般的小臉，用眼神詢問我：還沒到嗎？我粗魯地揮一揮手，

「嘿……。」一聽到自己粗俗尖銳的聲音後，我縮起肩膀，接著儘可能壓低聲音繼續說：「嘿！你覺不覺得，當一個女人認為明天會變成怎麼樣都無所謂時，最有女人味嗎？」

「妳在說什麼？」看到他一臉茫然的模樣，我笑了起來。

「我不善表達，所以你才會聽不懂吧？沒什麼。我在這坐著坐著，突然似乎變了一個人。我好像不能待在這種深淵裡，因為我很懦弱，很容易被周圍的氛圍影響，適應起壞環境呢。我已經變粗俗了。我的心漸漸低俗、墮落，就像……算了。」話說到一半，我突然噤口不作聲。因為我原本想說出「娼婦」兩字。這是女人永遠不該說出口的字眼，而女人，一生中肯定會為這兩個字苦惱一次。當女人完全喪失自信時，一定會想起這個字眼。我逐漸模糊地意識到，自己長出膿包後，不僅外表就連內心都成了惡鬼。截至今日，我總是將醜八怪、醜八怪掛在嘴上，裝出一副毫無自信的模樣。然而我現在才明白，原來我總默默地憐愛自己的肌膚，並將它當成唯一的驕傲。我發現我那自傲的謙卑、簡樸、順從，或許全是虛無的贗品，事實上，我也是個單憑知覺、感觸就會產生情緒起伏，宛如盲人般的可憐女人。無論知覺、感觸有多麼敏銳，都是屬於動物的本能，與睿智完全扯不上邊。我清楚地明白自己實在是個愚蠢的白癡。

我錯了。我這樣不也是把自己對知覺的敏感度視為高尚之物，並誤以為自己聰明，悄悄自憐自憫嗎？我終究只是個愚昧的笨女人。

「我想了很多。我是個笨蛋呢！我已經澈底瘋了。」

「這也難怪，我明白的。」他像是真的明白似的，以充滿智慧的笑臉回應我，「喂，輪到我們了！」

我們被護士請過去後，進入了診療室，我解開了腰帶，把心一橫，露出肌膚，我匆匆看了一眼自己的乳房，我彷彿看見了石榴。比起坐在眼前的醫師，被站在身後的護士看見我這副身軀反而讓我更加痛苦。果然醫生沒有給我人類的感覺，我連他的長相都已經記不清楚了。而醫師也沒有把我當人看待，四處觸診著，

「是中毒喔。有吃什麼不乾淨的東西嗎？」醫師以平靜的語調這麼說。

「會康復嗎？」

他替我詢問著，

「會康復。」

我就像是呆坐在別間房般，聽著他們的對話。

「因為她總是一個人抽抽噎噎地哭，實在是看不下去了。」

「很快就會康復的。來打針吧！」

醫師站起身。

「是一般的小病嗎？」他問。

「是的。」

打完針後，我們離開了醫院。

「手這邊已經沒事了呢。」

我將手伸到陽光下，不斷檢視著。
「開心了嗎？」
被他這麼一問，我突然感到很難為情。

33 皮膚與心。

葉櫻與魔笛。

私さえ黙って一生ひとに語らなければ、
妹は、きれいな少女のままで死んでゆける。誰も、ごぞんじ無いのだ。

如果連我也對此事保持沉默，一輩子都不跟任何人說的話，
妹妹就能以美麗的少女之姿死去。沒有人會知道這件事的！

每逢櫻花飄散，枝頭冒出嫩葉的葉櫻時節，我就會想起當時的事——老夫人這麼訴說著——三十五年前，當時我父親還在世，我們全家呀……，雖想這麼說，但我母親更早在當時的七年前，也就是在我十三歲時過世了，僅剩父親、妹妹與我，三人相依為命。父親在我十八歲，而妹妹十六歲時，來到島根縣，在一座沿著日本海，有兩萬多人口的城鎮擔任中學校長。由於找不到合適的租屋處，我們便在郊外靠山處，向離群索居的寺廟租了間獨立的客廳和兩間房，我們一直住在那裡，直到第六年，父親轉任松江的中學為止。我是搬到松江後，在二十四歲那年秋天結婚，就那個年代算是相當晚婚了。由於母親早逝，父親又是冥頑不靈的書呆子，完全不過問世俗之事。我很清楚，要是我不在了，家中一切運作將會完全停擺。因此就算那時有很多人來提親，我也不願拋下家人，嫁到別人家去。當時，要是妹妹身體硬朗的話，我或許就不會那麼辛苦，不過妹妹不像我，她非常漂亮，頭髮也長長的，是個很乖巧、很可愛的孩子，只是身體相當孱弱。在我們隨父親赴任於島根縣城鎮的第二年春天，我二十歲，妹妹十八歲時，妹妹就死了。而我現在要說的，正是當時發生的事。妹妹的身體狀況在更早之前就已經很糟糕了。她患了名為腎結核的重病。發現病症時，兩邊腎臟早已被細菌侵蝕，醫生也明白地告訴父親，妹妹只剩百日可活。似乎已經束手無策。接著一個月、兩個月過去了，等到第一百天即將來臨時，我們也只能沈默以對。妹妹什麼都不知情，特別有精神，雖然整天都只能躺在床上，但還是會開朗地唱唱歌、開開玩笑，對我撒嬌。只要一想到妹妹再過三、四十天就會死，肯定逃不了死劫時，我內心就悲痛萬分，彷彿全身被針刺穿般痛苦難抑，簡直快發瘋了。直至三月、四月、五月，我都是如此痛苦地度過，而我，永遠忘不了五月中旬的那一天。

那時原野、山丘都是一片翠綠，天氣暖得讓人想要赤裸著身子。耀眼的翠綠，讓我的眼睛一陣刺痛，我一個人陷入了胡思亂想，單手插在腰帶中，低著頭走在原野小路上。思緒所至之事，全是些痛苦的事，幾乎讓我喘不過氣來，我按捺著痛苦，向前走著。咚！咚！從春泥地底深處，傳來了彷彿自十萬億佛土響起的聲響，那道聲響，既幽遠，卻又悚然地響亮，簡直就像在地獄深處敲奏著巨大太鼓，那令人魂飛喪膽的聲響綿延不絕地傳來，我不知道這個可怕的聲音是什麼，只知道自己快瘋了。這時，身體僵硬發直，我突然「哇」地大叫一聲，重心不穩地跌坐在草原上，放聲大哭了起來。

後來我才知道，那可怕又不可思議的聲響，是日本海大戰中[1]軍艦的大砲聲。為了一舉消滅俄國波羅的海艦隊，在東鄉提督一聲令下，海上正如火如荼地展開激戰。剛好就是那個時候。今年的海軍紀念日也快到了。在那座靠海的城鎮，也聽得見大砲驚心動魄的聲響，城鎮裡的人大概都被嚇得魂飛魄散了吧！但這些事，我不太清楚，因為光是妹妹的事就夠我操心了，當時我的精神瀕臨崩潰，才會覺得那些聲響像是帶有凶兆的地獄太鼓聲，害得我好一段時間都低著頭待在草原上痛哭。直到日暮漸低，我才終於站起身，彷彿死了般失魂落魄地回到寺院。

「姊姊……。」妹妹喚著我。妹妹那陣子很瘦弱，有氣無力的，她似乎隱約知道自己來日不多，不再像以前那樣，對我出些不合理的難題，也不再對我撒嬌。但這樣反倒讓我更加難受。

「姊姊，這封信，是什麼時候寄來的？」

我胸口猛然一震，清楚意識到自己此時已面無血色。

「是什麼時候來的？」妹妹天真地問著。我回過神說：

「剛剛呀！在妳睡覺的時候。妳呀，邊笑邊睡！我偷偷把信放在妳枕邊。妳沒發現吧？」

「哎呀，我還真沒注意到。」被夜色壟罩的昏暗房裡，妹妹蒼白而美麗地笑著，「姊姊，我讀了那封信喔。真奇怪，是我不認識的人呢……。」怎麼可能不認識？我可是清楚知道信上署名為M．T的那個男人。不、雖然沒有見過他，但五、六天前，悄悄替妹妹整理衣櫃時，我在其中一個抽屜底部，發現藏有一綑以綠色緞帶綁緊的信件，雖然知道這種行為不恰當，但我還是解開緞帶看了那些信。大約三十封左右的信，全都是由那位M．T先生寄來。雖然M．T的名字並沒有寫在信封上，卻很清楚地寫在信裡。而信封上，寄件

1 日俄戰爭中的一場海戰，發生於一九〇五年，又稱對馬海峽海戰。

人署名處，卻寫上了各種女性的名字，那全都是妹妹朋友的名字。我和父親做夢都沒想到妹妹會和一個男人通這麼多封信。

這個叫M．T的人，一定是很慎重地先向妹妹問了很多朋友的名字後，再用那些名字，寫下一封封的信才寄給她的吧。我擅自推測後，默默地對年輕人的大膽行徑驚嘆不已。要是被嚴厲的父親知道了，下場會變成怎麼樣呢？我害怕地發抖著。但就在我照著日期一封封閱讀後，連我也漸漸歡喜雀躍了起來，偶爾還因為不著邊際的內容，獨自一人咯咯地笑，最後我彷彿也被感染進這寬闊廣大的世界中。

那時我才剛滿二十歲，也懷有許多年輕女孩難以啟齒的苦悶。宛如山間小溪滾滾流過般，流暢地把這三十多封信件，一封接著一封讀下去，讀到去年秋天寄來的最後一封信時，我猛然起身。好似被雷打到般，我嚇得差點往後仰。妹妹談的戀愛，並非只是心靈上的戀愛，而是進展到了不堪入目的階段。我把信燒掉了，一封不留地燒掉。M．T也住在那個城鎮裡，好像是個貧窮的歌者。卑鄙的是，他一知道妹妹的病情後，竟拋棄妹妹，毫不在乎地在信上寫著「我們忘了彼此吧！」等殘酷的話。之後，他似乎就再也沒有寄信來，因此，如果連我也對此事保持沉默，一輩子都不跟任何人說的話，妹妹就能以美麗的少女之姿死去。沒有人會知道這件事的！我滿腔痛苦，知道事情的真相後，我更覺得妹妹很可憐，千頭萬緒湧上心頭，胸口猶如絞痛般，五味雜陳。那種痛徹心扉的痛苦，只有正值花樣年華的女人才會明瞭，那是人間地獄。宛如是自己遭遇這悲慘窘境般，我獨自一人痛苦著。那時候，我覺得自己真的變得有些異常。

「姊姊，請唸給我聽吧。這信，到底是怎麼回事呀？我一點也不明白。」

我打從心底厭惡妹妹的不誠實。

「我可以唸嗎？」我小聲詢問著，從妹妹手上接過信的手指困惑地顫抖著。就算不拆開來念，我也知道這封信的內容，但我必須裝作什麼都不知道地唸這封信。信是這麼寫的。我粗略地看著這封信，開口唸出來。

我今天要向妳道歉。直至今日，我之所以一直忍著沒寫信給妳，全是因為我沒有自信。我既貧窮又毫無半點才華，我沒辦法為妳做任何事。我只能用文字證明，雖然這些文字並無半點虛假，但我依舊憎恨自己，恨自己除了用文字來證明對妳的愛以外，我什麼事都辦不到。我整天，不、就連在夢中也不曾忘記妳，可是，我卻無法為妳做任何事。這份無能為力成了煎熬，所以我才想和妳分手。妳那不斷膨脹的不幸，和我不斷溢出的愛，讓我更難接近妳。妳能明白嗎？我絕對不是在敷衍妳。我將那理解為是我自身正義的責任感使然。然而，我錯了，大錯特錯。我要向妳說聲對不起。面對妳，我想成為一個完美無缺的人，然而那也只是我的一己私慾。我們孤獨軟弱且一事無成，所以至少也想把文字，把蘊含了誠心的文字獻給對方，而這正是如假包換的、謙遜又美麗的生存之道，現在，我如此深信不已。我常在想，我們應該在能力可及的範圍內，努力實踐它。不管多麼渺小的事也好。我相信即使是一朵蒲公英，只要堂堂正正地獻上它，就是個最有氣概，最像男子漢應有的態度。我不會再逃了，我愛妳。我會天天寫歌給妳，天天在妳家庭院籬笆外吹口哨給妳聽。明晚六點，我馬上就吹首〈軍艦進行曲〉給妳聽，我的口哨吹得很好喔！目前，以我的力量就只能做到這樣，請不要取笑我。不，請儘管笑吧！請妳健健康康的！神明一定會在某處看顧我們。我相信，妳和我都是神明的寵兒。我們一定會擁有美滿的婚姻。

等待再等待
今年正盛開
桃花呀桃花
乍聞桃花白
花卻惹紅嫣

我會持續努力，一切都會好轉的。那麼，我們明天見。

M・T

「姊姊，我知道喔！」妹妹用明亮的聲音喃喃說道：「謝謝妳，姊姊。這是姊姊寫的吧？」

實在太丟臉了，我好想把那封信撕成碎片，好想胡亂扯下自己的頭髮。所謂的「站也不是坐也不是」，正是指我現在的狀態吧！沒錯，信是我寫的。我無法坐視妹妹的痛苦，於是我打算，直到妹妹死去前，每天都要模仿M・T的筆跡寫信，費盡心思寫出蹩腳的和歌，到了晚上六點再偷偷跑去籬笆外吹口哨給她聽。

好丟臉！我還寫了蹩腳的和歌，真的丟臉到不行。在這慌亂的心情下，我沒辦法立刻回應妹妹。

「姊姊，別擔心，沒事的。」妹妹出奇地冷靜，聖潔且美麗地微笑著。「姊姊，妳看了那些用綠色緞帶綁起來的信吧？那是假的。我太寂寞了，所以從前年秋天開始寫了那種信，再投遞寄給自己的。姊姊，別笑我喲！因為青春是很寶貴的東西呀！自從生病以來，就逐漸認清到這件事。獨自寫信給自己什麼的，我的思想太汙穢、太可恥了！真笨！我若能真的和一個男人大膽地戀愛就好了，好想讓他抱緊我的身體。姊姊，到現在為止，別說戀人了，我甚至不曾和一般男人說上話。姊姊也是這樣吧？但姊姊和我不同，妳聰慧多了啊！唉，我不想死呀……。我的手、指尖、頭髮都好可憐。我真的不想死啊，討厭！真討厭！」

一時間，悲傷、害怕、喜悅、羞愧，全都堵在我胸口，不知道該如何是好。我將臉貼上妹妹消瘦的臉頰，只能流著淚輕輕抱著妹妹。就在此時，沒錯！確實聽見了！雖然低沈幽遠……，不過那的確是吹奏著〈軍艦進行曲〉的口哨聲。妹妹也側耳傾聽。是的，一看時鐘，正是六點。我們在不可言喻的恐懼下，緊緊地，緊緊地抱在一起，動也不動地，傾聽著庭院的葉櫻林深處傳來的奇妙進行曲。

我相信神明是存在的，祂肯定存在！妹妹在那之後的第三天去世了。醫生歪頭納悶，「這麼安詳，應該是很早之前就斷氣了吧？」然而，我當時並不感到訝異，我相信這一切都是神的旨意。

現在上了年紀，有了很多的物慾，還真是慚愧。信仰似乎也變得有些薄弱了。我心裡曾懷疑那個口哨聲，可能是父親的傑作。曾想過他從學校下班回到家，站在隔壁房裡聽了我們的談話後，於心不忍之下，嚴厲的父親才撒了這一生中，唯一一次的謊。不過，應該還是不太可能。要是父親還在世，倒可以問一問，可是算一算，現在父親都過世十五年了。不，這一定是神的恩典。

我如此深信著，想就此安心過活，然而，隨著年歲增長，物慾頻生，信仰也逐漸變弱。我很明白，這樣下去是不行的。

燈籠。

私たちのしあわせは、所詮こんな、お部屋の電球を変えることくらいのものなのだ。

我們一家的幸福，不過就是更換房間的燈泡罷了。

我愈解釋，人們反而愈不相信我。所遇之人，全都在提防我。儘管我只是因為懷念，想見見對方才登門拜訪，對方也會以「有何貴幹」的眼神來迎門。真的是很受不了。

我已經哪裡都不想去了！即使是去離家最近的澡堂，我也會挑在傍晚的時候去，因為我再也不想遇見任何人了。儘管如此，到了盛夏時，日暮之中我那白晃晃的浴衣格外引人注目，難為情得要死。這兩天突然轉涼，又快到穿上嗶嘰布的季節了，我打算趕緊換上黑色的單衣[1]，以這樣的裝扮度過秋、冬、春，而接著又來到了夏天，要是又得再穿上這件白色浴衣的話，那可就太悲慘了。希望至少在明年夏天前，成為一個能大方地穿著這件牽牛花紋浴衣外出的人，也希望能化著淡妝，走在廟會的人群中。一想到那時的喜悅，我現在就開始興奮起來了。

沒錯，我偷了東西。我並不認為我做了對的事情。但是……不，我要先聲明。我現在是在向神明傾訴，我不求人們相信我，願意相信的人，就相信吧！

我是個貧窮木屐匠師的獨生女。昨晚，坐在廚房切蔥，裡邊的空地傳來一名孩子悲傷地喊著「姊姊！」的哭聲。我不禁停下手陷入沉思，如果，我也有那樣需要我，哭喚著我的弟弟妹妹，我也許就不會這麼寂寞了。眼睛被蔥薰得眼淚直流，我用手背擦拭淚水，結果反被蔥的氣味弄得更加刺眼，淚珠一滴滴地流出來，讓我不知如何是好。

「那個任性的丫頭，開始迷戀男人囉！」在今年的葉櫻時節，理髮店傳出了這種流言。那時，撫子花、菖浦花都開始擺在廟會的夜市裡。但當時，我真的過得很開心。水野先生每到傍晚就會來接我，而我太陽都還沒下山，就已經換好和服、化好妝，不斷徘徊於家門口。我後來才知道，鄰居看到我這副模樣，都在背地裡交頭接耳地笑說：「木屐店的幸子開始迷戀男人了。」父親和母親應該也對此略知一二，但他們也無法多說什麼。我今年將滿二十四歲，卻還沒嫁出去，也沒招得夫婿。我之所以至今仍小姑獨處，除了家境清寒外，還別有原因。我母親曾是鎮裡知名大地主的妾，和父親相戀後，忘恩負義地拋下地主與父親私奔，不久便生下了我。我長得既不像地主，也沒有父親的神韻，我們一家漸

1 沒有縫內裏，只以單層布料縫製而成的和服。

漸失去了容身之處，幾乎成了過街老鼠。像我這種家庭出身的女孩，沒姻緣也是理所當然的。不過，相貌平凡的我，即使出生於富有的貴族人家，應該也是難逃小姑獨處的命運。儘管如此，我並不恨父親，也不怨母親。不管別人怎麼說，我仍舊深信自己是父親的親生孩子。父母親都相當疼愛我，我也很珍惜他們。父母親都是懦弱的人，就連對待我這個親生女兒，都顯得有些拘謹。我認為大家都必須溫柔地善待軟弱膽小的人。只要是為了雙親，不管有多苦、多寂寞，我都會忍耐下去。但自從認識了水野先生，我對父母的孝行就開始有些怠慢起來。

說來慚愧，水野先生是小我五歲的商校學生。但請原諒我，我當時也沒有其他的辦法。我是在今年春天，因左眼患病去附近眼科求診時，在候診室裡認識了水野先生。我是個容易對人一見鍾情的女子。果不其然，他也和我一樣左眼掛著白色眼帶，他不舒服地皺著眉，隨意翻閱小字典的模樣，看來非常惹人憐。當時我也因為眼帶而相當鬱悶。就算從候診室窗口眺望椎樹的嫩芽，只見嫩芽在炙熱豔陽的包圍下，彷彿熊熊燃燒的青炎，外頭的世界有如遙遠的童話王國，而水野先生的臉蛋，則是俊美、高貴得彷彿不存在於現世。我想，這一切肯定是眼罩施予的魔法所全。

水野先生是名孤兒，都沒人願意關心他。他家原本是知名藥商，水野先生的母親在他襁褓時去世，父親也在他十二歲時撒手人寰。後來，家業沒辦法維持下去，兩個哥哥和一個姊姊，全被遠親各自帶走，身為老么的他則被店裡的管家撫養，並且還供他就讀商校，即使如此，他似乎依舊覺得不自在，每日都孤單地度過。水野先生曾語重心長地說過，只有和我一起散步時，他才會感到快樂。然而，生活起居上似乎還是有諸多不便。他說他和朋友約好今年夏天要去海邊游泳，但臉上卻沒有一絲期待的神情，反而看起來興趣缺缺。而就在那晚，我偷了東西，偷了一條男用泳褲。

我悄悄走進城裡規模最大的大丸百貨店，裝作四處挑選夏季女裝，卻順手拿起後方的黑色泳褲，緊緊地夾在腋下，靜靜地走出店外。當我走了四、五公尺時，從身後傳來「喂！喂！」的叫聲，我怕得差點放聲大叫，像瘋子似的狂奔。「小偷！」才聽到身後有人大喊，肩膀就被用力一拍，一個踉蹌，我猛然回頭，立刻啪地被賞了一個耳光。

之後，我被帶去了警察局。警察局前聚集了許多人，都是在城裡碰過面的人。我披頭散髮、衣著凌亂，膝蓋甚至從浴衣的側擺露了出來，一副淒慘落魄的模樣。

警察帶我到警局後方的小榻榻米房，坐定後開始問我各種問題。一名白皮膚、長形臉、戴著金框眼鏡，年約二十七、八歲，感覺很討人厭的警察例行性地問了我的名字、住址、年齡後，一一寫進簿子上。突然，他冷冷地笑著說：

「這是第幾次啊？」

我體內感到一股寒氣，根本不知道該怎麼回答。要是再這樣慌張下去，會被冠上重罪，押進牢房的。我必須想個妙計替自己解危才行，我拚命地想著辯解的託詞，該怎麼說比較好呢？彷彿徘徊於五里霧中，我從沒這麼害怕過。好想放聲大叫，最後我總算把話擠了出來，然而，我所說出口的話，就連我自己都覺得十分愚蠢且唐突。但當我一開口，整個人彷彿像被狐狸附身般滔滔不絕地辯解著，簡直就像瘋了一樣。

「你們不能把我關進牢裡！我並不壞！我就要滿二十四了！這二十四年，我一直都很孝順，總是小心地伺候著我的父母親！我哪裡壞？我從未在背後遭人指點過！水野先生是很棒的人，之後一定會有所成就，這點我相當清楚，所以我不想讓他丟臉。因為他跟朋友相約要去海邊，我想替他準備一般人該有的行囊，讓他好好去海邊玩，這有什麼不對？我是笨蛋！笨雖笨，但還是能幫水野先生打點好一切。他是出身高貴的人，和一般人不同。我之後會變得怎樣都無所謂，只要他能在世上有所作為，成為一位有出息的人，我就心滿意足了，而我有我的使命，所以不能被關進牢裡！在二十四歲前，我一件壞事也沒做過！我不是一直很努力地照顧軟弱的雙親嗎！不要！我不要！你們不能把我關進牢裡，不能就這樣把我關進牢裡！這二十四年來，我努力再努力，就只是因為一個晚上興起歪念，才下手行竊罷了！不能因為這樣，就把這二十四年，不！是我的一生！不能毀了我的一生啊！那是不對的！我覺得很不可思議，這一生，就因為一次不謹慎地把右手移動了一尺，就成了我手腳不乾淨的證據嗎？太過分了！就這麼一次，只不過兩、三分鐘的事啊！我還年輕，還有大半輩子要過！我還是會像以前一樣，繼續忍耐地過著辛苦而貧窮的生活。事情就這麼簡單！我一點也沒變，我還是昨天的幸子！不過就是一件泳褲，會對大丸百貨造成什麼麻煩嗎？就連那種欺騙他人，榨取一、兩千圓……不！甚至是害人家破產的人，還不是照樣被大家稱讚嗎？監牢到底是為誰而存在的？只有窮人才會被關進牢裡！那些人肯定無法欺騙他人，有著軟弱卻誠實的性格。就是因為沒有以欺騙他人維生的狡詐，被生活逼到絕境的狀況下才做了傻事，搶了兩、三圓後，就不得不坐上五年、十年牢。哈！哈哈哈！太可笑！真的太好笑了！怎麼會這樣呢！啊啊！真的好蠢啊！」

我一定是瘋了，絕對沒錯！警察臉色蒼白地直盯著我看，我突然對那名警察產生了好感。我邊哭，邊勉強擠出笑容。看來，我似乎被當成了精神病患者。警察先生小心翼翼地將我帶往警察署。那一晚，我被扣留在拘留所，隔天一早父親就來接我，我被釋放回家了。父親在回家途中，除了問我有沒有被揍之外，什麼話也沒再多說。

看了當天晚報，我的臉一直紅到耳根。我的事情被刊登出來了，標題為《順手牽羊也有三分理，精神異常的左翼少女娓娓道出美麗話語》。我所承受的恥辱還不只這個，鄰居們開始在我家四周徘徊，起初還不知道是為了什麼，後來發現大家是來看我的長相時，我嚇得全身發抖。我開始了解到星星之火可以燎原的道理了。如果家裡有毒藥的話，我會毫不猶豫地把它吞下去；附近有竹林的話，我會去那裡上吊。這兩、三天來，家裡也暫時把店面給關起來。

終於，我收到了水野先生的來信。

我是世上最相信幸子的人。不過，我覺得幸子教養不足。雖然幸子是位誠實的女性，但就環境來說還是有不當之處。我一直努力想改變那個部分，然而，果然還是有所謂的絕對。身為人，是不能沒有學問的。前幾天和朋友一起去海邊，在海灘上彼此對「人要有上進心」此議題做了一番討論。我們今後應當會出人頭地，而幸子日後也要注意自己的言行，即使只有罪行的萬分之一，也要設法補償，深深向社會謝罪，社會上的人，只會憎惡那個罪行，並不會憎惡犯罪的人。

水野三郎

（讀完後務必把信燒掉，請連信封一起燒毀，務必！）

以上為信件全文。我忘了水野先生本來就是有錢人家的孩子。如坐針氈的日子一天天過去了，天氣已經開始涼爽了起來。今晚，父親說：「電燈那麼暗，會讓人意氣消沉的！這可不好！」接著把三坪房裡的燈泡，換成五十燭光的燈泡。於是，我們一家三口便在明亮的燈光下享用了晚飯。母親拿著筷子的手抵在額上遮著光，十分雀躍地嚷道：「啊！好亮！好刺眼呀！」而我在一旁替父親斟酒。我試著說服自己，我們一家的幸福，不過就是更換房間的燈泡罷了。但我並不覺得窮酸，反而發現點起這些亮晃晃的小燈泡後，我們一家彷彿成了絢麗的走馬燈。一股恬靜的喜悅湧上了我的心頭，甚至想向庭院中低鳴的蟲兒們說：「哎！你們要看就看吧！我們一家三口很美滿。」

59　燈籠。

蟋蟀。

この世では、きっと、あなたが正しくて、私こそ間違っているのだろうとも思いますが、私には、どこが、どんなに間違っているのか、どうしても、わかりません。

我想，在這世上，你一定是對的，錯的反倒是我。
可是我到底是哪裡不對？錯在哪呢？我真的不知道。

我要跟你離婚。你總是滿口謊言。也許我也有不對的地方，但我不知道自己哪裡不對。我也已經二十四歲了，到了這個年紀，就算點出哪裡不對，我也已經無力改變了。若不能像耶穌一樣死了一回又再度復活，我根本無法改變。我認為自殺是最深的罪惡，所以我決定離開你，試著以我自認為正確的生存方式，努力生活一段時間。在我看來，你很可怕。在這世上，說不定你的生存方式才是對的。但，我就是無法那樣活下去。自從嫁給你後，已經五年了。十九歲那年春天和你相親後不久，我幾乎什麼東西都沒拿，孑然一身地嫁給了你。到現在，我才敢說，當時我父母都非常反對這樁婚事。就連弟弟也是，他那時才剛進大學，他擺著臭臉，老成地問我：「姊姊，沒問題嗎？」因為怕你不開心，所以我一直沒跟你說，其實當時我還有其他兩樁親事。雖然印象已經有些模糊了，但記得其中一人好像是剛從帝國大學法律系畢業的少爺，聽說好像想當外交官什麼的。我也看過他的照片，一副樂天爽朗的臉，他是由我那住在池袋的大姐介紹而來。另一位，在父親的公司上班，是名年近三十歲的技師。畢竟是五年前的事了，有些記不大清楚了，但是聽說好像是大家族的長子，為人可靠。父親很賞識他，父母親都很熱切地支持這樁婚事，而他的照片，我好像沒看過。雖然這些過往並不重要，但若是又被你嘲笑，我會很難受，所以我要清楚告訴你我所記得的事情。告訴你這些事，絕不是想讓你難堪，請你相信我，不然我會很困擾！因為我從未有過「要是當初嫁到其他好人家就好了」這種不貞、愚蠢的想法。除了你，其他人我都不予考慮。如果你還是以一貫的態度來取笑我，我會很困擾的。我很認真地在跟你說話，請你聽到最後。不管是當時，還是現在，我都沒打算跟你以外的人結婚。那點，我再確信不過了。我從小最討厭優柔寡斷了。當時父母親，還有池袋的大姐都跟我談了許多，要我先去和他們相親看看再說。可對我而言，相親跟結婚是一樣的，無法草率答應。而且我完全不想和那種人結婚。對方如果真如大家所言，是位無可挑剔的對象，那更不必找上我，對方肯定能找到很多條件比我好的新娘人選。總覺得沒什麼興趣。當時，我呆呆地想著，要找一個在這世上（要是這樣講，你馬上就要笑我了）非我不可的人家嫁了。正好在那個時候，你那方的人就來說媒了。由於太過胡來，父母親剛開始就很不開心。因為那個古董商但馬先生，本來是去父親的公司賣畫，在一連串例行的推銷後，他說了些肆無忌憚的玩笑話：「這幅畫的作家，一定馬上就會成名。覺得怎樣？要不要將令千金許配給……。」父親左耳進右耳出，沒放在心上，先買了一幅畫掛在公司會客室的牆上。兩、三天後，但馬先生又再次來訪，這次他竟相當認真地來提親。「實在太隨便了。雖然幫忙說媒的但馬先生輕佻，不過拜託但馬先生的傢伙也很糟糕！」父母親對此都感到很訝異。之後我曾向你詢問這件事，見你全然不知情的樣子，我才知道一切都是但馬先生出於熱心自己作主的。你實在受到但馬先生很多照顧，你現在之所以能成名，也是但馬先生的功勞！真的，他根本不計較利益得失，對你總是盡心盡力，不過這或許也代表他對你有所期盼，所以，今後你絕不能忘記但馬先生的恩情。當我得知但馬先生提出了魯莽的請求後，雖然有點吃驚，卻莫名地想見見你。總覺得非常高興。有天，我偷偷去父親的公司看你的畫作。我應該有跟你提過當時的事吧？我裝作有事要找父親，走進了會客室，一個人仔細觀看你的畫。那天，非常寒冷。而我，站在沒有暖氣、寬廣的會客室一角，渾身打著顫欣賞你的畫作。畫裡有座小庭院和向陽的檐廊，檐廊上沒坐人，只有放了一張白色坐墊，這幅畫，只有青色、黃色和白色。我看著看著，抖動愈發激烈，幾乎無法站立，我想，這幅畫除了我以外，應該沒有人看得懂。我可是說真的，你不可以取笑我。自從看了那幅畫後，有兩、三天，不論晝夜，我的身體都不停地顫抖。想著無論如何都一定要嫁給你。如此輕浮的想法，讓我羞恥得彷彿全身就要燃燒起來，但我向還是母親拜託，說想和你相親。可是母親卻一臉嫌惡，但我早已下定了覺悟，於是不死心地親自回覆了但馬先生。「真了不起！」但馬先生大聲叫道，他站起身，卻被椅子絆倒摔了一跤。不過那個時候，我和但馬先生都沒發出半點笑聲。後來的事，你應該也很清楚。在我家，你的風評可說是一天比一天還要糟。我父母親也不知從哪查來的，說你拋下雙親，任性地從瀨戶內海跑到東京來，不僅是你的雙親，就連親戚們也對你失望透頂。也說你會喝酒、從沒在展覽會上展出作品、思想傾向左翼，就連美術學校也不知道到底有沒有畢業，他們還說了很多莫名其妙的事，不斷斥責我。不過，在但馬先生熱心從中調解之下，我們終於還是走到相親的那一步。我和母親一起走進了千疋屋的二樓，你的模樣和我想像得如出一轍。那時看到你白襯衫袖口是潔白的，令我我相當感動。當我端起紅茶時，身體不聽使喚地抖個不停，湯匙在盤子上叮噹作響，害我相當難為情。回到家後，母親更加數落你的不是，對母親來說，她最無法原諒的是，你只顧著抽煙，都不打算開口交談。甚至還不斷提到你的相貌差勁，說你沒前途。不過，那時我已經決定要跟隨你了。我花了一個月的時間使性子，最後我終於贏了！和但馬先生商量後，我幾乎是孑然一身地嫁到你家裡去。對我來說，住在淀橋公寓的那兩年，是我人生中最快樂的時光了，我每天都興奮地計劃著明天該做什麼。你對展覽會、繪畫大師的姓名都毫無關心，始終隨意地作畫。生活日趨貧困，我反而更加興奮，甚至異常地開心，當舖和舊書店也像是我遙遠記憶裡的故鄉般，令我感到相當懷念。連一毛錢都不剩時，我能夠挑戰自己，使出渾身解數，這讓我相當有成就感。因為沒錢時的飯菜，吃起來是最香、最快樂的呀！那時我不就發明了一道道美味料理嗎？但現在，我已經辦不到了。只要一想到我們什麼買得起，我的腦袋就再也湧現不出任何靈感。

即使去逛市場，我也覺得空虛。我就只是看看旁邊的婆婆媽媽買什麼，然後跟著買了一樣的東西回家而已。你突然變得很有成就，從淀橋的公寓搬遷到三鷹町的家後，就再也沒有快樂的事，再也沒有可以讓我大展身手的空間了。你突然變得善於言詞，雖然你也更珍惜我了，我卻覺得自己像隻被飼養的貓，一直深感困擾。我從沒想過你會在這世上成名，一直以為你在有生之年都會很窮，只會畫自己想畫的作品，就算被世人嘲笑也毫不為意，不向任何人低頭，偶爾啜飲喜歡的美酒，不沾染世俗的塵埃，就此度過一生。我是傻瓜嗎？無論是過去還是現在，我始終相信，世上至少也會有一位這般美好的人。因為沒人能看見那人額頭上的月桂樹冠，所以他一定會受盡冷嘲熱諷，也沒人肯嫁給他、照顧他，因此我願走向他，一生隨侍在他身旁。我以為，你就是那位天使，以為除了我以外，沒有人能了解你。但這一切……，唉……該怎麼說呢？你竟突然一夕成名……，不知為什麼，我覺得好羞恥。

我並不是在埋怨你出名。得知你那悲傷得不可思議的畫作日益受到更多人喜愛時，我每晚都會向神明致謝，整個人開心得想哭。住在淀橋公寓的那兩年，你總隨心所欲地畫著你中意的公寓內院、深夜的新宿街景。我們身無分文時，但馬先生就會來家裡，用足夠的錢交換兩、三幅畫作。那時，你對於但馬先生會把畫帶走一事，總是顯得非常落寞。關於錢的事，可說是豪不關心。但馬先生每次來訪，都會把我悄悄叫到走廊，嚴肅地說著請笑納，接著向我鞠躬，把白色信封塞進我的腰帶。你總是一副不知情的樣子，而我也不會做出那種立刻察看信封內容物的低俗舉動。因為我本來就覺得，就算沒錢也無妨，照樣過日子。所以我也從沒和你報告我們收到多少錢。我不希望你被金錢汙染。真的，我從沒拜託你給我錢、拜託你成名。我一直以為像你這樣不善言詞又粗暴的人（對不起），非但不會變成有錢人，更不可能成名。然而，這些都是裝出來的吧！為什麼？為什麼呢？

從但馬先生提出開個人畫展的建議之後，你就突然開始注重打扮了。首先，你開始看牙醫了。你有很多蛀牙，一笑起來，就像個老頭，但你過去絲毫不以為意，就算我勸你去看牙醫，你還會開玩笑地說：「不用了，牙齒要是全掉光了，我就裝上全口假牙就好了，裝了顆閃閃發亮金牙，就算得到少女的青睞也沒意義。」你明明一直都不肯去處理牙齒，卻不知道吹了什麼風，竟然還會趁工作的空檔撥時間出去，然後裝上一、兩顆閃閃的金牙回來。「嘿！你笑一笑。」我一說，你長滿鬍鬚的臉，馬上就漲紅，難得地用羞怯的語調直嚷著說：「都是但馬那傢伙一直囉唆。」當我定居淀橋的第二年秋天，你辦了個人畫展。當時我非常開心。明明你的畫作將受到更多人喜愛，但不知何故，我卻高興不起來……。看來，我應該是很有先見之明吧！沒想到，你的畫作竟在報紙上受到熱烈地好評，出展的畫好像也全賣光，甚至連畫壇知名大師也寫信過來。這一切實在太過順利，順利到讓我好害怕。儘管你和但馬先生都熱情地要我去會場參觀，但我還是渾身發抖地一直待在房裡做些編織活兒。我光是想像你那些作品二、三十幅整齊陳列在會場，被一群人觀賞的情景，我就想哭。這種好事來得這麼快，之後一定會有壞事發生。我每天晚上都向神明道歉，誠心祈禱：「求求祢，我夠幸福了，請讓好運就此止步。請保佑我先生身體健康、不會遇上壞事，請祢保佑他！」你每晚都被但馬先生帶去拜訪各方畫壇大師，有時到隔天早上才回來。儘管我毫不在乎，你還是會詳細地告訴我前一天晚上的事情，說哪位老師為人怎樣、是個蠢蛋之類的，完全不像以往的沈默寡言，你開始說些很無聊的事。我跟你生活了兩年，以前從沒聽你談論過別人的是非。就算哪個老師怎麼著了，你以前還不是一副唯我獨尊的態度，對一切都漠不關心嗎？還有，雖然你努力想透過和我聊前一晚的事，好讓我相信你沒有在背地裡做些虧心事，但你就算沒這樣心虛地兜圈子辯解，我也明白。我並不是懵懵懂懂地就長大成人，你還不如直接告訴我真相，就算我會因此痛苦一整天，但之後我反而會覺得輕鬆，畢竟我一輩子都是你的老婆。關於這方面，我不太相信男人，但也不會胡亂猜忌。我一點也不擔心碰上這種事，我或許還能一笑置之，但比起這個，還有更令我難受的事情。

我們突然變成有錢人了，你也開始變得忙碌，還被邀請至一個名叫二科會的美術協會，成為了會員。接著，你開始對公寓的小房間感到羞恥。但馬先生也三番兩次地勸我們搬家，提了相當陰險的招數：「住在這種公寓裡，如何博得世人的信用？首先，畫作的價值就不會再上漲，不如先一鼓作氣租個大屋子吧！」「的確如此，住在這種公寓，會被人看輕的。」竟然連你也興致勃勃地說出這類低俗的話，我相當震驚，也覺得非常落寞。但馬先生騎著自行車四處奔走，最後找到位於三鷹町的這棟房子。年底時，我們帶著些許的家當，搬到這間過於寬敞的房裡。你在我不知情的情況下跑到百貨公司，買了一大堆漂亮傢俱，每當那些貨品一一被百貨公司送來時，我的胸口都好難受，整個人悲從中來。這不就和那群普通的暴發戶一樣嗎？我怕掃了你的興，努力裝作開心，在一旁歡欣鼓舞。不知不覺中，我已經變成那種討人厭的「夫人」了。你甚至還說要請個女傭來，但唯獨這件事，我無論如何都無法接受，堅決反對，因為我真的沒辦法使喚人。搬過來之後，你馬上就印製了三百張賀年卡兼搬家通知。三百張！你什麼時候交了這麼多朋友？我覺得你正走在危險的鋼索上，我怕得要命。我想不久後一定會有什麼壞事發生。你不是那種能夠靠庸俗交際而成功的人。我只能心驚膽顫地度過充滿不安的每一天。可是，你非但沒有受挫，還不斷遇到好事。難道是我搞錯了嗎？我母親也開始偶爾會來我們家探望，她每次都會拿我的衣服、存摺過來，心情顯得相當愉悅。而父親呢，起初因為心生厭惡，便把公司會客室的畫收到公司倉庫裡，但現在，父親已經把畫帶回家，還換了高級畫框，正掛在父親的書房裡。住在池袋的大姐後來也寫信來，寫著「請好好繼續保持下去」之類的話。家裡的訪客也突然變多，客廳常常是高朋滿座。這時，我都能在廚房聽見你爽朗的笑聲。你真的變得很健談，以前的你總是那麼沈默寡言，我一直以為你什麼都明白，只是覺得一切萬般無聊，所以才保持沈默的。但事情，好像不是我所想的那樣呢。你在客人面前淨說些極度無聊的事。你把前幾天剛從別位客人那邊聽到的畫論，依樣畫葫蘆地當成自己的意見，裝腔作勢地發表。還有，我只是稍微和你說了我看完小說的感想，翌日，你面不改色地對客人說：「就連那個莫泊桑[1]，對宗教信仰也是抱持敬畏的態度呢！」你居然把我的愚論一字不改地告訴大家，我端著茶準備進客廳時，還因為太羞恥而無法站立。原來你以前什麼都不懂呢。對不起。雖然我也是什麼都不懂，但我還保有我自己的思想言論，而你卻不是這樣，你若不是保持緘默，就是只會模仿別人的言論。儘管如此，你還是不可思議地成功了。那年二科會的畫獲得報社的獎賞，該報更是用一連串害臊得令人難以啟齒的讚詞來形容你。孤高、清貧、思索、哀愁、祈禱、夏凡納[2]等，還有其它各種讚語。後來與客人談論到那篇報導時，只見你平靜地說：「有些部分，確是如此。」哎！你在說什麼啊？我們並不清貧，看看存摺！自從你搬到這間屋子後，就像變了個人似的，一直把錢掛在嘴邊。我聽說客人來求畫時，你一定會臉不紅氣不喘地談價。並跟客人說什麼「先把價格談好，之後才不會有爭執，這樣就不傷彼此的和氣。」我聽了果然還是覺得很討厭。你為什麼要那麼在意錢呢？我覺得只要能畫出好作品，生活自然就過得去。默默地做好工作，安貧樂道地過日子，才是最充實開心的生活。我一點都不想要錢，只想懷抱著一份遠大的自尊平淡過活。你甚至開始察看我的錢包，一有錢入帳時，你會把一部分的錢，分別放進你的大

1 居伊・德・莫泊桑（Henry-René-Albert-Guy de Maupassant，一八五〇年～一八九三年）法國作家，被譽為短篇小說之王，作品有《羊脂球》、《漂亮朋友》等。

2 皮埃爾・皮維・德・夏凡納（Pierre Puvis de Chavannes，一八二四年～一八九八年）法國畫家。作品有《希望》、《貧窮的漁夫》。

錢包和我的小錢包。你的錢包裡放了五張大鈔，而我的錢包裡則放了一張折了四折的大鈔。剩下的錢，都存放在郵局跟銀行。我總是站在一旁看你分錢。有一次，我忘了將放有存摺的書架抽屜上鎖，你發現後便不開心地說我這樣不好，板起臉來碎念我，這使我相當洩氣。你去畫廊收錢時，通常第三天才會回來。而這時，你總會醉醺醺地在深夜返家，喀拉喀拉地拉開玄關的門，一進門就說：「喂！我把剩下的三百圓帶回來囉！妳來數數看！」等等傷感的話。那是你的錢，你用了多少都沒關係呀！我知道你偶爾也會想揮霍以抒發心情。你大概是以為如果全花光，我可能會大失所望吧！我雖然很清楚錢有多珍貴，但是我沒辦法光想著錢過活。只留了三百圓就洋洋得意的心態，讓我覺得非常地落寞。我一點也不想要錢，什麼都不想買、不想吃、不想看。家中的用具，我多會廢物利用，和服也是會重新染過、修補，所以不曾再買過一件。不管怎麼樣，我都能好好過。就連一台手巾架，也不想買新的，因為那樣很浪費。你有時會帶我到市區享用昂貴的中國料理，但我一點都不覺得好吃。我都沒辦法靜下心來，總提心吊膽地覺得好奢侈、好浪費。比起三百圓、中國料理，你要是能在屋裡的庭院架一座絲瓜棚給我，我會更開心的！八疊榻榻米大的簷廊，能照到午後的烈陽，如果能架一個絲瓜棚，一定很合適。但不管我怎麼拜託，你只會說：「那請個園丁來架吧！」並不願意親自架給我。請園丁？我才不喜歡那種有錢人般的舉動，我希望是由你來做，你卻說：「好、好、好，明年弄。」然而直至今日，你都沒有付諸行動。你明明平時就很捨得在自己身上揮霍，對他人，卻擺出事不關己的態度。是哪一天啊？你的朋友雨宮先生為了太太的病況而傷透腦筋，前來找你商量。你特地把我叫到客廳來，一臉正經地問我：「家裡現在還有錢嗎？」我心中感到既滑稽又愚蠢，一時不知該如何是好。當我紅著臉，支支吾吾時，你竟然嘲弄般對我說道：「別把錢藏起來，東湊西湊，應該還有二十圓左右吧？」我感到非常震驚。就二十圓嗎？我的視線重新回到了你的臉上。你卻單手一揮，甩開我的視線直嚷著：「好啦！借給我啦！別那麼小氣兮兮了。」接著你又對雨宮先生笑著說：「你我都那麼窮，遇到這種事，沒錢時，真的很難受啊……。」我整個人傻了，什麼話都不想多說了。你一點也不清貧！至於什麼哀愁，現在的你哪有那種美麗的影子。你根本是完全相反的任性樂天派。你不是每天早上都會在洗臉台高聲唱著東北歌謠嗎？我都對鄰居很不好意思。祈禱？夏凡納？在你身上真是浪費。孤高？難道你沒注意到自己只是活在那些趨炎附勢者的花言巧語中嗎？你被來到家中的客人們尊稱為老師，單方面批評某人的畫作，感嘆似乎沒人能與你並駕齊驅。如果你真心這麼想，你也不能這樣肆意地批評人家，來博得客人們的認同。就連一時的敷衍贊同，你都想得到，哪有什麼孤高！其實，就算無法讓每位客人心服口服，也沒什麼大不了的，不是嗎？你真是一個大騙子。想到去年你退出二科會，自組一個叫什麼新浪漫派的團體，你可知道我一個人有多麼悲傷嗎？因為你都只招集些你曾暗中嘲笑、瞧不起的人，來成立這個團體。你根本沒有自己的主見。在這個世上，也許你的生存方式才是正確的。當葛西先生來訪時，你們兩人就說著雨宮先生的壞話，一副憤慨地嘲笑他。而當雨宮先生來的時候，又對雨宮先生非常客氣，滿懷感激地對他說什麼：「果然只有你才是我的朋友。」語氣中完全感受不出一絲虛情假意。接著，這次又開始和雨宮先生一起批評葛西先生的態度……。這世上所謂的成功者，難道都做著和你一樣的行為過活嗎？單憑這樣，竟然就可以一帆風順地活下去啊？我對此感到非常害怕，亦感到不可思議。一定會有什麼不好的事發生！發生了也好，為了你，為了證明神的存在，我在心中一直祈禱著老天讓我們發生點壞事。然而，一件壞事也沒發生，一個也沒有。好事依然接踵而來。你那個團體舉辦的第一屆展覽獲得非常高的評價。你那幅菊花圖，被客人們評說，心竟愈加澄淨，散發高潔之愛的芬芳。為什麼會變成這樣呢？我非常困惑。今年新年時，你第一次在年初帶我到一向最熱心支持你畫作的岡井老師家拜年。儘管老師是那麼知名的大師，住的卻是比我們家還小的房子。單憑這點，我就覺得他是一位真正的大師。老師身材肥胖，看起來穩如泰山，他盤腿而坐，透過眼鏡仔細打量我。他那雙大眼，是貨真價實的孤高雙眼，我就像第一次在父親公司那間寒冷的會客室裡看到你的畫那樣，身體不停地微微打顫。老師不拘小節地淨談些家常話，他看著我，開玩笑地說：「真是位好太太，感覺像是武家出身的。」「對啊！她的母親是名士族。」你竟認真地誇耀著，害得我直冒冷汗，我母親哪是什麼士族！

我的父母親都是一介普通的平民。不久後你大概還會騙人說我的母親是華族[1]吧！真是太可怕了。沒想到連老師那種人都沒有識破你所有的謊言。真是奇怪，難道世界上淨是像你這樣的人？老師說你這陣子的工作很辛苦，不斷關心、慰勞你。我卻想到你每天早上唱著東北歌謠的模樣，不知道為什麼，我一直覺得好好笑，差點忍不住就要笑出聲來。離開老師家後，走不到一百公尺的距離，你就踢著沙子罵道：「啐！淨對女人甜言蜜語的傢伙！」我嚇了一跳，你好卑鄙。剛才還在那麼厲害的大師面前鞠躬作揖，現在馬上說人家的壞話，你真是一個瘋子。從那個時候開始，我就想跟你離婚了。我再也無法忍耐下去了。你絕對是錯的。要是能降臨什麼災難就好了。然而，還是一件壞事都沒有發生。你似乎已經忘了但馬先生過去對你的恩情，還對朋友說：「但馬那個笨蛋，又過來了。」但馬先生不知何時得知此事，於是開始笑著說：「笨蛋但馬又來囉！」滿不在乎地從後門走進屋來。我再也搞不懂你們了。身為人的尊嚴，到底跑哪去了？我要離開你，我甚至開始覺得你們會聚在一起嘲笑我。前幾天，你在廣播中提到新浪漫派的時代意義，我在起居室看晚報時，突然聽到你的名字被播報出來，接著就傳來了你的聲音。在我聽來，那彷彿是別人的聲音。多麼骯髒汙濁的嗓子啊！感覺就像是個討厭鬼。我已經能從客觀的角度澈底批判你了。你只是普通人，今後應該也會一步一步，順利地功成名就。真無趣！「是誰造就了現在的我呢……。」當我聽見這句話，我就關上了收音機。你究竟成就了什麼？好好地反省吧！你可千萬，別再開口說出「造就了我……。」這種可怕又愚昧的話。啊！你要是能趕快受挫就好了。聽完廣播的那晚，我早早就上床休息了。當我關了電燈，一個人仰臥就寢時，我的背後，有隻蟋蟀正拚命地叫著。牠應該是在地板下鳴叫，剛好位於我背部正下方，於是感覺好像在我的脊椎裡窸窸窣窣地叫。我決定了，我永遠不會忘了這微弱、幽遠的鳴叫聲，我要將它存放在我的脊椎裡，好好活下去。我想，在這世上，你一定是對的，錯的反倒是我。可是我到底是哪裡不對？錯在哪呢？我真的不知道。

1 一八六九年～一九四七年，存在於日本的貴族階層。

等待。

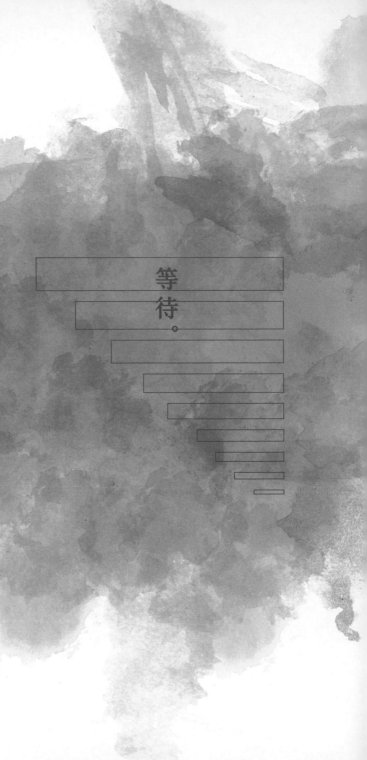

人と顔を合せて、お変りありませんか、寒くなりました、などと言いたくもない挨拶を、いい加減に言っていると、なんだか、自分ほどの嘘つきが世界中にいないような苦しい気持になって、死にたくなります。

只要與人見面，隨口說出那些「近來可好？」、「天氣變冷了！」之類言不由衷的問候時，就會痛苦地覺得，這世上沒有比自己更差勁的騙子，好想就此死去。

每天我都會在省線[1]的某個小車站裡等人，等一個素昧平生的人。

從市場買完東西的回家路上，我總會順道去一趟車站，坐在車站裡冰冷的長椅上，將菜籃置於膝上，茫然地望著剪票口。每當往返的電車到達月台，就會有很多人從電車口湧出，一窩蜂地走向剪票口，一臉憤怒地出示證件、繳交車票，接著直視前方匆忙走過我坐的長椅前，當他們步出站前廣場後，就朝各自的方向離去。我茫然地坐著，說不定，這時候會有個人笑著向我搭話。喔！真可怕啊！唉，傷腦筋！胸口小鹿亂撞。光只是想像，就好比被人從背後潑了冷水，令我背脊發寒，難以呼吸。儘管如此，我還是在等著某個人。只是我每天坐在這，究竟是在等誰呢？等著怎麼樣的人呢？不，或許我等的並不是人。我很討厭人。不，應該說我很怕人。只要與人見面，隨口說出那些「近來可好？」、「天氣變冷了！」之類言不由衷的問候時，就會痛苦地覺得，這世上沒有比自己更差勁的騙子，好想就此死去。而接著，對方也會特別防備自己，說著不痛不癢的寒暄、裝模作樣的虛假感想，只要聽到這些話語，不但會因對方那氣量狹隘的警戒心而感到悲傷，自己也會愈加厭惡這個世界。世人，難道就是互相生硬地寒暄，時時堤防對方，弄得雙方精疲力竭，如此度過一生嗎？我討厭與人見面。所以只要沒什麼特別的大事，我絕不會去朋友家玩。待在家裡，和母親兩人安靜地縫紉是最輕鬆的了。然而，隨著大戰開打，到處都充滿了緊張的氣氛，我覺得只有自己每天待在家裡發呆是件很過分的事，會莫名地感到不安，完全無法靜下心來，有種想鞠躬盡瘁，立刻貢獻心力的心情。我對過往的生活態度，已全然失去了自信。

雖然覺得自己不該靜靜地待在家裡，但即使外出了我也無處可去，所以才會買完東西後，在回家路上繞去車站，獨自茫然地坐在車站裡冰冷的長椅上。我心中期盼某個人會突然出現，卻同時也害怕，怕如果真的出現，那可麻煩了。但如果真的出現了，那也沒辦法，只好把我的生命獻給他了，我的命運將會在那一瞬間決定……，心中，這近乎於放棄一切的覺悟，與其他千奇百怪的幻想糾纏在一起，滿滿地塞在我的胸口，痛苦得快要窒

1 日本國有鐵道的舊稱，主要行駛於兩大首都圈內，近距離專用的電車。

息。我似乎已分辨不清自己究竟是生是死，宛如做起了白日夢般，內心有種不踏實的感覺，就連車站前來來往往的人群，都好比拿望遠鏡倒過來看，變得好小好遙遠，整個世界萬籟俱寂。哎！我究竟在等什麼呢？我說不定是個非常淫亂的女人。大戰開始後，我總莫名地不安，說什麼想鞠躬盡瘁、貢獻心力，根本都是假的。或許我只是藉著說些冠冕堂皇的話，巴望著有什麼好機會能實現自己輕率的空想罷了。儘管我像現在這樣，一臉茫然地呆坐於此，但我仍可以感覺到，心中那個不安分的計畫正熊熊燃燒著。

我到底在等誰呢？我沒有具體的形象，只有模糊的想法。儘管如此，我依舊等待著。自大戰開打以來，我每天每日，都會在購物後繞去車站，坐在這冰冷的長椅上，等待著。說不定，會有某個人笑著向我搭話。喔！真可怕！唉，傷腦筋！我等的人，並不是你。那麼，我到底是在等誰呢？老公？不對！戀人？不是。朋友？我討厭朋友。金錢？怎麼可能。亡靈？喔！才不要。

是更溫和、開朗、美好的東西？哎呀，我說不上來。比方像春天那樣的東西嗎？不，不對。綠葉、五月、流過麥田的清流……好像也不對。唉，儘管如此，我還是在等待著，雀躍地等待著。人們絡繹不絕地從我眼前通過。那不是！這也不是！我抱著菜籃，身體微微顫抖，一心一意地等待著。請不要忘了我，請不要嘲笑大天跑到車站等待，最後空虛返家的二十歲女孩，無論如何請牢牢記住。我不會特意說出這個小車站的站名。就算我不告訴你，總有一天，你也會發現我。

阿三。

正しいひとは、苦しい筈が無い。つくづく僕は感心する事があるんだ。どうして、君たちは、そんなにまじめで、まっとうなんだろうね。世の中を立派に生きとおすように生れついた人と、そうでない人と、はじめからはっきり区別がついているんじゃないかしら。

正直的人應該不會感到痛苦。經過深思，有件事我很佩服。
為什麼你們能如此認真、正直呢？難道這世上一開始就很清楚地把人分成兩派嗎？
一個天生就能冰清玉潔地過完一生，另一個則否。

一

他像是失了魂般，一聲不響地從玄關出去。我在廚房清理晚飯後的餐盤時，剎時從身後察覺到那股氣息，令我寂寞得差點摔了盤子，不禁嘆了口氣，微微探起身從廚房的格子窗口往外一看，外子正穿著褪色的白浴衣，身上綁著細細的腰帶，在這夏夜裡，如幽靈般一個人輕飄飄地走在纏繞著南瓜藤蔓的籬笆小路上。完全不像個活在世上的人，他的背影看起來相當落寞悲傷。

「爸爸呢？」

剛剛還在院子裡玩耍的七歲長女，用廚房口的桶子洗腳時隨口問道。比起母親，這孩子更仰慕父親，每晚都會和父親在六疊榻榻米大的房裡，同蓋一條棉被罩著蚊帳一起睡。

「去寺廟了。」

我隨口說出敷衍的回答。而當我說完後，突然覺得好像說了什麼不吉利的話，全身感到不寒而慄。

「去寺廟？做什麼？」

「盂蘭盆節不是到了嗎？所以，爸爸去寺廟拜拜呀。」

謊言神奇地一個接著一個脫口而出。不過那天真的是十三日盂蘭盆節，別家的女孩都穿著漂亮的和服從家門口出來，得意地擺動和服的長袖子玩。可是我們家孩子的漂亮和服卻在戰爭中燒掉了，所以即使到了盂蘭盆節，也只能穿著平時的舊洋裝。

「是嗎？會很快回來嗎？」

「哎呀，不知道呢。如果雅子乖一點的話，說不定會早點回來喔。」

雖然我嘴上這麼說，但看他那樣子，今晚應該也會在外面過夜。

雅子走進廚房，接著跑到三疊榻榻米大的房間，寂寞地坐在窗邊眺望外面。

「媽媽，雅子的豆子開花了唷！」

聽到她這聲低語，那可愛的模樣讓我眼裡泛起了淚。

「哪個？哪個？啊！真的耶！之後就會長出很多豆子喔！」

玄關旁有塊十坪大的田，以前我會在那邊種菜，但自從生了三個孩子後，我便無暇顧及田地。外子以前常常幫我做些田裡的活，但最近他完全不管家裡的事。鄰家的田地被鄰居先生整理得非常漂亮，種了各式各樣的菜，我們家的田和其相比，實在顯得非常遜色，裡面淨是雜草叢生。雅子將一顆配給的豆子埋在土裡替它澆水，沒想到後來竟然發了芽。對於什麼玩具都沒有的雅子而言，這豆子成了她唯一驕傲的財產，即使去鄰居家玩，她也不停吹噓著我家的豆子、我家的豆子。

落魄，寂寥……。不，現今的日本，並不只有我們家是這樣，尤其是住在東京的人們，每個人看上去都是一副無精打采、失魂落魄的樣子，很吃力地在街上緩慢遊走著。雖然我們的家當全被燒毀，總能感受到自身的落魄，但比起這些事，現在最折磨我的，是更迫切難熬的苦，是世上有夫之婦最痛心的煎熬。

我的丈夫，在神田一家知名的雜誌社工作了將近十年。而我們是在八年前平凡地相親結婚，從那時候開始，東京的出租房就已所剩不多。後來我們終於在中央線旁的郊區，找到這棟位在田中的獨立小租屋，直到大戰爭爆發為止我們一直住在這邊。

外子的身體很虛弱，因此躲過了召集與徵召，每天安穩地到雜誌社上班。隨著戰爭愈演愈烈，拜我們郊區裡的飛機製造廠所賜，家附近接二連三地被空投炸彈。最後，在某個夜裡，一顆炸彈落到院子的竹林中，廚房、廁所、以及三疊榻榻米大的房間全都被炸得慘不忍睹。由於一家四口（當時除了雅子，長男義太郎也已出生）無法繼續住在那間半殘破的房子裡，我和兩個孩子，便撤離到娘家青森市去，而外子則獨自一人住在半殘破的家中，睡六疊榻榻米大的房，一如往常地繼續到雜誌社上班。

然而，我們撤離到青森市不到四個月，青森市就遭受空襲，一切都付之一炬，我們千辛萬苦帶到青森市的行李全都被燒毀，除了身上的衣物，我們一無所有，如此狼狽地投奔到青森市大火後殘存下來的朋友家。一切彷彿置身地獄般，茫然地不知所措，投靠朋友後的第十天，日本宣布無條件投降。因為思念人在東京的外子，於是又帶著兩個孩子，幾乎是以行乞的方式返回東京。由於沒有可以搬遷的房子，我們只好請工人簡單地修理半毀的家，最後總算能像以前那樣一家四口相依為命。好不容易可以稍微喘口氣，卻沒想到外子那邊發生了變化。

由於雜誌社遭到戰爭摧毀，再加上公司董事間發生了資金糾紛，雜誌社最後解散，外子轉眼成了一名失業者。不過，由於長年在雜誌社工作的關係，外子在業界結交了很多朋友，後來他和裡面幾位有權有勢的人一起合資成立了一間新的出版社，陸續出版了兩、三本書。但出版的工作也因為紙張的採買出了問題，造成龐大的虧損，外子也為此背負了許多債款。為了處理善後，他每天都茫然地出門，到了傍晚才又疲憊不堪地回家，他以前就是個不愛說話的人，但自那時候開始，他更是緊繃著臉悶不吭聲。後來雖然總算把出版的虧損給補了過來，但他彷彿已喪失了工作的力氣。不過，他並沒有整天都待在家裡，他總是呆呆地站在檐廊抽著煙，眺望著遠處的地平線久久都不願把視線移開。「唉，又來了。」每當我如此開始擔心時，他又會若有所思地深深嘆了口氣，順手將抽了一半的煙丟到院子裡，接著從桌子的抽屜取出錢包放入懷中後，就像失了魂似的，一聲不響地悄悄走出玄關，通常那一晚都不會回家。

他曾是溫柔的好丈夫。酒量差不多日本酒一合[1]或啤酒一瓶的程度，雖然會抽煙，但也會配合政府所配給的煙草量來抽。我們結婚將近十年，這段期間他從沒打過我，也不曾口出惡言地罵過我。他只對我生氣過一次，當時有訪客來找外子，雅子那時大概三歲。她往客人身邊爬去，好像不小心打翻客人的茶，當下隨即喚了我，但我正在廚房啪噠啪噠地搧著碳爐沒聽到聲音，所以沒有做任何回應。而外子，就只有在那時，露出鐵青的臉把雅子抱到廚房來，將雅子放到地板上後，眼睛惡狠狠地瞪著我，整個人佇立在那邊，最後一聲不響地轉過身，背對我走向房間，接著「唰」地一聲使勁關上了拉門，那個關門聲非常尖銳強勁，彷彿直直傳到我骨髓深處，男人的可怕之處令我心驚膽顫。惹外子生氣，真的只有這麼一次而已。所以儘管在這戰爭中我也受了很多苦，但只要想到外子的溫柔體貼，我還是會認為，這八年的婚姻，我是很幸福的。（如今，他卻變得很不尋常。到底是從什

1　一合為一百八十毫升。

麼時候開始變成這樣的呢？從逃難處青森市回來後，與四個月不見的外子重逢時，外子的笑容總帶著些許的卑怯，還會避開我的視線，那般膽怯的態度，讓我心疼地以為那是因為他一人過著不方便的獨居生活，才會如此憔悴。還是說，在那四個月裡……，啊——！不要再想了，再想下去，只會深陷滿是痛苦的泥沼之中。）

外子是不會回來了，但我還是把他的被褥和雅子的被褥並排鋪在一起，我吊著蚊帳，心中感到非常地悲傷、痛苦。

二

隔天接近中午的時候，我在玄關旁的水井洗著今年春天出生的次女俊子的尿布，外子則像是小偷般，一副見不得人似的偷偷摸摸回來，一看到我，立刻沈默地垂下頭。突然，他被什麼東西絆倒，整個人向前撲倒爬進了玄關。他竟然不經意地向我這個妻子低頭，哎，他肯定也很痛苦吧……。思緒至此，憐惜之情溢滿胸口，根本沒辦法再繼續洗衣服。

我站起身，追在外子的身後，跑進屋裡……。

「很熱吧？要不要脫掉衣服？早上，因為盂蘭盆節特別配給了兩瓶啤酒哦！已經冰過了，要不要喝？」

外子不安地虛弱笑著，

「那還真不錯呢。」

他沙啞地說：

「妳要不要也來一瓶？」

很明顯地，他笨拙地說了客套話。

「我陪你喝吧！」

先父是個大酒鬼，因此我的酒量比外子好。剛結婚時，我們兩個人散步到新宿，走進關東煮店，喝了一些酒，外子馬上滿臉通紅無法招架，而我卻一點事也沒有，只是覺得有些耳鳴而已。

在三疊榻榻米大的房裡，孩子們吃著飯，外子光著上身，肩上蓋著一條濕毛巾，喝著啤酒。怕喝不完浪費，我就倒在杯子裡，只喝一些，懷中抱著次女俊子哺乳，整體看來就像是幅一家團聚的和諧畫面，但氣氛果然還是不甚融洽，外子不斷避開我的視線，而我也小心翼翼地選些不會觸及外子痛楚的話題，怎麼樣都無法聊得盡興。長女雅子和長男義太郎大概也敏感地察覺出父母情緒上的拘謹，格外乖巧地拿著代餐蒸包沾著摻有甘精[1]的紅茶吃。

「中午喝酒，會醉呢……。」

「哎呀！真的耶，你全身都紅通通了呢。」

那時，我不小心看見了。外子下巴處，停著一隻紫色的飛蛾，不，那不是飛蛾。剛結婚時，我也學會了那個技巧……，所以當我瞥見那宛如飛蛾般的印記後，我相當震驚，同時，他似乎也發現了我的視線，便慌張地用肩上的濕毛巾胡亂遮住那個被啃咬的痕跡，原來，他一開始就是為了要遮住那個飛蛾的印記，才把濕毛巾披在肩上。但我決定裝作什麼都不知情，努力半開諧音玩笑說著：

「雅子只要和拔拔在一起，就會覺得包包很好吃呢！」

但這句話聽起來卻像是在挖苦外子似的，氣氛反而變得更僵、更尷尬，當我痛苦到了極點時，突然鄰居的收音機響起了法國國歌，外子傾耳細聽，自言自語地喃喃說著：

「啊！對了，今天是法國的國慶日。」

他幽幽地笑了笑，一半說給雅子聽，一半說給我聽似的繼續說下去。

「七月十四日，這一天啊，革命……。」

他話說到一半，突然哽住，一看，外子正歪著嘴，眼裡泛著淚光，一臉忍住不哭的樣子，他幾乎是抽噎地說著：

「他們攻擊巴士底獄，民眾從四周站了起來，從那之後，法國的春高樓花之宴就永遠、永遠喔！永遠地消失了！但是，不破壞不行，就算知道永遠再也無法建立出新秩序、

1 dulcin，甜味劑。後因發現有致癌的可能性，加上有服用過量致死的案例，因此被日本政府禁用。

新道德，但還是不得不破壞，聽說孫文說了革命尚未成功後就去世了，但所謂的『革命的完成』，恐怕是永遠也無法實現的事。儘管如此，還是不得不發動革命，革命的本質就是這樣，它是個悲傷、美麗的東西，就算問革命了又能怎麼樣？但那份哀愁、美麗，還有愛……。」

法國的國歌持續播放著，外子邊哭邊說著革命的事，接著又害臊地擠出笑容，

「哎呀！抱歉，爸爸我酒後失態了。」

說完後，他垂著臉站起身，走到廚房洗臉繼續說：

「實在是不行，真是醉過頭了。居然為了法國革命哭，我要先睡一會兒……。」

他走進六疊榻榻米大的房，之後瞬間寂靜無聲，此刻，他一定蜷曲著身子啜泣著。

他並不是為革命而哭。不！也許法國革命和家的愛戀很相似。我很明白為了哀傷又美麗的事物，不得不破壞法國浪漫王朝或是摧毀和諧家庭的煎熬，即使明白外子心中的煎熬，我還是深愛著外子，雖然我並不是紙屋治兵衛的妻子阿三[1]。

妻子的懷中，

住了鬼嗎？

住了蛇嗎？

啊——啊——啊——！

在這聲悲嘆中，他擺出與革命思想、破壞思想毫無關聯的表情離去，妻子獨自被拋下，一直待在同一個地方，以相同的姿態，不斷寂寞地嘆息。之後到底會變成怎麼樣呢？也許我只能聽天由命，祈求丈夫戀情的風向可以就此改變，順從忍受一切。我還有三個孩子，為了孩子，事到如今我也不能與外子分開。

連續兩夜露宿在外，外子也終於要回家睡一晚。吃完晚餐後，外子與孩子們在檐廊上

1 一七二〇年開演的人偶劇《心中天網島》的主角之一。阿三雖然發現丈夫紙屋治兵衛另結新歡，卻還是深愛著丈夫。而本書提及的「阿三的悲嘆」，其故事背景為治兵衛在眾人的勸説下與情人分離，卻因餘情未了獨自縮在暖爐裡哭泣，阿三見狀後感慨説出了之後的悲嘆。

玩耍，他甚至對孩子們也用了卑微討好的語氣說話，笨拙地抱起今年剛出生的女兒，對她誇說：

「妳胖了捏！是個小美女捏！」

我隨口接著說：

「很可愛吧？一看到孩子們，你會不會想要長命百歲呢？」

我這麼一說完，外子的表情突然變得很奇怪。

「嗯……。」

他看似痛苦地回應我，使我一時驚慌，直冒冷汗。

準備睡覺時，外子八點左右就開始在六疊榻榻米大的房裡，鋪好自己和雅子的被褥，然後吊起蚊帳，他不顧雅子還想繼續和他玩的心情，強行脫下雅子的衣服，硬是替她換上睡衣，哄她睡著後，接著他也關燈睡了。

我在隔壁四疊半榻榻米大的房裡，哄長男和次女入睡後，一直做針線活兒到十一點左右，我才掛起蚊帳，睡在長男和次女中間，我們三個並不是睡成一個「川」字形，而是一個「小」字形。

我睡不著。隔壁的外子好像也無法入眠，聽到他嘆息，我不自覺地也跟著嘆了一口氣，我又想起阿三的悲嘆之歌，

妻子的懷中，

住了鬼嗎？

啊——啊——啊——！

住了蛇嗎？

外子起身來到我的房間，一時間我全身僵硬，他問我：

「那個，有安眠藥嗎？」

「已經沒了。我昨晚吃完了，但一點也沒效。」

「吃太多反而沒效，六顆就足夠了。」

他的聲音聽起來不太高興。

三

炙熱的天氣一天天持續著。我因為太熱，再加上心中很不安，總食不下嚥，臉頰骨漸漸凸出，連給寶寶的奶水都變少了，外子似乎也是毫無食慾，眼窩凹陷，閃爍著異樣的光芒，有一次，還曾呵呵地自嘲般笑著說：

「還不如瘋了好，說不定會輕鬆些。」

「我也希望如此。」

「正直的人應該不會感到痛苦。經過深思，有件事我很佩服。為什麼你們能如此認真、正直呢？難道這世上一開始就很清楚地把人分成兩派嗎？一個天生就能冰清玉潔地過完一生，另一個則否。」

「不，我們只是比較遲鈍而已喔，而我只是……。」

「只是？」

外子像是真的發了狂，用異樣的眼神盯著我。我開始結結巴巴，唉——！說不出口，不敢說得太具體，我什麼都說不出口。

「只是，一看到你痛苦的樣子，我就痛苦……。」

「什麼嘛，真無聊……。」

外子鬆了口氣般微笑地說。

此時我突然久違地感受到淡淡幸福。（原來如此，只要能讓外子的心情輕鬆一點，我也會變得輕鬆。道德算不了什麼，只要心情能輕鬆，那就夠了。）

那天深夜，我鑽進了外子的蚊帳裡。

「沒事、沒事。我什麼都沒多想。」

話一說完，我人便躺下。外子用沙啞的聲音半開玩笑地喊道：

「Excuse me.」

他爬起身，盤腿坐在床上。

「Don't mind! Don't mind!」

那晚的夏月是一輪滿月，月光透過木板套窗的破洞變成一條細細的銀線，四、五條月光照進蚊帳裡，照射在外子瘦弱的裸胸上。

「是說你瘦了呢！」

我也半開玩笑地笑著說，並從床上坐起身來。

「妳不也是嗎？好像也瘦了，就是一直瞎操心，所以才這樣……。」

「哪有，我不是說過了嗎？我什麼都沒多想呀，沒事的！因為我很精明嘛。只是，你偶爾也要多疼惜我一點嘛！」

我一笑，外子也露出了被月光照得白亮的牙笑了。在我小時候就過世的祖父母常常吵架，每次奶奶都會刻意用東京腔對爺爺說：「多疼惜我！」雖然當時我還小卻覺得很有趣，結了婚後，也曾告訴過外子這件趣事，兩個人還曾為此大笑過。

當我再次提起時，外子果然又笑了，不過，他的神情又馬上認真起來，

「我是想好好珍惜妳的。不讓妳受風吹，好好地珍惜妳。妳真的是個好人。不拘小節，請好好秉持住妳的自尊，沉穩地過活吧。我的心，永遠都掛念著妳，關於這點，妳要有百分百的自信，完全不必擔心……。」

外子說出這種正經八百又掃興的話，讓我覺得非常灰心。

我垂下頭，小聲地說：

「但是，你變了。」

（要是能被你忘得一乾二淨、被你討厭、恨得牙癢癢，我反而輕鬆。你心中明明如此掛念我，懷裡卻同時抱著別的女人，一想到這點，簡直就像是把我打入地獄般痛苦。

男人是不是誤解了？以為心裡掛念妻子是種道德的義務？是不是認為即使有了其他心上人，心中還不忘自己的妻子才是一種好的表現、有良心的作為？並覺得男人就該如此才對？於是一旦愛上其他人時，就會在妻子面前吐露出憂鬱的嘆息，開始受道德情緒所苦，

而妻子也拜其所賜，感染到丈夫陰鬱的情緒，跟著嘆息。如果丈夫能毫不在乎地保持開朗的話，做妻子的想必也不用遭受身在地獄的痛苦了。如果愛上了別人，就請把妻子忘得一乾二淨，全心全意地放膽去愛吧！）

外子無力地笑著，

「怎麼會變？才不會變！只是這陣子很熱，熱得讓人受不了。夏天，實在是太Excuse me!」

無話可說的我只好微微地笑著說：

「壞蛋！」

我裝作要打外子的樣子，接著迅速離開蚊帳，鑽回我房裡的蚊帳，睡在長男與次女之間，形成一個「小」字的形狀。

雖然只有這樣，但能向外子撒撒嬌，談天說笑，我已經很開心了，覺得胸口的疙瘩似乎也溶解了一些。那天晚上，我難得沒有在床上翻來覆去，久違地一覺到天明。

此後，我常常用這樣的方式向外子撒撒小嬌、開開玩笑，以此蒙混一切也無所謂，就算沒真誠以對也無妨，什麼道德我都不管了，即使只有一點點，一下下，我也想輕鬆自在地活下去，哪怕只有一小時、兩小時也好，只要開心就好了。我偶爾會擰一擰外子，家中時常傳出高亢的笑聲，但就在某天早上，外子很突然地表示想要去泡溫泉。

「頭好痛，大概是捱不住暑氣吧！我有個朋友住在信州那一帶的溫泉區，他說我隨時都能去找他玩，不必擔心吃飯的問題。我想去那邊靜養兩、三個星期，要是再這樣下去，我一定會瘋掉的。總之，我想逃離東京……。」

我突然覺得，外子可能是想逃離那個女人的身邊才去旅行。

「你不在時，若有持槍的強盜闖進來，該怎麼辦？」

我邊笑（啊！悲傷的人總是常常在笑）邊這麼說著。

「妳可以對強盜說『我丈夫是個瘋子喔！』我想持槍的強盜應該也拿瘋子沒輒吧！」

由於沒有不讓他出門旅行的理由，我便打算從抽屜中找出他外出的麻料夏服，但我到處找呀找，卻怎麼樣都找不著。

我心情鬱悶地說：

「找不到。怎麼回事？該不會是被闖空門了吧？」

「賣掉了。」

外子擠出了哭喪的笑臉如此說道。

雖然嚇了一跳，但我仍裝作若無其事地回他：

「哎呀！那麼快就賣了！」

「這就是比持槍強盜更厲害的地方囉！」

我想一定是為了那個女人。肯定發生了什麼需要偷偷用錢的事。

「那你要穿什麼去呢？」

「一件開領襯衫就好了。」

早上才剛說要去，中午就要出發了。他一副想要立刻離家出門的樣子，烈日不斷的東京，很難得地在那天下了場驟雨，外子揹著背包，穿上鞋子，坐在玄關的鋪板上，臉上皺著眉，十分急躁地等待著雨停。突然喃喃地說著：

「紫葳，是每兩年開一次花嗎？」

玄關前的紫葳今年沒開花。

我茫然地回答：

「也許吧！」

那是我和外子最後一次聊著夫妻般親密的對話。

雨停後，外子像是逃跑般，匆匆離家。三天後，那篇在長野縣諏訪湖殉情的報導小小地刊登在報紙上。

後來，我收到了外子從諏訪的旅館寄出的信。

「我並不是因為愛，才和這個女人一起死。我是個記者，記者是教唆人去引發革命或破壞，接著再轉身逃開，待在一旁擦拭汗珠的人，實在是種很奇怪的生物。記者是現代的惡魔。我已經無法忍受這種自我的嫌惡，於是我決定要登上革命者的十字架。過去不是都不曾有過記者的醜聞嗎？要是我的死訊，多多少少能讓現代的惡魔感到羞愧進而反省的話，我將會感到萬分高興。」

那封信裡寫了這些無聊又愚蠢的事。男人啊，就算要死了，也一定要這樣誇大其詞地談論著什麼意義，裝腔作勢地滿口謊言嗎？

根據外子朋友那邊聽來的消息，那女人是外子之前任職於神田的雜誌社時，同為同事的女記者，二十八歲。聽說在我逃難到青森時，她就常常住進家中，後來好像還懷孕什麼的……，唉！就因為這點事，便大聲嚷著革命啊什麼的，然後就這麼死了，我深深地覺得外子實在是個很沒用的人。

革命，是為了讓人活得自在才推動的。我才不相信一個滿臉悲壯的革命者。外子為什麼不能坦蕩又快樂地愛著那個女人，並也讓我這個妻子快樂地活下去呢？這種宛如置身地獄的戀情，當事人感受到的苦雖然會特別強烈，但不管怎麼說，也給周圍的人添太多麻煩了吧！

能輕易轉換心境才是真正的革命，只能要能做到這點，應該就不會有什麼問題了。連面對自己妻子的心境都改變不了，這革命的十字架實在也太悲慘了些。帶著三個孩子，坐在前往諏訪，領取外子遺骸的火車上，比起悲傷、氣憤，我反而對這無可救藥的愚蠢感到痛苦難受。

貨幣。

今宵死ぬかも知れぬという事になったら、物慾も、色慾も綺麗に忘れてしまうのではないかしらとも考えられるのに、どうしてなかなかそのようなものでもないらしく、人間は命の袋小路に落ち込むと、笑い合わずに、むさぼりくらい合うものらしうございます。

我原以為人類遭逢命在旦夕的危機時，會將物慾、色慾全拋諸腦後，然而事情卻不是這麼一回事。人們一旦走投無路時，似乎是會面無表情，貪婪地啃食彼此。

在外文中，名詞各有男女性別之分。
而貨幣被視為女性名詞。

我是七七八五一號的百圓紙鈔。請你察看一下錢包裡的百元紙鈔，也許我就在裡面。我已經精疲力盡了，甚至完全搞不清自己現在是待在誰的懷中，還是被扔進了紙簍裡。最近有傳聞說要推出新型紙鈔，而我們這些舊紙鈔全都將被燒毀。不過比起現在這樣不知自己是生是死，不如直接被燒掉升天還來得痛快。燒掉之後，會去天國還是地獄，就全憑神明裁決了，說不定，我會墜入地獄呢。剛出生時，我還沒有現在這般卑賤。雖然後來又出現了兩百圓、千圓等，比我更高貴的紙幣，但是我剛出生時，百圓紙鈔堪稱當時的金錢女王。當我第一次從東京的大銀行櫃檯轉交到某個人手中時，那個人的手還微微地發抖呢！哎呦，我說的是真的喔！他是名年輕木匠。他輕柔地把我平整放入圍裙裡的口袋，然後像是肚子痛般，左手掌輕輕地壓著腹部，不論是走路，還是搭乘電車，都維持一樣的動作。

一路從銀行回到家中後，他便趕緊把我放置在神龕上供拜。我就是這麼幸福地邁出了人生的起點。當時好希望能一直待在木匠家。可是，待在木匠家的日子，也就只有那麼一晚。那晚木匠的心情特別好，晚上還小酌了一番，他對著年輕嬌小的太太說：「妳不能再看不起我了。我啊！是個會工作的男人。」接著神氣地站起身，把我從神龕上拿下來，雙手捧著我，彎腰鞠躬地現給太太看，惹得太太發笑。但不久後，夫妻間起了爭執，最後我被折成四折，收進太太的小錢包中。到了隔天一早，我就被太太帶到當鋪，與太太的十件和服交換，我就被放進當鋪冰冷的金庫裡。我莫名地感到寒冷刺骨，正當我為腹痛感到困擾時，又被帶到外頭重見天日了。這次我是跟醫學院學生的一台顯微鏡交換。我被醫學院學生帶到很遠的地方去旅行，最後，又被他丟棄在瀨戶內海中某座小島的旅館裡。之後將近一個月的日子，我都待在旅館帳房中的矮櫃抽屜裡，從女服務員的閒話家常中，我聽到那個醫學院學生拋下我離開旅館後，居然就縱身躍進瀨戶內海裡自殺。「一個人尋死真是傻！像他那麼英俊的男子，我隨時都可以跟他一起死喔！」一個臃腫、年約四十，滿是膿瘡的女服務員這麼一說，惹得大家放聲大笑。之後的五年裡，我遊走於四國與九州，身體明顯地老化，而我也逐漸被人輕視。時隔了六年之久，當我再次回到東京時，我已對自己身體的巨大轉變感到相當厭惡。回到東京後，我淪落為奔波於黑市的女人。離開東京的這五、六年裡，我雖然變了，唉……但沒想到東京的變化居然……。晚上八點左右，我被微醺的仲介商，從東京車站帶到日本橋，然後前往京橋，走過銀座最後到了新橋。這一段路，只有無止盡的黑暗，就彷彿走在深山林野中，別說人影了，甚至連隻橫越馬路的貓都沒見著。簡直像一條不吉利的恐怖死街。接著馬上開始傳來咚咚、咻咻的聲響，在每天每夜的大混亂中，我依舊刻不停歇地從那個人手上移轉到這個人的手上，就像接力賽的接力棒般，眼花撩亂地被傳遞著。也因為這樣，我不僅被弄成這般皺巴巴的模樣，身上還沾染了各種臭味，我真的是覺得好羞恥，變得自暴自棄。而當時的日本，似乎也處於自暴自棄的時期呢。我曾被哪種人交到何種人的手中，又是以什麼樣的目的，在多麼悽慘的對話中讓渡的，關於這些事蹟，想必，各位都有十二萬分的了解，早已聽多見多了，我就不再詳加說明。我深刻體認到，轉變為虎豹豺狼的人，並不只有軍閥等輩，也不侷限於日本人，而是普遍人性的一個大問題，我原以為人類遭逢命在旦夕的危機時，會將物慾、色慾全拋諸腦後，然而事情卻不是這麼一回事。人們一旦走投無路時，似乎是會面無表情，貪婪地啃食彼此。只要這世上有不幸的人，自己也幸福不起來——才是人類該有的情感才對呀？但事實上人類卻是為了自身，或者自家人短暫的安樂，進而咒罵、欺騙、壓榨鄰人（沒錯！就連你一定也曾做過這種事。要是自己都沒發現，在無意識下發生的話，那更是令人憤怒！請引以為恥！如果你還算個人，請好好為此感到羞愧！因為羞愧是人類才有的情感），簡直像地獄亡靈在互相拉扯、爭吵，人類總讓我見識到這種可笑又悲慘的畫面。我雖然過著這種低等的奔波人生，但也曾有過一、兩次，慶幸自己誕生於這個世上。儘管自己現在一身疲憊，甚至搞不清楚自己身在何方，宛如年老昏聵的紙鈔，但直到現在，我還是有些難以忘懷的快樂回憶。其中一個是發生在我跟著黑店的老婆婆，從東京坐了三、四個小時的火車，前往一座小都市時的故事，現在就讓我娓娓道來。在那之前，我早已穿梭於各間黑店無數次，不過比起男老闆，大多數經營黑店的女老闆都比較能有效利用我，甚至帶來雙倍的收穫。看來女人的慾望，遠比男人來得更深、更卑鄙、更可怕。帶我去小都市的老婆婆似乎也不是等閒之輩，她從一名男子身上，以一瓶啤酒換得了我，接著又帶著我來到那座小都市採買葡萄酒。葡萄酒，一般在黑市的市價為一升[1]五、六十圓左右，只見老婆婆傾身向前，與店家竊竊私語了一番，臉上還不時露出奸笑，最後竟用我這一張百圓紙鈔買到四升的酒，毫不嫌重地將酒揹回家。總而言之，憑這個黑市老婆婆的本事，她竟然能把一瓶啤酒換成四升葡萄酒，再摻點水大概能裝滿二十支啤酒瓶吧。總而言之，女人的慾望呀，深不可測。然而老婆婆還是滿臉不悅，一派正經地抱怨：「哼！這什麼鬼世道！」接著轉身返家。於是我被放進葡萄酒黑店老闆的大錢包中，昏昏沉沉地睡到一半，馬上又被抽出。而這次是轉交到一名年近四十的陸軍上尉手上。上尉好像是黑店老闆的同伴，他拿來一百支軍用煙草「譽」（儘管那名上尉聲稱有一百支，但後來經葡萄酒黑店老闆一算，發現總共只有八十六支。葡萄酒黑店老闆非常生氣地大罵：「那個死騙子！」）

總之，我跟一包寫上「內有一百支」的紙包交換了，我被粗魯地塞進那名上尉的褲袋裡。當晚，我陪他在郊區有些骯髒的小吃店二樓吃飯。上尉一股腦地拚命喝酒，猛灌葡萄酒白蘭地之類的高檔酒。他的酒品好像不太好，喋喋不休地罵著陪酒的女人。

「妳的臉怎麼看都像隻虎狸。（他把狐狸唸成虎狸，不知道是哪裡的方言）妳記清楚喔！虎狸的臉上有尖尖的嘴，上面還長了鬍鬚。鬍鬚是右邊三根、左邊四根。虎狸的屁呀！真是臭得讓人受不了。屁股還會冒出黃黃的煙霧，小狗一聞到，就會被熏得暈頭轉向，最後啪地應聲倒下。不，我才沒騙人！妳的臉是黃色的，特別黃，一定是被自己的屁給熏黃的。哎呀！好臭！嘿！妳放屁了吧！哎呀！居然放屁！妳不覺得很失禮嗎？膽敢在軍人的鼻子前放屁，簡直毫無常識！別看我這樣，我可是很敏感的。竟敢在我鼻子前放虎狸的臭屁，我可不能坐視不管。」他煞有介事地滔滔罵著低俗的話。此時，樓下傳來了嬰兒的哭聲，他耳尖地聽見哭聲後繼續罵道：「煩人的小鬼，掃我的興。我可是很敏感的，

1 日本的公制單位，一升約一點八公升。

少看不起我。那是妳的小孩嗎？真是奇怪。虎狸的小孩也會像人類小孩那樣哭，真令人吃驚。妳是怎樣？豈有此理，帶著小孩陪酒，也太超過了吧！日本就是因為有一堆像妳這樣不懂分寸的下賤女人才會陷入苦戰。妳是低能的蠢蛋，所以一定以為日本會打贏吧？笨蛋！笨蛋！這場戰爭根本不像話。就像虎狸跟狗，弄得暈頭轉向後啪地應聲倒下。這場仗怎麼打得贏！所以我才會每晚喝酒買女人，不行嗎？」

「不行！」陪酒的女人臉色發白地說。

「是狐狸又怎樣！討厭的話不要來！現在日本還會像這樣喝酒取笑女人的就只有你們！你的薪水是從哪裡來的，給我想清楚！我們賺來的一大半錢都給了老闆娘。老闆娘再把那些錢用在你們身上，你們才可以像這樣在小吃店裡喝酒。少瞧不起我！雖然我是一介女流之輩，但我還養得起小孩。你知道現在扶養初生兒的女人有多辛苦嗎？你們是不會知道的。我們的乳房連一滴乳汁都擠不出來了，孩子只能對著空乳房猛吸，不，現在連吸奶的力氣也沒了。啊！沒錯！他是狐狸的孩子。下巴尖尖，滿是皺紋的臉已經抽抽噎噎地哭了一整天了，要不要抱給你看？儘管如此，我們還是忍耐著。而你們是怎樣啊！」話才說到一半，就傳出了空襲警報，同一時間也響起了爆炸聲，開始了往常的砰砰、咻咻聲，房間的拉窗被染上了鮮紅。

「啊！來了！終於來了！」上尉大叫後站起身，白蘭地讓他整個人都醉醺醺地步履蹣跚。

陪酒女像小鳥般迅速地衝下樓，揹起嬰兒，再爬回二樓。「喂！快逃啊！很危險，振作啊！」她從後方抱起宛如沒了骨頭，全身軟趴趴的上尉，將他拖下樓後，幫他穿好鞋，然後拉著上尉的手匆忙地逃到附近的神社境內。上尉在那呈大字形仰躺著，朝空中的爆炸聲不知道咒罵了些什麼。啪啦！啪啦！啪啦！火雨從天而降，神社也開始燃燒了起來。

「算我求你了！長官，逃到對面去吧！在這裡枉死很不值得。能逃多遠是多遠！」

在人類的職業中，這位被認為從事最低等買賣的瘦黑憔悴婦人，是我這黑暗的一生之中，見識到最閃耀、最尊貴的光輝。啊！慾望啊！退散！虛榮啊！退散！日本就是因為這兩個因素才失敗的。陪酒的女人毫無一絲慾望，更沒有虛榮，她只想拯救眼前醉倒的顧客。她用盡全身力量抬起上尉，腋下夾著他，蹣跚地走到田裡避難。就在他們逃離後不久，整座神社已成一片火海。

她將醉得不省人事的上尉拖到已經收割的小麥田裡。讓他睡在微高的田畦蔭上，接著頹然地坐在一旁猛喘氣。然而，上尉此時已經鼾聲連連了。

當晚，那座小都市到處都被火舌吞噬。天快亮時，上尉這才張開雙眼，爬起身，茫然眺望著還在燃燒的大火。突然間，他注意到身旁那位正點著頭打瞌睡的陪酒女人。他狼狽窩囊地站起身，他逃也似的走了五、六步又折了回來，從上衣內袋拿出五張我的百圓紙鈔同伴，之後又從褲袋抽出我，將六張紙鈔疊在一起，折成一半，塞進嬰兒最內層襯衣下的背後，倉皇跑走。我就是在這時體會到幸福。要是每張貨幣都能用在這種用途上的話，我們該會多幸福啊！嬰兒的背後乾乾的，很瘦弱。雖然如此，我還是對其他紙幣同伴說：

「再沒有比這裡更好的地方了，我們真幸福啊！真希望能一直待在這邊，溫暖這寶寶的背，讓他吃得胖胖的。」

同伴們都一致沈默地點點頭。

羞恥。

わかい女は、恥ずかしくてどうにもならなくなった時には、
本当に頭から灰でもかぶって泣いてみたい気持になるわねえ。

當美麗的女孩感到非常羞恥，不知所措時，
真的會有種想將灰撒在頭上，放聲大哭的感覺呢。

菊子，好丟臉啊！我真的是糗大了，說是羞得滿臉通紅，冒火般發燙都不足以形容。就算抱著頭在草原上哇哇大叫地打滾，也還是不夠。《舊約聖經》裡的〈撒慕爾紀下〉有寫到「塔瑪爾[1]把灰撒在頭上，撕破自己所穿的彩色長衣，雙手抱著頭，一路邊哭邊走。」可憐的妹妹塔瑪爾。當美麗的女孩感到非常羞恥，不知所措時，真的會想將灰撒在頭上，放聲大哭呢。我可以理解塔瑪爾的心情。

菊子，妳說得果然沒錯，小說家都是人渣！不，是惡鬼！真的是非常地可惡。我實在是太丟臉了。菊子，我之前一直瞞著妳，其實我有偷偷寫信給小說家戶田先生，而且最後還跟他見了一次面，並鬧了很大的笑話，實在是了無生趣。

讓我從頭告訴妳整件事吧。九月初，我寫封信給戶田先生，非常自以為是地寫了這封信。

「對不起。明知冒昧，但還是提筆寫信給閣下。我想，並沒有女性讀者有在讀閣下的小說。因為女人，只會閱讀刊載很多廣告的書。女人，並沒有自己的喜好，而是以一種『大家都在讀，那我也要讀』的虛榮心而閱讀的，總盲目地崇拜那些愛賣弄知識的人，過度抬舉那些無趣的大道理。恕我直言，我覺得閣下完全不懂那些大道理，毫無學識可言。我從去年的夏天起，就開始閱讀閣下的小說，幾乎全部都讀完了。因此，即使沒見過閣下，我也非常清楚閣下身邊的瑣事、容貌及風采，也更確定閣下肯定沒有女性讀者。因為閣下將自己的貧寒、吝嗇、沒格調的夫妻吵架、下流的疾病，以及醜陋的容貌、汙穢的服裝，還有啃著章魚腳喝燒酒，大發酒瘋後睡在地板的事情，跟欠了一屁股債務等等……盡把不名譽的骯髒事蹟，豪不掩飾地宣告大眾，那可是不行的。女人在本能上是很崇尚純潔的。讀著閣下的小說，儘管覺得閣下有些可憐，但讀到閣下提到自己開始禿頭、齒疏時，實在慘到不禁令我為之苦笑。對不起，直叫人想要輕視閣下。而

1 《撒慕爾紀下》第十三章裡有提到，達味王之子阿貝沙隆有位名為塔瑪爾的美麗妹妹，達味之子阿默農卻愛慕她，後來她被阿默農玷汙拋棄。

且，閣下不是會去一些我難以啟齒的骯髒地方找女人嗎？光是這點，就決定了一切，就連我都曾捏著鼻子閱讀，那一般的女性肯定無不例外地輕蔑閣下，對閣下蹙眉。我瞞著朋友閱讀閣下的小說，要是朋友知道我在看閣下的書，朋友可能會嘲笑我、質疑我的人格、甚至與我絕交。拜託，還請閣下稍微反省一下。雖然我認為閣下的學問不足、文章拙劣，人格有缺陷、思慮不足、頭腦不靈敏等擁有無數的缺點，卻也發現到在這些缺點之下還藏有一絲哀愁。我對那股哀愁感到惋惜，其他女人是不會了解的。就如前面所述，女人，是因為虛榮心作祟才閱讀書籍，胡亂推崇看似高貴的避暑勝地的戀愛小說，或是偏好一些思想性小說。但我不單是這樣，我相信存在於閣下小說中的那股哀愁是更值得尊敬的。還請閣下不要對自身容貌的醜陋、過去的惡行以及文章的拙劣感到絕望，請好好珍惜閣下獨特的哀愁，同時留意身體健康，並試著研究一些哲學和語文，以加強思想的深度。如果閣下的哀愁，將來能以哲學的方式來統整的話，我相信閣下的小說肯定不會像今日這般被世人嘲笑，閣下的人格亦可更臻成熟。待人格熟成之日，我將摘下面紗，告知我的住址及姓名，並與閣下見面。不過現在，我只能遠遠地獻上我的聲援。請容我先聲明，這並不是支持者的愛慕信。請不要將這封信拿給閣下的夫人看，說什麼『我也有女性支持者了！』這種沒品的玩笑。我可是有自尊的。」

菊子，我大致寫了這樣的信。直呼他為閣下、閣下，感覺好像不太好，但戶田先生和我的年紀相差太多，若直接稱呼「你」的話，又會顯得太過親暱，我才不要，要是戶田先生幼稚地沾沾自喜，開始動了非分之想，我可是會很頭痛的。而我也沒有尊敬戶田先生到想稱他為「老師」的地步，再加上戶田先生根本毫無學識，如果稱他為「老師」也很不自然。因此我決定稱呼他閣下，不過用「閣下」也還是有些奇怪呢。但我就算寄了這封信，也不會受到良心的苛責，我覺得自己是做了件好事。能對可憐之人盡上微薄之力，我很高興。不過，我沒有在這封信上寫明住址跟姓名。因為我很害怕嘛！如果他以一副髒兮兮的裝扮喝醉酒闖進我家的話，我媽一定會嚇壞！說不定還會強迫我們借錢給他什麼的……畢竟他是個有壞毛病的人，不知道會做出什麼可怕的事。我原本想永遠當個隱形的女人。可是，菊子，我失敗了。發生了非常糟糕的事。那之後還不到一個月，就發生了一件必須再寫信給戶田先生的事情，而且這次我還清楚地跟他說了我的住址和姓名。

菊子，我是個可憐的女人。只要給妳看我當時的信件內容，妳應該就可以明白原因了。信件的內容如下，請別笑我。

「戶田先生，我很驚訝，為什麼閣下會查出我的真實身分？是的，沒錯，我的名字是和子，是教授的女兒，今年二十三歲。完全被閣下揭露了。拜讀閣下本月於《文學世界》的新作，我感到啞然。我發現真的、真的不能輕忽小說家。閣下是怎麼知道的呢？甚至完全看穿了我的感受。文中，還寫下『甚至起了淫穢的遐想』這辛辣的一筆正中了紅心，閣下的確有驚人的進步。我那封匿名信竟然能馬上激起閣下的創作慾望，我也感到非常地高興。因為一名女性的支持，竟能激勵作家動筆創作，如此顯著的效果，是我始料未及的事。據說雨果[1]、巴爾札克[2]這些大師，也都是藉由女性的保護與慰藉才創作出許多傑作。我下定了決心，雖然力量微薄，但我願意為閣下盡心力。還請閣下好好努力，我會常常寫信的。在閣下這次的小說裡有稍微對女性的心理進行了剖析，這的確是個進步，很多地方都寫得入木三分，讓我深感佩服。然而還是有些地方寫得不夠精準。因為我是年輕的女性，今後我願告訴閣下一些女性的各種心理。我認為閣下是位有前途之士，作品也會漸漸進入佳境。還請閣下再多讀點書，充實自身哲學的素養。要是欠缺素養的話，是怎麼樣都無法成為偉大的小說家。若碰

1 維克多・馬里・雨果（Victor Marie Hugo，一八〇二年～一八八五年）法國浪漫主義作家。著有《巴黎聖母院》和《悲慘世界》等作品。

2 歐諾黑・德・巴爾札克（Hororé de Balzac，一七九九年～一八五〇年）法國現實主義文學成就最高者之一。著有《人間喜劇》等作品。

上了痛苦的事情，敬請不必客氣，寫信給我吧。既然已經被閣下識破，那我就不再隱藏我自己。我的住址與姓名就寫在信封上。敬請放心，這不是假名。盼閣下哪日人格成熟之時，能與閣下見上一面。不過在此之前，我們只能以通信的方式聯絡，敬請見諒。真的，這次我相當驚訝，沒想到閣下連我的名字都知道。想必，閣下對我的信感到相當興奮，並到處張揚地拿給朋友們看，然後再以信的郵戳為線索，拜託報社的朋友調查，最後查出我的名字的吧！難道不是嗎？男人呀，只要一收到來自女人的信就會大驚小怪的，真討厭。閣下是怎麼知道我的姓名，並得知我是二十三歲呢？請以信件告知。我願持續與閣下通信。下次我會寫些更溫柔的信給閣下。請保重。」

菊子，我現在謄寫這封信時，可是好幾度就快哭了呢。我覺得全身都滲出了汗。請妳體會我的心情，是我搞錯了，他根本不是在寫我，甚至根本就沒有把我當成一回事。啊！好丟臉！好丟臉！菊子，請同情我，讓我把話說完吧。

妳讀了戶田先生在《文學世界》裡發表的短篇小說《七草》了嗎？裡面描述一名二十三歲的女孩，因為害怕愛戀，憎恨意亂情迷，最後嫁給六十歲的有錢老爺，但又因此感到厭倦，憤而自殺。有些露骨、陰沉，但卻有戶田先生的風格。我讀了那篇小說之後，我覺得那肯定是以我為範本而寫出來的。不知道為什麼，我只讀了兩、三行就開始這麼認為，臉色瞬間發白。因為那女孩的名字跟我一樣，不也是叫和子嗎？年齡也一樣，不也是二十三歲嗎？連父親是大學老師的部分，不也完全相同嗎？雖然之後的發展與我的身世不盡相同，但我卻不知道為什麼，就是認定他是以我的信件為靈感，才創作出這篇小說的。而這就是我鬧大笑話的開端。

四、五天之後，我收到來自戶田先生的明信片。上面是這麼寫著。

「回函。我收到您的來信了。非常感謝您的支持。另外，您之前的來信我也確實拜讀過了。至今，我從未做過諸如將他人的來信拿給家人看，並予以嘲弄等失禮的事。我也從來沒有拿給朋友看，並對此大驚小怪。這一點，您儘管放心。最後，您說待我人格成熟之後，將會與我見面，只是，人真的可以單憑自己的力量來成就自己嗎？謹致。」

果然小說家這種人，淨會說些漂亮話。被將了一軍，我覺得很懊惱。我發了一整天的呆，到了第二天早上，我突然很想見戶田先生。一定要讓他見見我，他此刻一定很痛苦。如果我現在不去見他，他說不定會墮落沉淪。他正在等著我過去，我就去見他吧！於是我馬上開始整裝。不過菊子，妳覺得去訪問住在長屋[1]的貧窮作家，可以穿得很華麗嗎？絕對不行。之前某個婦女團體的幹部們戴著狐毛圍巾去探訪貧民窟時，不就引發了爭論嗎？我得注意才行！從他的小說看來，戶田先生可能連件像樣的和服都沒有，只有一件棉絮外露的棉襖。而且家裡的榻榻米還破掉，直接鋪滿了報紙，而他就坐在那上面。要去那種屋裡拜訪，我要是穿著最近新縫製的粉紅洋裝去，反而會讓戶田先生的家人感到落寞、惶恐，那樣會很失禮的。於是，我拿出女校時滿是補丁的裙子，然後再穿上以前滑雪時所穿的黃色夾克。這件夾克已經變得很小，兩個袖長只到手肘附近，袖口裂開垂著毛線，是件非常合適的衣服。透過小說，我得知戶田先生每年一到秋天腳氣病就會發作，很痛苦，所以我拿了一條床上的毛毯，打算用包袱巾包著帶去。我想建議他用毛毯裹著腳工作。我瞞著媽媽，從後門偷偷溜出來。菊子，妳應該知道吧？我有一顆門牙是假的，可以拔下來。我在電車上輕輕地將它取下，故意裝成很醜的樣子。因為戶田先生應該掉很多顆牙，為了不讓戶田先生感到羞恥，我決定也要讓他看到我牙齒的缺陷，好讓他安心。我也把頭髮弄得亂七八糟，將自己弄成一個又醜又窮的女孩。為了撫慰懦弱愚笨的窮人，我必須絞盡腦汁，面面俱到才行。

戶田先生的家位在郊區，我走下省縣電車，向警局詢問後，意外毫不費功夫地就找到了戶田先生的家。菊子，戶田先生並不是住在長屋裡，雖然有點小，但是一棟很乾淨的獨棟房屋，庭院也整理得很漂亮，開滿了秋天的薔薇。一切都令我出乎意料。打開玄關後，鞋櫃上擺了一盆插有菊花的水盆。有一位沈穩、氣質高貴的夫人走出來向我致意。我還在

1 日本傳統的集合住宅。

想是不是弄錯屋子了。

「請問，寫小說的戶田先生住在這裡嗎？」我誠惶誠恐地問。

「是啊！」夫人優雅回應的笑臉，讓我覺得好耀眼。

「老師……」我不加思索地說出老師這兩個字。「請問老師在嗎？」

我被帶到老師的書齋。一位神色嚴肅的男人端坐在書桌前面。他並沒有穿著棉襖，我不太清楚那是什麼材質的布料，他穿著深青色的厚夾衣，腰上綁著黑底白條紋的腰帶。書齋就像茶室那樣，壁龕上掛了一幅漢詩卷軸，但，我一個字都看不懂。竹籃裡擺有一株美麗鮮嫩的常春藤，書桌旁則堆滿了許多書。

完全不一樣！牙沒脫落，頭也沒禿，長相清秀，絲毫沒有不乾淨的感覺。這個人會喝完燒酒後睡在地板上？我感到非常不可思議。

我重振精神說：「您在小說上給人的感覺，與實際見面後的感覺真是截然不同。」

「是嗎？」他輕聲回答，對我似乎不太感興趣的樣子。

「我今天來，是想問您是怎麼知道我的？」我提出那件事，試著掩飾自己的愚昧。

「什麼？」他一點反應也沒有。

「雖然我隱藏了姓名和住址，不還是被老師給識破了嗎？在我前幾天寄來的信上，好像開頭就提出這個問題了吧！」

「我不認識妳喔，真是奇怪呢。」他以清澈的雙眼直視著我，露出了淡淡的微笑。

「好！」我開始感到狼狽不堪。「如果您真的什麼都不知道，那應該完全不懂我那封信的意思吧？但您竟然避而不談，真過分！您是把我當笨蛋吧！」

我好想哭，我到底在自以為是什麼？亂七八糟、亂七八糟。菊子，說羞得滿臉冒火似的發燙都不足以形容。即使抱著頭在草原上哇哇大叫地打滾，也還是不夠。

「那麼，請把信還給我。太丟人了，請還給我。」

戶田先生一臉嚴肅地點著頭。也許他已經生氣了，甚至訝異地認為，我真是過分的傢伙。

「我找找。我不可能特別把每天的信件保存起來，說不定已經不見了。之後我會叫家裡的人去找。如果找到的話，再寄還給妳。是兩封嗎？」

「是，兩封！」我真是悲慘。

「說什麼我的小說跟妳的遭遇很相似，但我寫小說是絕對不用範本的，全部都是虛構的。再說，妳的第一封信簡直是……。」他突然噤口不出聲，低下頭來。

「打擾了。」我是個缺了牙，衣衫襤褸的乞丐女。過於窄小的夾克袖口裂開，深藍色的裙子滿是補丁，我從頭到腳都被他輕蔑著。小說家是個惡魔！騙子！明明不貧窮，卻故作非常貧困的樣子。明明一表人才，卻要說自己醜陋來博取同情。明明就一直努力求知，卻要說什麼不學無術。明明深愛著妻子，卻要胡謅夫妻每天吵架。明明不痛苦，卻一直無病呻吟。我被騙了。我沉默地鞠躬，站起身。

「您的病怎麼樣了？腳氣病還好嗎？」

「我很健康。」

為了這個人我還帶了毛毯過來。不過，得再帶回去了。菊子，我在極度羞恥下，抱著毛毯包，在回去的路上哭了。我把臉埋進毛毯包裡哭，結果被汽車駕駛怒斥：「混帳！走路小心！」

過了兩、三天後，我那兩封信被放在大信封中，以掛號的方式寄來。對我來說，那是微弱的一縷希望。這個大信封裡，除了我那兩封信外，會不會還放有老師溫柔的安慰信？老師會不會寫了些能夠挽救我羞恥的箴言？我抱著信封祈禱，然後打開信封，然而，是空的。除了我那兩封信，裡面什麼都沒有。但說不定，他會在我信紙背面，像塗鴉般寫了些感想給我。一張、又一張，我仔細地檢查信紙的正反面……，結果什麼都沒有寫。這份羞恥，妳能明白嗎？我真想抓把灰撒在頭上。我覺得自己已經老了十歲。小說家這種傢伙，實在太無趣了，根本就是人渣啊！淨寫些謊言，一點都不浪漫。他生活在普通的家庭，冷眼輕視著衣著骯髒、門牙脫落的女孩，甚至不予以目送，永遠擺出置身事外的態度，故作正經。實在太可怕了，那種人，應該叫他騙子才對！

女生徒。

正しい希望、正しい野心を持っていない、と叱って居られるけれども、
そんなら私たち、正しい理想を追って行動した場合、
この人たちはどこまでも私たちを見守り、導いていってくれるだろうか。

儘管他們斥責我們沒有正確的希望和野心，
但如果我們要追求正確的理想而付諸行動時，
這些人會守護我們到何時？會指引我們嗎？

♪01

——一早，睡醒睜開雙眼的感覺很有趣。就好像玩捉迷藏時，躲在漆黑的壁櫥中動也不動地蹲著，忽然「嘎拉」一聲，門被鬼拉開，光線倏地照射進來，接著鬼大聲叫道：「找到妳了！」先是一陣炫目，接著是一股錯愕，最後胸口開始噗通噗通地跳，拉緊衣服前襟，有些難為情地從壁櫥中走出，突然氣呼呼地滿肚子火，就是這種感覺，不、不對！不是這種感覺，應該是更難熬的感覺，就像打開一個箱子後，結果裡面還有個小箱子，把小箱子打開，裡面又有更小的箱子，再將它打開後，又冒出了小箱子，再把小箱子打開，又有個箱子，像這樣不斷打開了七、八個箱子，最後終於出現了一個如骰子般大的箱子，輕輕地打開一看，裡面卻空無一物。有點接近這種感覺。什麼舒爽地瞬間清醒，根本是騙人的。就像混濁不明的液體，隨時間流逝，澱粉才緩緩向下沉澱，上層一點一點地清澈起來，最後才疲憊地清醒。早上，總令人煩躁。難過的回憶不斷湧上心頭，讓人受不了。討厭！真討厭！早晨的我最醜陋不堪了。此時的我兩腳無力，什麼都不想做，或許是因為沒睡好吧？說什麼早晨有益健康，根本是騙人的。早晨是灰色的，一直以來都是如此，是最虛無的。早上躺在床上的我總是特別厭世。有夠煩悶。充斥著各種醜陋的悔恨，它們瞬間聚集在一起，堵住了我的胸口，害得我痛苦難受。

早晨，真是可惡。

我小聲地喚著：「爸爸！」之後，我帶著一陣難以言喻的害臊、喜悅起身，迅速摺好棉被。抱起棉被時，吆喝了一聲「嘿咻」，我頓時失措了。到目前為止，我從未想過自己是個會說出「嘿咻」這般低俗字眼的女人。「嘿咻」聽起來就像老太婆才會吆喝的，真討厭。為什麼會發出這種聲音呢？也許我身體某處，正住著一位老太婆，感覺真不舒服，以後我可要多注意一些。這就像對別人低俗的走路姿勢大蹙眉頭的同時，猛然發現自己也是這樣行走般，令人萬分沮喪。

早上，我總是毫無自信。穿著睡衣坐在梳妝台前，沒戴眼鏡看著鏡子，我的臉龐看上去有些模糊顯得格外沉著。雖然在這張臉上，我最討厭的就是眼鏡，但眼鏡卻也有旁人無法了解的好處。我最喜歡摘掉眼鏡眺望遠處，視野全都變得朦朧，恍如夢境就像觀賞拉洋片，感覺很棒。完全看不見一絲汙穢，只有龐大的物體，以及鮮明強烈的光線映入眼簾。我也喜歡摘掉眼鏡看人。每個人的臉孔，都會變得柔和、美麗、笑容可掬。而且沒戴眼鏡時，我絕對不會想和誰發生爭執，也不會口出惡言，只會默默地、茫然地發呆罷了。如此一來，這時的我，在旁人眼裡應該也算個和善的人吧？一想到這，我就傻傻地感到安心，變得想和人撒嬌，心也溫和了許多。

但是，我果然還是討厭眼鏡。一戴上眼鏡，「臉」就會消失殆盡。從臉部衍生出的各種情緒——浪漫、美麗、激動、軟弱、天真、哀愁，這一切均會被眼鏡遮住，而且，也無法正常地透過眼角眉梢來交談了。

眼鏡是個妖怪。

可能是因為我一直很討厭自己的眼鏡，總覺得擁有美麗雙眸是最棒的事了。即使沒有鼻子，就算遮住嘴巴，只要看到那雙眼，那雙會激勵自己必須活得美滿的眼睛，我就會感到滿足。我的眼睛光是長得大，並沒什麼特別之處。只要一直盯著自己的雙眼看，就會感到灰心。連媽媽也說我的眼睛毫無趣味可言，也就是指我的眼睛沒有光彩吧。一想到我的眼睛就像顆煤炭球，就覺得沮喪。都是它害的，真過分！只要一面對鏡子，都會深切地盼望自己的雙眼能夠變得濕潤有光彩，就像碧湖般水亮的眼睛，或像躺在青青草原上仰望天空的眼睛，能時時映出白雲的流動，甚至連鳥兒的身影也都照映得一清二楚。好想多見見擁有美麗眼眸的人。

♪02

——從今天早上開始就邁入五月了，一想到此，心裡多少有些雀躍。因為夏天就快要到了，果然很開心呢！走出庭院，草莓花映入眼簾，父親去世的事實，變得很不可思議。死去，不復存在，「死」這事，實在難以理解，直叫人納悶。好想念姊姊和分離的友人，以及許久不見的人們。看來早晨會讓昔日的往事，和前人的事蹟一一浮現於身邊，就像醃菜的臭味般讓人不悅地想起，真是令人受不了。

恰皮、可兒（因為是可憐的狗狗，所以叫牠可兒），兩隻狗一齊跑過來。我讓牠們在我眼前並排坐下，我只對恰皮疼愛有加。恰皮雪白的毛髮閃閃發亮，相當美麗，而可兒卻是髒兮兮的。我很明白，只要我逗弄恰皮，可兒就會在一旁哭喪著臉。我也知道可兒的腳有殘疾。但我就是不喜歡牠那副悲傷難過的模樣。正因為牠可憐得讓人受不了，所以我才故意對牠使壞。可兒看起來就像隻流浪狗，所以難說哪天不會被抓去殺掉。可兒的腳都已經這樣了，就算要逃，想必也跑不快。可兒，快去深山裡吧！沒有人會疼愛你的，還是早點死掉比較痛快！不僅是對可兒，我也會對人做出惡劣的事，讓人傷透腦筋，激怒他人。實在是個惹人厭的孩子。我坐在檐廊上，一邊撫摸著恰皮的頭，一邊望著鮮豔的綠葉，突然覺得自己一無是處，好想直接坐在地面上。

我想哭一場。或許只要屏住氣息，讓眼睛充血，就會流下一些淚來。我試了一下，但還是沒辦法，或許我已經變成了沒有眼淚的女人。

我打消了想哭的念頭，開始打掃屋子。邊掃邊隨意地哼起〈唐人阿吉[1]〉，這感覺就好像開了眼界似的，沒想到平常熱衷於莫札特、巴哈的我，居然也會無意識地哼起〈唐人阿吉〉，實在很有趣。我抱起棉被時吆喝著「嘿咻」，打掃時唱著〈唐人阿吉〉，我已經沒救了吧？再這樣下去，不知道會說出什麼下流的夢話？我相當地不安，卻又莫名覺得可笑，我停下拿著掃帚的手，獨自笑了起來。

我換上昨天新縫好的內衣，胸口繡了一朵小小的白薔薇。一穿上上衣，就看不見這朵花，沒有人會知道這朵花的存在。為此，我相當得意。

媽媽為了幫某人作媒忙得焦頭爛額，一大早就出門去了。從我小時候起，媽媽就常為別人的事盡心盡力，我雖然早就習以為常，但還是十分佩服媽媽那驚人的活動力。因為爸爸只專注於讀書，所以媽媽才連同爸爸的份一起做了。雖然爸爸疏於社交，但媽媽卻善於結交良友，他們兩人個性不同，卻又能相敬如賓。真是一對沒有齟齬，美好又和諧的夫婦。啊！我真是老王賣瓜。

在味噌湯熱好前，我坐在廚房門口，呆望著前方的雜樹林。接著，我突然覺得，無論是過去，還是未來，我也會像這樣坐在廚房口，以同樣的姿勢，一邊想著同樣的事，一

1 齊藤吉（一八四一年～一八九〇年）為日本幕末至明治時期的名藝妓。因侍奉過美國總領事，故被稱為唐人阿吉（唐人在日文中，有外國人之意）。其事蹟被改寫為小說、電影、歌曲等各種作品。

邊眺望著前方的雜樹林。就在這一瞬間，我彷彿體會了過去、現在和未來，這感覺真是奇妙。我常遇到類似的情形。和某人坐在房裡聊天時，視線飄往桌角後，就會突然停下，只剩嘴巴在動。在這種狀態下，會產生奇怪的錯覺。我開始確信，自己過去也曾在相同的狀況下，聊著同樣的事，並且也同樣盯著桌角看。而現在發生的事，一定又會完封不動，一模一樣地在未來的某天，逼近自己。即使步行在遙遠的鄉間小路上，我也一定會覺得自己曾來過這。邊走邊扯下路旁的豆葉時，也絕對會覺得自己果然曾在這條路上的此處扯過豆葉。並且，我相信，即使到了未來，這條路，不論我走過了幾趟，我都會在這附近扯下豆葉。另外，還曾發生過這種事，我某次泡澡時，不經意地看了自己的手。接著，我相當肯定，在未來，不管過了多少年，我一定又會在泡澡時，不經意地看著手，也會想起現在的自己也曾做過這件事。當我一這麼想，不知怎麼的，心情就晦暗了起來。另外，某天傍晚，當我把飯盛到飯桶裡時，說是靈光乍現或許有點誇張，但體內卻有股東西咻地跑了過去的感覺，該怎麼說呢？我想那應該是哲學的尾巴吧。我被這陣感覺弄得頭腦、胸口，各個角落都漸漸變得透明，我彷彿能夠平靜地去面對「生存」，默默地、悄悄地，宛如擠出涼粉時的柔軟性，似乎能就這麼隨著浪濤的起伏，美麗且輕柔地走過一生。這時，已經顧不了什麼哲學的問題了。這股如同賊貓般，靜悄悄地度過一生的預感，絕不是件好事，甚至令人害怕。要是這種心境一直持續下去，人也許會變得像神靈附身那樣吧？就像耶穌。不過，女耶穌什麼的，太不正經了。

追根究柢，一切都是因為我閒來無事，不必為生活吃苦受勞，所以才無法消化每日所見所聞的幾百、幾千個感受，於是這些感受才會趁我發呆時，幻化成妖怪的臉孔，一一浮現出來吧？

♪ 03

——

我獨自坐在餐廳吃飯。這是今年第一次吃小黃瓜。從小黃瓜的青翠，就能感受夏天的來臨。五月黃瓜的嫩綠中，存在著一股會使胸口空虛、刺痛，發癢似的哀傷。每次獨自在餐廳吃飯時，就會莫名地想去旅行，好想搭火車。看著報紙，報上刊登出一張近衛先生[1]

1 近衛文麿（一八九一年～一九四五年）由貴族院議長擔任首相。戰後因被指為戰犯而自殺。

的照片。近衛先生算是個帥哥嗎？我不喜歡他的臉，他的額頭長得不好。我最喜歡看報上刊登的書籍廣告。由於一字一句大概都得花上一、兩百圓的廣告費，所以大家都很努力，為了使一字一句發揮出最大的效果，大家都痛苦地絞盡腦汁擠出名言佳句。這樣字字如金的文章，恐怕世上不多了吧！我莫名地感到愉悅，真是痛快。

吃完飯，關好門窗後準備上學。沒問題！應該不會下雨。但我還是想帶上昨天從媽媽那邊要來的漂亮雨傘，於是把它帶在身邊。這把傘是媽媽少女時代所使用的，發現這把有趣的傘，讓我有些得意。好想拿著這把傘行走在巴黎的街道。等戰爭結束後，一定會流行這種夢幻般復古的雨傘。這把傘與花邊帽應該很相配。穿上長襬、開著大襟領的粉紅色洋裝，戴上黑絹蕾絲長手套，將嬌美的紫羅蘭別在寬帽沿的帽子上。接著，在綠意盎然的季節裡，前去巴黎的餐館享用午餐。當我憂鬱地托著腮幫子，凝望外頭川流不息的行人時，有個人輕拍我的肩，此時耳邊瞬間響起薔薇華爾滋……。啊！好可笑！好可笑！可惜現實中，我只有這把造型奇特的舊長柄傘。我真是悲慘可憐！好像賣火柴的小女孩。唉，還是去拔草吧！
出門時，稍微拔了一下家門前的草。算是幫媽媽一點忙，也許今天會有什麼好事發生。同樣是草，為什麼會有想拔掉的草，以及想保留下來的草呢？既然可愛與不可愛的草，在外型上並無二致，那為什麼還要區分出惹人憐愛的草，和令人厭惡的草呢？完全毫無道理可言。女人的好惡，實在是太過主觀隨性了。做了十分鐘的勞動後，我急忙地趕往火車站。每當走過田埂時，總會想要寫生。途中，會走過神社的森間小路。這是我自己發現的捷徑。走在小路上，不經意地往下瞧，只見兩寸高的小麥苗到處生長。一看到青綠的小麥苗，就曉得今年也有軍隊來過。去年也有大批軍隊和馬匹來到此地，駐紮在神社的森林裡休息，過一陣子，再來到這兒時，小麥就像今天一樣四處生長。然而，這些麥苗並不會再繼續生長。今年，這些小麥一樣從軍人馬匹上的桶子裡落地而生，長成瘦長的幼苗。但這座森林非常幽暗，完全照不到陽光，實在可憐，長了那麼高，不久就會死了吧。
穿過神社的森間小路，在車站的附近碰到了四、五名工人。這些工人，一如往常地對我說些難以啟齒的齷齪字眼，使我不知如何是好。雖然想超越這些工人先行離去，但若這麼做，勢必得鑽過他們之間的縫隙，與他們擦身而過，太可怕了。話雖如此，要是默默站著不動，讓工人先走，走到彼此間有一定的距離，那反而更需要足夠的膽識。畢竟這樣的行為有些失禮，或許工人們會生氣。我的身體開始發熱，幾乎快要哭了出來。這份差點落淚的情緒讓我很難為情，我勉強向他們笑了笑。接著，緩慢地走在他們後面。儘管當時我別無他法，但這股懊悔，並未隨著搭上電車後而消逝。我真希望自己在面對這些芝麻小事時能早日淡然處之，變得更堅強、俐落。

♪04

電車門口旁有個空位，我輕輕地把我的東西放在那邊，整理了一下裙襬，準備坐下去時，有個戴眼鏡的男人將我的東西挪開，直接坐了下去。

「那個，這是我找到的位子。」聽到我這麼說，男人只是苦笑，然後若無其事地看起報紙。仔細想想，真不曉得厚臉皮的是誰，也許是我也說不定。

沒辦法，只好把雨傘和其他東西放到置物架上，我拉著吊環，一如往常地看雜誌，單手隨意翻起頁數，此時，突然萌生了一個念頭。

要是把讀書這件事從我身上抽走的話，沒有過這種經驗的我，應該會哭喪著臉吧！由此可知，我很相信書上所寫的東西。我只要一閱讀某書後，就會沈溺其中，信賴它、與之同化、獲得共鳴，甚至融入於生活之中。但等到閱讀其他書籍時，我又會馬上一改態度，呈現出另一種樣貌。偷走別人的東西，並將它重新消化為自己的擁有物，這項才能，這等狡猾，是我唯一的特長。但我真的很討厭這份狡猾。要是每天都在重蹈覆轍，一直鬧笑話，我或許能變得穩重些。然而，即使是那種失敗，我應該也能牽強附會，妥善修飾，把它編成一套像樣的理論後，得意地上演苦肉計。（就連這句話，也是從某本書上讀來的。）

我真不知道哪個才是真正的自己。要是沒有書，找不到能夠模仿的樣本時，我究竟會怎麼做？也許我會手足無措，　蹶不振，終日涕流不止。畢竟，我總不能像這樣每天在電車裡一直胡思亂想。我的體內還殘留著討厭的熱度，真難熬。雖然知道自己必須做點什麼，一定得做些什麼才行，但究竟該怎麼做，才能確實把握住自我呢？我目前為止所進行的自我批判，實在沒什麼意義。因為批判後，一旦注意到討厭的、懦弱的部分時，馬上又會為此感到心疼、憐恤，最後做出自己不必小題大作的結論，使批判不了了之。看來，什麼都不去想，還比較有良心呢！

這本雜誌以〈年輕女孩的缺點〉為討論議題，有很多人投書。讀著讀著，有種好像在說自己的感覺，頓時覺得很害臊。投書者都各有其特色，覺得平時傻乎乎的人，說出的話也傻裡傻氣的。而照片看起來時髦的人，其遣詞用字也相當風雅。真滑稽，我不時吃吃笑著讀下去。宗教家會立刻提出信仰，教育家則自始至終提及恩惠、恩惠。政治家會搬出漢詩。作家，則裝模作樣地使用華麗的辭藻，自以為是。

儘管如此，大家都描寫得相當貼切，點出女孩沒有個性，沒有深度，甚至離正確的希望、野心都還有段遙遠的距離。總而言之，就是沒有理想。就算有自我批判，也並未具有影響自己生活的積極性。沒有反省，沒有真正的自覺、自愛、自重。即使有勇氣付諸行動，也無法承擔所有後果。雖然能順應自己周遭的生活模式、巧妙地處理問題，但卻對自己，以及生活周遭缺乏了正確且強大的愛，沒有實質的謙遜，缺乏獨創性，只會模仿。缺少人類與生俱來的「愛」的感覺，就算裝得再高雅，也沒有內涵。除此之外，雜誌還提了很多事。我讀下來，裡頭確實寫了許多令人啞口無言的事，完全無法予以否定。

不過，這裡提到的每則言論，都還算相當樂觀，總覺得雜誌上的內容，與這些人平時的想法還有段差距，他們似乎就只是想寫出來罷了。裡面出現了很多「真正的意義」、「本來的」等形容詞，但何謂「真正的」愛、「真正的」自覺，他們卻沒有多做說明。也許這些人真的明白其道理，既然如此，他們要是能說得具體一點，只要用一句話，權威地指示我們該往左、該往右，那該有多好。我們已失去了愛的表現指南，所以別只叫我們「不准這樣做」、「不准那樣做」，而是改以堅定的口吻命令我們「該這樣做」、「該那樣做」，我們都會照單全收的。但也許大家都沒有自信吧。那些在雜誌上發表意見的人們，或許也並非能隨時隨地，都持有這種意見。儘管他們斥責我們沒有正確的希望和野心，但如果我們要追求正確的理想而付諸行動時，這些人會守護我們到何時？會指引我們嗎？

我們隱約知道自己該去哪個地方、想去美好的地方、能一展長才的地方。想擁有優質的生活，這才是懷有所謂的「正確的希望和野心」。我們焦急地想擁有得以依靠的堅定信念。然而，身為女孩，若想將這一切具體地實現於女孩的生活中，那該付出多大的努力呀！而且，母親、父親、兄姐們，也都各有思量。（雖然我在嘴上說他們古板，但我絕對沒有輕視人生的前輩、長輩、已婚人士們。甚至覺得該敬他們兩三分才對。）和自己的生活脫離不了關係的親戚們也有，朋友們也有，以及總是以龐大的力量左右我們的「世俗」也有其思慮。一旦要思考、觀察、考慮這一切時，也沒有閒功夫去嚷著要發揮自我個性了。最終，我們也只能認為，還是別引人注目，默默地沿著普羅大眾走過的路前行，才是最明智的。將針對少數人的教育，套用於大眾上，是件十分悲慘的事。隨著年齡增長，我逐漸明白學校的道德教育，與社會的規矩有著極大的落差。若完全遵守學校所教的規矩，會被視作笨蛋，被當成怪胎，無法成材，會一直沒出息下去。也許有不說謊的人吧！有的話，那個人鐵定是個失敗者。我的親戚中，有位行為端正，抱持堅定信念、勇於追求理想，活出真正自我的人，但親戚全都在說他的壞話，當他是個笨蛋。就連我，也馬上明白，此舉只會招來輕蔑的眼光，終究失敗。所以我無法不顧母親和大家的反對，誠實說出自己的想法。因為實在太可怕了呀！小時候，當我的意見和大家背道而馳時，我曾問過媽媽：「為什麼？」

當時母親說了句敷衍的話帶過，接著就生氣地說我壞，品行不佳！擺出一臉傷心的模樣。我也曾問過父親，父親當下只是默默笑著，但之後卻跟母親說我是個「反常的小孩」。漸漸長大後，我開始變得戰戰兢兢。就連做一件衣服，也會考慮每個人的想法。雖然我有偷偷喜歡與自己個性相符的東西，也想一直愛護下去，但要正大光明地以自己的東西表現出來，是件很可怕的事。我總想成為別人眼中的好女孩。和眾人聚在一起時，不知自己會變得多卑微，淨聒噪地說些不想說出口，背離本意的謊言。因為這樣做，才會對自己有好處，會對自己好才做的。好討厭。要是改寫道德的時代能早日來臨就好了。這樣一來，自己就不會有這種卑微感，也不用為了別人的看法每天戰戰兢兢地生活了。

哎呀！那邊有空位。我連忙從置物架上拿下東西和傘，迅雷不及掩耳地擠進去。右邊坐著一名中學生，左邊則是揹著孩子，穿著育嬰服的太太。那個太太明明老大不小了，卻還抹著厚重的妝，頂著時下流行的捲髮。雖然五官標緻漂亮，但喉嚨的地方有些黑黑的皺紋，相當難看，好想要揍她。人站著時與坐著時，思緒是南轅北轍。一坐下來，滿腦子就開始想些不安且軟弱的事。我正對面的位置上，有四、五位年齡相仿的上班族，他們茫茫然地坐著，看似三十歲左右吧！每個都很令人討厭，個個眼睛混濁，毫無霸氣。不過，如果我現在對其中一人微笑的話，說不定單憑如此，我就會被扯進渾水中，非得和那個人結婚不可。女人只要單憑一個微笑，就能決定自己的命運。好可怕，真是不可思議。我得要多留意。今天早上，淨想些奇怪的東西。兩、三天前，有名園丁來整理我家的庭院，他的臉孔，一閃一閃地浮現在我眼前，揮之不去。雖然他從頭到腳都是園丁的裝扮，但他的長相，卻全然不同。說得誇張一點，他有張哲學家的面孔。因為皮膚黝黑看來特別緊緻有神。眼睛很漂亮，眉距也窄。而鼻子，雖然是獅子鼻，但與他黝黑的肌膚很相稱，看起來意志堅強。嘴唇的形狀也很好，只是耳朵有點髒。一看到手，才又回過神意識到他是名園丁，但壓低的黑軟帽下，那張遮著陽的臉龐，當園丁實在可惜。我曾向母親打聽過三、四次，問那個園丁是不是一開始就從事園丁的工作？問到最後還被母親斥責一番。今天用來包著行李的包袱巾，剛好是那名園丁第一天來家裡時，我跟媽媽要來的。那天，家裡正在大掃除，修廚房的工人、榻榻米的工人都來到家中，媽媽也在整理衣櫥，包袱巾就在那時翻出來，於是我把它要了過來。這是張很有女人味的漂亮包袱巾。因為它很漂亮，綁起來很可惜，於是我將它放在膝上，偷偷看了它好幾次，我摸著它，希望電車上的人都能看到它，卻沒人注意。只要誰願意看這張可愛的包袱巾一眼，要我嫁給他也無所謂。一想到「本能」這個詞，我就想哭。本能是無法由我們的意志去控制的巨大力量，而當這個道理，是透過我自己平常的行為而體悟時，我簡直就快要發瘋。腦袋變得相當混沌，不知該怎麼做才好。既沒否定，也無肯定，彷彿有個龐大的東西，突然套在我的頭上，肆意地拉著我到處走。被拉著走的同時，心中除了滿足外，還有股悲傷地旁觀一切的感覺。我們為什麼不能只滿足自己，一生只愛著自己呢？目睹本能吞噬著我以往的情感與理性，實在覺得窩囊。一旦稍稍忘卻自我，清醒後，就只會陷入沮喪。當我開始明白，無論是哪種情況下的自己，都確實存在著本能時，我就泫然欲泣。好想叫喚父母親。然而，所謂的真實，或許意外存在於我們最痛恨之處，一想到這我更覺得窩囊。

到御茶之水站了。一踏上月台，所有的事都忘得一乾二淨。我連忙回想剛剛發生的事，但怎麼樣都想不起來。我焦急地想延續方才的思緒，卻什麼也想不起來。腦袋空空。儘管當時，似乎有震撼自己的事，明明也有令自己痛苦、羞恥的事，然而一旦事過境遷，一切都好像沒發生過似的。所謂的「現在」這一瞬間，真是有趣。現在、現在、現在，就在壓著手指頭計算之時，「現在」早已飛逝，新的「現在」緊接而來。我一邊爬上天橋樓梯，心裡想著「什麼跟什麼呀！」真是愚蠢。也許，我有點太幸福了。

今天早上的小杉老師很漂亮，就跟我的包袱巾一樣漂亮，她是位很適合美麗青色的老師。胸前鮮紅的康乃馨也很搶眼。如果她不「做作」的話，我會更喜歡這老師。她太裝模作樣了，看起來有些勉強，那樣應該很累吧！她的個性，有些令人難以捉摸的部分。很多令我費解的地方。看得出來她明明性情陰鬱，卻努力故作開朗。但無論如何，她還是位很有魅力的女人，讓她當老師有些可惜。儘管在班上，她的聲望不如以往，但我依舊被她吸引。我覺得，她像是住在山中湖畔古堡的大小姐。我竟開始對她讚不絕口了。小杉老師說的話，為什麼總是那麼無趣呢？該不會是腦袋不好吧？真可悲。從剛才開始，她就一直針對愛國心說個不停，那種事，再明白不過了，不管是怎麼樣的人，都會鍾愛自己出生地啊，真是無聊。我手倚著桌子，托著腮往窗外眺望，或許是因為風太強了，雲很漂亮。庭院一角，有四朵薔薇在綻放，一朵黃色，兩朵白色，一朵粉紅色。我出神地望著花，心想人類其實也是有優點的。察覺到花之嬌美的是人類，會愛花的也是人類。

午餐的時候，聊到了怪談。安兵衛姐姐的一高七大不可思議之一的〈打不開的門〉，惹得大家哇哇大叫。不是那種幽靈神出鬼沒的可怕，而是心理上的驚悚，所以我覺得非常有趣。由於聊得太起勁，明明才剛吃飽，現在又餓了。我立刻從紅豆包夫人那邊要了牛奶糖吃，接著，大家又繼續沉迷在恐怖故事中。每個人似乎都對這些怪談饒有興趣，這對我們來說，應該算是一種刺激吧！另外，雖然不是怪談，我們也聊了久原房之助[1]的事，有趣，真有趣。

下午的美術課，大家都到校園寫生。伊藤老師為什麼老是沒來由地折騰我呢？今天，老師要我當他作畫的模特兒。我早上拿來的舊雨傘很受同學歡迎，大家都為之騷動，伊藤老師知道這件事後，便要我撐著傘，站在校園角落的薔薇旁。聽說老師要畫下我的姿態，參加這次的展覽。我答應只當三十分鐘的模特兒，只要能替人幫上一點忙，我就會很開心。不過，與伊藤老師兩人面對面，是非常累人的。他說話絮絮叨叨，且一堆謬論，可能是過於意識我，他邊素描邊說的話，全都是關於我的事。我連回答都嫌懶，真麻煩。他是個不乾脆的人，偶爾怪異地笑，身為老師卻又時不時地害羞起來，總之，那副不直爽的模樣，真讓人反胃。竟說什麼「想起死去的妹妹」，真受不了。他算是個好人，但就是太愛比手畫腳。

說到比手畫腳，我也不遑多讓，也有很多肢體動作。而且我還表現得既狡猾又靈巧，但都只是在裝模作樣而已，往往不知該如何收場。雖然嘴上說「擺弄了太多姿勢，反倒被姿勢牽著鼻子走，成了吹牛妖怪。」但這句話，也是一種裝模作樣，害我動彈不得。於是，我一邊乖乖地當老師的模特兒，心中深切祈禱著「希望能變得更自然、更直率。」別再看什麼書了。徒有觀念的生活，無意義且傲慢地不懂裝懂，全都該藐視！藐視！雖然總在思索苦惱於沒有生活目標、該積極面對人生、自我矛盾等事，但妳所思所想，都只是感傷。顧影自憐罷了。而且太高估自己了。唉，找我這種內心汙穢的人當模特兒，老師的畫作肯定會落選的，不可能會是什麼美麗的作品。雖然說這樣不好，但伊藤老師怎麼看都像個笨蛋，他連我內衣上有薔薇的刺繡都不知道。

1 久原房之助（一八六九年～一九六五年）日本實業家。之後進入政治界，接管田中內閣，任政友會總裁。

靜靜地一直擺著同樣的姿勢，突然莫名地想要錢，只要有十圓就好。現在最想讀《居禮夫人》。然後，也突然希望母親能長生不老。當老師的模特兒，特別難熬，我已經精疲力盡。

♪06

——

放學後，我和寺廟住持的女兒金子偷偷去「好萊塢」弄頭髮。完成後一看，因為沒有弄成我指定的造型，我大失所望。不管怎麼看，一點都不可愛。總覺得好低俗。我非常非常地沮喪。來到這種地方，偷偷請人弄頭髮，我覺得自己好像一隻骯髒不堪的母雞，現在後悔萬分。我們來到這樣的地方，簡直是在輕蔑自己。

「我們就這樣去相親如何？」寺廟小姐非常興奮，說了這種荒唐的話。說著說著，她彷彿產生了錯覺，以為自己真的確定要去相親了。

她認真地問道：「這種髮型該插什麼顏色的花呢？」、「穿和服時，該配上哪種腰帶呀？」

真的是什麼都沒多想的可愛人兒。

「妳要跟誰去相親？」我笑著問。

「俗話說買麻糬，就該找麻糬店，術業有專攻嘛！」她一臉正經地回答。那是什麼意思？我有些吃驚地試著問下去。她回我：「寺廟住持的女兒，當然是嫁給管寺廟的人最好，一生都不愁吃。」她這個回答又讓我大吃一驚。金子似乎完全沒有自己的個性，也因如此，她特別有女人味。在學校，我不過是與她比鄰而坐罷了，並沒有待她特別親切，但她卻跟大家說我是她最好的朋友。她是個可愛的小姑娘，每隔一天就會寫信給我，常常照顧我，對此我真的非常感激。但今天她異常地亢奮，就連我都覺得煩。和她道別後，我搭上了巴士。總覺得……總覺得心裡很鬱悶。在巴士裡，我看到了一個很討厭的女人。她穿著一件領襟骯髒的和服，蓬亂的紅髮用一把梳子捲起固定，手腳都髒髒的，還頂著一張雌雄莫辨的紅黑色臉龐。而且……啊！好令人反胃。那女人有個大肚子，還不時獨自詭異地奸笑。母雞！偷偷跑到好萊塢那種地方弄頭髮的我，也跟這女人沒什麼差別。

我想起今早在電車上坐我旁邊化著濃妝的太太。啊！好髒！好髒！女人真討厭。正因為自己是女人，所以很清楚存在於女人體內的骯髒，討厭得咬牙切齒。就像玩弄金魚後那種噁心的魚腥味，彷彿滲透全身，怎麼洗都洗不掉，就這樣日復一日，我是否也會開始散發雌性的體臭呢？一這麼想後，我就想起某些徵兆，好想乾脆就這樣保持少女之姿死去。突然很想生病，如果能患上重病，汗如瀑布般流出，身體因此逐漸纖細，如此一來，或許我也能變得冰清玉潔。只要我還活著，恐怕就無法逃離這種命運。我似乎開始能理解正統宗教的意義了。

下了巴士後，我稍微安心了一點。交通工具果然不好。空氣汙濁，實在難熬。還是大地比較好，只要踏上土地走一走，我就會開始喜歡自己。看來我有點急躁冒失，是無憂無慮的樂天派。我輕聲地唱著：「回家，回家！看些什麼再回家，看看田裡的洋蔥就回家，青蛙呱呱叫了，所以回家吧！」這個姑娘，還真無憂無慮呢！就連我都受不了自己，怨恨起這個光長身高的毛頭女孩。當個好女孩吧！

這條回家的田間小路，我每天看，實在看慣了，已經弄不清這裡到底是座多寧靜的鄉下。在我眼裡，就是單純的樹木、道路、田地而已。今天，就試著裝作初來這座鄉下的外地人吧！我呢……嗯……，我住在神田附近，是個木屐匠師的女兒，自出生以來首次來到這座鄉下。好！這麼一來，這座鄉下會給人什麼樣的風情呢？真是個好主意，也是個可憐的主意。我擺起嚴肅的神情，刻意誇張地四處張望。走在狹窄的林蔭道上，我回頭仰望翠綠的枝頭，輕輕地「哇」了一聲。過土橋時，則探望了一會小河，河面倒映著我的臉，我汪汪汪地學狗叫了幾聲。當眺望遠處的田野時，我瞇起眼，一臉陶醉地喃喃低語著：「好棒啊！」並嘆了一口氣。我接著在神社稍作休息，神社的森林很暗，於是我慌張地站起身，邊說著：「啊！好可怕、好可怕！」縮著肩，急急忙忙地穿過森林。我對森林外頭的光亮故作驚訝，刻意用新奇的目光看著萬物，聚精會神地走在鄉下的道路上，突然，我覺得好寂寞。最後，我一屁股地坐在路旁的草原上。一坐在草地上，剛剛雀躍的心情忽地消失，猛然變得嚴肅起來。我安靜地思考最近的自己，為什麼這陣子變得這麼差勁呢？為什麼老是這麼不安？總是在懼怕著什麼。前陣子也被人說「妳啊！愈來愈俗氣了呢！」

也許真的是這樣，我的確變得很糟糕、很無趣。不行！不行！這樣太軟弱、太軟弱了！我差點就要哇地放聲大叫。嘖！想靠喊叫聲來掩飾自己的軟弱是不行的！好好振作啊！或許，我正陷入戀愛之中。

我仰躺在青草原上試著呼喊「爸爸！」爸爸、爸爸。晚霞的天空好漂亮，而且，暮靄是粉紅色的。大概是夕陽溶解後，滲透於暮靄之中，暮靄才會變成如此柔軟的粉色吧！粉色的暮靄悠悠飄過，它鑽過樹林間，走在路上，撫過青草，再輕柔地包裹住我的身體，粉色的光芒悄悄地將微弱的光灑在我一根一根的髮絲上，輕柔地觸碰著我。我生平第一次想對天空鞠躬。我現在，相信有神了。該如何形容這片天空的色彩呢？薔薇？火災？彩虹？天使的羽翼？大佛院？不對，不是這樣，應該要更神聖莊嚴。

「想好好愛著一切！」這希望令我熱淚盈眶。只要一直盯著天空，就能發現天空緩慢地變化著。天空漸漸染上了青色。我只能不斷嘆息，想乾脆赤裸著身軀。此時，草木都透明了起來，我從未見過如此美麗的模樣。我輕輕地摸了摸草。

我想美麗地活下去。

——一回到家，發現家裡有客人，媽媽也已經回來了。照慣例，客廳裡又傳來熱鬧的笑聲。媽媽和我兩個人獨處時，不管她臉上笑得多麼燦爛，她就是不會笑出聲。可是與客人談話時，就算臉上毫無笑意，她還是會高聲狂笑。打過招呼後，我立刻繞到屋後，在井邊洗手，脫下襪子洗腳。這時一名魚販走來，「久等了，銘謝惠顧。」便把一條大魚放在井邊。雖然不知道是什麼魚，不過魚鱗很細小，看來應該是北海的魚。把魚移到盤子上，我又洗了一次手，彷彿能感受北海道夏天的腥臭。我想起前年暑假去北海道姊姊家遊玩的情景。姊姊的家位在苫小牧，可能是因為靠近海岸，那裡一直飄散著魚腥味。姐姐待在那空蕩寬敞的廚房中，傍晚獨自一人用白皙秀氣的手熟練地處理魚肉的身影，清晰浮現於腦海中。也想起那時，我不知怎麼地很想跟姊姊撒嬌，內心百般焦急。然而姊姊已經生下了小年，不再屬於我了。一想到這裡，突然感受到縫隙吹來的冷風，我再也無法抱住姊姊纖細的肩了。我帶著這股寂寞得要命的心情，動也不動地站在黑暗的廚房一隅，出神地盯著姊姊那白皙、溫柔舞動的指尖。過去的種種，全都令人懷念。所謂的親人，真是不可思議。

要是外人的話，一旦距離一遠就會逐漸遺忘，而親人，卻只會浮現更多令人懷念的美麗回憶。

井邊的茱萸果，開始稍稍轉紅，也許再過兩週就可以吃了。去年，很好笑。當我傍晚一個人摘著茱萸吃時，恰皮正靜靜地看著我，覺得牠很可憐，便給了牠一顆茱萸，恰皮就將它吃下肚了。於是再給牠兩顆，恰皮又吃掉了。我覺得很有趣，就搖了搖茱萸樹，當果子啪嗒啪嗒地落下後，恰皮開始拚命吃起茱萸果。真是個傻蛋！竟然會有吃茱萸的狗，我還是第一次見到。我也伸著身子摘茱萸吃，而恰皮也在底下吃。真是好笑！想到那時的事，就非常想念恰皮。

「恰皮！」

我喚著恰皮的名，恰皮裝模作樣地從玄關跑過來。突然覺得恰皮更加可愛了，不禁令我想咬緊牙。我用力抓住恰皮的尾巴，牠卻輕輕地咬了我的手。一股想哭的衝動襲來，我敲打了恰皮的頭。恰皮則若無其事地大口喝著井邊的水。

我進房點了燈，電燈砰地一聲亮起。寂靜無聲，爸爸不在了。果然爸爸不在的話，家裡就彷彿殘留了一處偌大的空位，令我相當難熬。脫下內衣，換上和服後，我輕吻著內衣上的薔薇花。當我坐在梳妝台前，客廳就傳來了媽媽與客人的笑聲，那哄然的笑聲讓我燃起了無名火，和媽媽兩人獨處時是還好，可是只要有客人來，很奇怪地，她便會與我疏遠，對我相當冷淡，像對待陌生人一般。這時，我就會非常想念父親，不禁悲從中來。

一窺鏡子後，我的臉竟顯得神采飛揚。這張臉彷彿是別人的，與我的悲傷、痛苦全然無關，分別各自悠然地活著。今天明明沒有化腮紅，臉頰卻顯得紅潤，嘴唇也稍稍泛著紅光，真可愛。我摘下眼鏡，微微一笑。眼睛也很好，清清澄澄的。大概是因為直盯著美麗夕陽，眼睛才變得如此美麗。真是太好了！

興致勃勃地走到廚房洗米時，頓時又感到悲傷。好懷念之前小金井的家，心中燃起強烈的思念。在那美好的家中，有爸爸和姊姊，媽媽那時也還年輕。每當我從學校回來時，都會和媽媽跟姊姊待在廚房或起居室裡聊些有趣的事。有時我會吵著要點心，不停向兩人撒嬌，也會和姊姊吵架，接著一定會挨罵，我就會一個人騎著腳踏車跑到很遠的地方，等到傍晚回家後，再開開心心地吃晚飯。那時真的很快樂。不會像現在這樣一直審視著自己，並埋怨自己的缺點，只要盡情地跟大家撒嬌就好。當時真是享受了很大的特權啊。而且還覺得一切都理所當然，絲毫沒有不安、寂寞以及痛苦。爸爸是位偉大的父親，姊姊也很溫柔，我總是賴著姊姊。但隨著慢慢地長大，我開始變得很討人厭，特權也突然消失，失去一切的我，好難看、好醜陋。再也無法向人撒嬌，深陷於思索之中，眼前淨是痛苦。姊姊後來嫁了人，爸爸也不在人世，只剩下我和媽媽兩個人了。媽媽應該也很寂寞，前陣子她說：「之後再也沒有活下去的樂趣了。即使看到妳，說真的，我一點也不覺得快樂，請妳原諒我。要是妳父親不在了，那麼幸福也不必來臨了。」媽媽只要看到蚊子，就會猛然想到爸爸，拆縫線的瞬間也會想到爸爸，剪指甲時，覺得茶很好喝時，也一定會想到爸爸。就算我再怎麼體恤媽媽的感受，陪她聊天，畢竟還是與爸爸不同。夫妻間的愛，是世界最強大的，一定比親人之間的愛還來得尊貴。我想著這些超出本分的事，臉都發紅了，用濕漉漉的手撥了撥頭髮。我洗著米，發自內心地覺得媽媽很可愛，惹人憐愛，真想好好地照顧她。我還是把這頭燙捲的頭髮弄直，然後留長吧。媽媽從前就不喜歡我留短髮，如果把頭髮留長，好好綁起來給媽媽看，她一定會高興的。可是，我不喜歡做這種事逗媽媽開心，覺得很討厭。仔細一想，我這陣子的侷促不安跟媽媽有很大的關係。我想當個體貼媽媽的好女兒，但又不想刻意討媽媽歡心。我最理想的相處方式為即使我什麼都不說，媽媽也能明白我的感受，並感到安心。不管我多麼任性，也絕不會闖禍成為世人的笑柄，無論多辛苦、多寂寞，也會好好遵守最重要的原則，而且我深愛著媽媽，深愛著這個家，因為很愛很愛，所以媽媽要是能無條件地相信我，悠閒地過活，那我就心滿意足了。我一定會做得很好！我會賣命工作。對現在的我而言，這是我人生最大的樂趣，是我的生存之道，然而媽媽竟完全不信任我，一直把我當小孩子看。只要我說些孩子氣的話，媽媽就很高興。前陣子我特地拿出愚蠢的烏克麗麗，噹噹噹地胡亂彈奏給媽媽聽時，她打從心底非常高興，還故意取笑我：「哎呀！下雨了嗎？好像聽見雨滴的聲音呢！」她似乎以為我是真的很喜歡彈奏烏克麗麗，這讓我覺得好悲慘，好想哭。媽媽，我已經是大人了。這世上的酸甜苦辣，我全都很明白喔，請放心跟我商量一切吧！家裡的經濟狀況，請毫無保留地跟我說，只要媽媽願意跟我說家裡現在是這種狀況，我也會忍耐的，那我就不會要媽媽買鞋給我，我會成為一個既可靠又節儉的女兒。真的！我絕對說到做到！儘管如此……，啊！我想起了有一首歌叫做〈儘管如此〉，一個人咯咯笑了起來。回過神，我發現自己呆滯地兩手插在鍋裡，像個笨蛋一樣，東想西想。

♪08

不行、不行！得趕快為客人準備晚餐。剛剛那條大魚該怎麼料理呢？總之先切成三片，用味噌醃一醃吧！這樣一定很美味，做菜絕對要憑直覺。還剩下一些小黃瓜，可以用來做三杯醋，再來是我拿手的煎蛋。最後，再準備一道菜。啊，對了！來做洛可可[1]。這是我自己發明的料理。在每個盤子分別擺上火腿、雞蛋、芹菜、高麗菜、菠菜等集合了廚房裡的所有剩菜後，按照色彩美麗地排列，迅速裝盤端出去就行了，完全不費工夫又經濟實惠，儘管一點都不可口，但餐桌會被裝飾得熱鬧華麗，成為一桌奢華的晚宴。蛋的底下有芹菜葉，旁邊是火腿做成的紅色珊瑚礁。高麗菜的黃葉子平鋪在盤子上，既像牡丹花瓣，又像羽毛扇。鮮綠的菠菜，彷彿是座牧場或一座湖。桌上要是擺上了兩、三盤這種料理的話，客人應該會馬上想到路易王朝吧！雖然沒那麼好，但既然我做不出美味的佳餚，至少也想把料理弄得美觀，讓客人目不暇給，好蒙混過去。料理，最重要的就是美觀。我想這樣大致上是沒問題了。不過這個洛可可，還是需要若干繪畫天份。對於色彩搭配，若沒有超乎常人一倍的敏感度，可是會失敗的。至少也要像我這樣纖細才行呢。最近用字典查了一下洛可可這個詞，它被定義為只有華麗外表，內容空洞的裝飾樣式。真好笑！這真是個好答案。美麗之下，還會有什麼內涵呢？純粹的美麗，總是沒意義、沒道德的。就是這麼一回事。因此，我喜歡洛可可。

總是這樣，當我做菜頻頻嚐味道時，總會有股強烈的虛無感襲來。我疲憊得要死，心情陰鬱。一切努力均達到飽和，啊——啊——！隨便，無所謂！最後就會感到不耐煩，管

1 洛可可（rococo）是一種裝飾美術。流行於法國路易十五世紀，以曲線為主要花紋。本書指料理的外觀。

他什麼味道、擺盤，隨便弄一弄東忙西忙後，我一臉不悅地端給客人。

今天的客人特別令我憂鬱，他們是來自大森的今井田夫婦和他們七歲的兒子良夫。雖然今井田先生已年近四十歲，卻像個美男子般皮膚白晰，讓人有點討厭。為什麼他要抽敷島的煙呢？附濾嘴的香菸，不知為何，就是讓人覺得不太乾淨。香菸就是要抽不帶濾嘴的菸，抽敷島煙什麼的只會讓我懷疑此人的人格。他將煙圈一個個吐向天花板，然後說著：「喔、喔，原來如此。」他現在好像是名夜校老師。他太太個頭很小，看起來唯唯諾諾，有些粗俗。明明是件無聊的小事，也會笑到岔氣甚至彎起腰，整張臉幾乎要貼在榻榻米上。有什麼好笑的？難道她以為那樣誇張地趴地大笑，是什麼高尚的笑法嗎？在現今世上，這類階級的人們大概就是最壞、最骯髒卑鄙的吧！這就是所謂的小資產階級？還是公務員呢？就連小孩也像個小大人，一點都不純真可愛。雖然這麼想，我還是壓抑著所有情緒，對他們鞠躬、談笑，並摸著良夫的頭說：「好可愛、好可愛！」然而，這全都是欺騙大家的謊言，說不定今井田夫婦，還比我來得純真呢！大家吃著我做的洛可可，稱讚我的手藝，就算我覺得落寞、生氣、想哭，還是得努力擠出高興的笑臉給他們看。終於，我也可以坐下和大家一起吃飯了，但今井田太太那煩人無知的客套話讓我覺得噁心。好！我不要再說謊了。

「這道菜一點都不好吃，因為家裡什麼都沒了，這只是黔驢之計罷了！」我明明都說實話了，但今井田夫婦卻拍手大笑：「黔驢之計，說得真好啊！」我覺得好不甘心，真想摔出碗筷，大聲哭給他們看。我一直忍耐，強顏歡笑，但媽媽竟然也跟著說：「這孩子愈來愈幫得上忙了！」

媽媽！您明明了解我難過的心情，卻為了迎合今井田先生而說出這種蠢話，還呵呵笑著。媽媽，實在不用討好今井田這種人到這種地步。面對客人時的媽媽，不是我母親，就只是名弱女子而已。難道只是因為爸爸不在了，我們就要這麼卑微嗎？一想到此就覺得好窩囊，什麼話都說不出口。回去！請回去！我爸爸是位很優秀的人，為人體貼且人格高尚，若只是因為我爸爸不在，就要這麼看不起我們的話，請你們現在馬上回去！我很想對今井田這麼說，但我還是懦弱地替良夫切火腿、幫今井田太太夾醬菜，殷勤地招待他們。

吃完晚飯後，我立刻躲進廚房開始收拾，因為我想早點一個人獨處。我並不是在擺架子，只是覺得沒必要勉強自己去跟他們聊天、一起嘻笑！對那種人，根本不須以禮……不、不、不，根本沒必要奉承他們。不要，我才不要再跟他們有什麼深交！我已經盡我所能地做了。媽媽今天看到我勉強自己親切款待他們的態度時，不也相當開心嗎？那這樣應該就夠了吧？不過，到底該強硬地清楚區隔交際歸交際、自己歸自己，立場明確地對應、處理人事物比較好？還是就算被人說三道四，也絕不失去自我、不隱藏本意比較好呢？我不知道哪個才是對的。好羨慕某些人可以終其一生地活在和自己一樣軟弱、體貼、溫和的人群中。若什麼苦都不用受，就能毫不費力地過完一生的話，也不用刻意去為了追求什麼而吃苦了。這樣的人生，最好了。

雖然扼殺自己的情感，為別人效勞並不是件壞事，但如果今後每天都要跟剛才那樣勉強自己，向今井田夫婦那種人陪笑、附和他們的話，我可能會因此發瘋。我突然想到一件可笑的事——像我這種人是絕對沒辦法坐牢的。不只坐牢、連女傭也當不成。我也沒辦法當人家的好太太。不，當妻子就不同了。如果澈底下定決心要為這個人獻上一輩子，不管多辛苦也甘之如飴，即便曬得黝黑工作也能體會到生存的價值和希望，所以即便是我，也能做到完美。這是理所當然的事。我會從早到晚，像隻轉個不停的小白鼠般，勤奮地為他工作。努力地搓洗衣物。沒有比看到堆積成山的髒衣服，更令我感到不愉快的事了。看到這樣的情景，我整個人會變得煩躁、歇斯底里地怎麼樣都平靜不下來，就算死也不瞑目。除非把所有髒衣物，一件不留地清洗乾淨、晾到衣竿上，我才可以安然離去。

今井田先生要回去了。好像有什麼要緊事，他們也把媽媽帶出門了。雖說媽媽是自己應聲跟上前的，但今井田已經不是第一次像這樣凡事都利用媽媽了，我實在好厭惡今井田夫婦的厚顏無恥，簡直想一拳打下去。將大家送至門口後，我一個人茫然地望著薄暮下的道路，突然好想哭。

♪09

——

信箱中有一份晚報和兩封信。一封是給媽媽的，是松坂屋寄來的夏季大拍賣傳單。另一封是順二表哥寄給我的。上面簡單地寫著他這次要調到前橋的軍隊，要我向媽媽問好。即便是軍官，也不能期待過上豐富美好的生活，但我好羨慕那種每天嚴謹、緊湊、規律的生活作息。我想，一直身處在井然有序的狀態下，心情應該也比較輕鬆吧？像我這樣，什麼事都不想做的話無所事事也無妨，想做些什麼壞事也沒人管。另外，要是想讀書的話，我也能無止盡地讀下去，想要什麼時，好像大多也能如願以償。如果能給我一個「起點」與「終點」之類的努力範圍，那該會有多輕鬆啊！要是有人可以牢牢地束縛我，我反而會感謝對方。我曾在某本書上讀到，在戰地執勤的軍人只有一個願望，那就是睡個好覺。當我替他們的辛苦感到同情之餘，卻也非常羨慕他們。能從低俗、瑣碎又不著邊際的思緒洪流中完全抽離，單純處在想睡覺、想睡覺的狀態，實際上是相當純潔、純粹的。光是想，就有種爽快的感覺。像我這種人，如果能被丟到軍隊生活，好好鍛鍊一番，說不定會變成一個有話直說的可愛女孩。儘管如此，就算沒有在軍隊生活過，世上還是有像小新這樣直率的人，而我卻是個很糟糕的女孩、壞孩子。小新是順二表哥的弟弟，雖說和我一樣大，但是個非常乖巧的小孩。在親戚中，不，在全世界上，我最喜歡小新了。小新，他眼睛看不見。明明年紀還那麼小竟然失明了，實在太可憐了。當他一個人在這樣寂靜的夜晚，獨自待在房間時，會有怎麼樣的心情呢？當我們寂寞時，可以讀讀書、看夜景，多少可以打發一些時間，但小新卻沒辦法這麼做，他只能安靜地待著。從前的他，總是比別人加倍努力念書，連網球跟游泳也都非常拿手。如今，他所體會到的寂寞與痛苦，該會是怎麼樣的滋味呢？我昨晚也想起了小新，於是我躺上床後，試著閉眼五分鐘。即使是躺在床上閉著眼睛，也覺得五分鐘很長，令我感到胸口鬱悶。然而小新不論白天、晚上、連著幾天、幾個月，他什麼都看不到。如果他能發發牢騷、耍耍脾氣、使使性子的話，我還會覺得比較開心，可小新他卻什麼都沒說。我從沒聽過小新他發牢騷或說誰的壞話，不但如此，他還總是語帶開朗，一副天真無邪的樣子。他那般舉止也更加揪住我的心。

我邊胡思亂想邊打掃著房間，然後燒洗澡水。在等洗澡水時，我坐在橘子箱上，藉著微弱的石炭燈，把學校作業做完。但是洗澡水還沒燒開，所以我便重新讀了一次《濹東綺譚》[1]。書中提及的，決不是什麼噁心、骯髒的事，不過到處可見作者的裝腔作勢，讓人有種陳腐、不可靠之感。也許是作者上了年紀的關係吧！但是，國外的作家，不管年紀有多大，還是會大膽地撒嬌、愛著對方。他們這樣子，反而不會讓人討厭。不過，這部作品，在日本應該算是本好書吧！這部作品的深處，沒有一絲虛假，蘊含著沉靜的淡泊，宛如一股清風。算是這位作家最成熟的一部作品，我很喜歡。我覺得這位作者是個責任感很強的人，由於他非常拘泥於日本的道德觀，反而擦出互斥的火花，創作出許多令人忐忑不安的作品。這是用情至深者常會有的誇飾惡行表現，刻意戴上兇惡的鬼面具，結果反而使作品的個性轉弱。不過，這本《濹東綺譚》裡，有寂寞中帶著堅定不移的強韌，我很喜歡。

洗澡水燒開了。我點亮浴室的燈，脫去衣服，將窗戶全部打開後，悄悄泡進澡盆裡。我透過窗戶窺探著珊瑚樹的綠葉，那一片片的葉子因電燈的光線，正強烈地閃耀著。天上的星星閃閃發光。不管重新仰望幾次，都很閃耀。我抬著頭陶醉地望著，故意不去注意自己微微發白的軀體，但還是能恍惚地感覺到我的身體確實存在於視線內一隅。一沈默下來後，逐漸發現這副身軀與小時候的白皙不同，真叫我難以自容。肉體不顧自己的情緒，獨自成長，真的是好難受，我不知道該如何是好。面對正迅速成為大人的自己，我什麼事都做不了，令人難過。除了順其自然，眼睜睜看著自己變成大人外，似乎已別無他法了。好希望身體能一直像個娃娃一樣。我試著學孩子那樣嘩啦嘩啦地攪動熱水，但心情還是倍覺沈重。覺得今後已沒有活下去的理由，好痛苦。庭院對面的空地上，傳來小孩哭喊著姊姊的聲音，使我胸口一緊。雖然不是在叫我，但我卻很羨慕那個被孩子哭喚、依戀的「姊姊」，如果我有個會依賴我、對我撒嬌的弟弟，只要有一個弟弟的話，我就不會日復一日地過著這種不像樣、徬徨的生活。或許能幹勁十足地活下去，也能下定決心一生盡全力寵愛弟弟。真的！不管再怎麼艱苦，我都能忍受。我獨自一股勁地想著，然後深深覺得自己很可悲。

1 永井荷風（一八七九年～一九五九年）的代表作。描述小說家與娼妓的戀情。

洗完澡後，不知何故，今晚特別想看星星，於是我走到庭院。星星，近得彷彿要墜落下來一般。啊！夏天快到了。青蛙到處鳴叫，小麥也沙沙作響，不管抬頭仰望幾次，星星總是閃耀著。去年時，不，不是去年，已經是前年了。當我吵著要去散步時，儘管爸爸人在生病，他依然跟我一起出去散步。一直都很年輕的爸爸，教了我一首德文的童謠，內容好像是在說「你到一百、我到九十九」，他也跟我說了星星的故事，即興吟詩給我聽，撐著拐杖，噗噗地吐著口水，眨著眼跟我一起散步。真是位好爸爸。只要默默仰望星星，我就會鮮明地憶起爸爸。從那之後，過了一年、兩年，我漸漸變成了壞女孩，有很多很多只屬於自己的秘密。

回到房間，我托著腮，坐在桌前看著桌上的百合。好香！一聞到百合的香氣，就算一個人閒得發慌，也不會有骯髒的情緒。這朵百合是昨天傍晚散步到車站時，在回家路上跟花店買來的。之後，我的房間就像變了個樣似的清爽了許多，一拉開紙門，馬上就感受到百合的香味，我不知有多感激。像這樣一直凝望著它，真的能感受到這朵花，比索羅門的繁華還要高貴不凡，不管是就心靈，還是身體上來講，都令我不禁點頭贊同。我突然想起去年夏天的山形。爬山的時候，在山崖腰處，我看到一大片百合怒放著，內心大吃一驚，渾然忘我。但礙於山崖陡峭，我怎麼樣都不可能攀登得上去，所以無論這片花海多麼吸引我，也只能在原地看著它們。就在那時，剛好附近有位素昧平生的礦工，他默默地爬上山崖，接著轉眼瞬間，他竟摘了雙手都快抱不住的大把百合花束，接著面無表情地將那些百合交給我。真的是滿滿的、滿滿的……。不論是多豪華的舞台還是在結婚典禮上，應該都沒有人會擁有這麼多的花。那時，我才第一次體會到什麼叫做「因花而炫目」。我張開雙臂費了一番力氣總算抱住了那好大好大一把的純白花束時，我完全看不見前方。那位親切又讓我非常感動的年輕認真礦工，現在不知道怎麼樣了。雖然只有這樣的機緣，但每當我看到百合時，一定會想起那位替我到危險地方摘花的礦工。

打開桌子抽屜，翻了翻裡面，翻出了一把去年夏天的扇子。白紙上有位元祿時代的女人儀態不佳地隨便坐著，在那一旁還畫了兩顆青色的燈籠草。去年夏天的回憶，就像煙霧般，從這把扇子冒出來。山形的生活、火車的途中、浴衣、西瓜、河川、蟬、風鈴。剎那間，我好想帶著這把扇子去搭火車。打開扇子的觸感還不錯，啪啦啪啦，扇骨鬆開時，整個人突然變得輕飄飄。就在我東玩玩西摸摸時，媽媽好像回來了。她的心情似乎不錯。

「啊！累死了！累死了！」雖然媽媽這麼說，但臉上絲毫沒有不悅。誰叫她喜歡幫別人做事，這也是沒辦法的。

「該怎麼說，真是一言難盡！」她邊說邊更換衣服，接著進去洗澡。

媽媽洗完澡後，我們兩人喝著茶，她怪裡怪氣地嘻嘻笑著。正納悶媽媽要說什麼時，

「妳前些日子不是說想要看《赤腳的少女》嗎？如果那麼想看的話，就去看吧！不過，妳今晚得幫媽媽按摩一下肩膀。幹幹活兒再去享受，會更快樂吧！」

我高興得不得了。我一直很想去看《赤腳的少女》這部電影，但因為這陣子我都光顧著玩，心中便有所顧忌。媽媽發現了這點，於是故意吩咐我做事，好讓我能大搖大擺地去看電影。真的好高興！好喜歡媽媽，我不自覺地笑了出來。

好像很久沒有和媽媽像這樣度過夜晚了。媽媽的應酬實在太多，她應該也是不想被人小覷，所以才一直這麼努力吧！像這樣按摩媽媽的肩膀時，她身體上的疲憊彷彿傳到了我身上，我能體會到媽媽的辛勞，要好好體貼媽媽呀！剛剛今井田來家裡時，我還偷偷恨著媽媽，我真感到羞愧。我嘴裡小聲地說著：「對不起！」我總是只想到自己，一直依賴著媽媽，並以蠻橫的態度對待她，完全沒想到自己這樣會讓媽媽有多痛苦。自從爸爸過世後，媽媽真的變得很柔弱。我有時候明明會喊著：「好痛苦喔！我撐不住了！」整個人完全依賴著媽媽，然而當媽媽稍微想依賴我時，我卻覺得看到了什麼討厭的髒東西似的。我真是太任性了。媽媽也好，我也好，我們同樣都是弱女子。從現在起，我要滿足於只有我們母女倆相依為命的生活，隨時為媽媽著想，和她聊聊往事或爸爸，即使只有一天也好，我也要過著以媽媽為中心的日子，好好感受生存的意義。雖然我心裡頭，一直擔心著媽媽，想要當個好女兒，但在言行舉止上，卻一直是個任性的孩子。而且，這陣子的我，太過孩子氣，毫無可愛之處，淨是做些骯髒、丟人的事。說什麼痛苦、煩惱、寂寞、悲傷，但這些情感究竟是指什麼？具體而言，就是死亡。儘管我很明白現在的感受，但要用一句話來表現時，我卻無法說出一個類似的名詞或形容詞。就是感到忐忑不安，最後瞬間爆發，就像某種東西般。以前的女人，雖然被罵成奴隸、沒有自我的螻蟻之輩、人偶等等，但比起現在的我，她們更具有女人味，且心態從容，有著逆來順受、坦然應對的睿智，她們也懂得自我犧牲的純粹之美，以及無償、全然奉獻的快樂。

「啊！好個按摩師！真是天才啊！」

媽媽又在戲弄我了。

「對吧？因為我很用心地按喔！不過，我的厲害之處不只在於全身按摩喔。只有那樣，就太沒用了，我還有更厲害的長處喔！」

我試著直率地想到什麼就說什麼，這些話爽朗地在耳畔響起，這兩、三年來，我已經很久沒有像這樣天真、直率地說出心裡話了。我開心地想著，經過一番自我頓悟、釋放之後，說不定才會創造出平靜、嶄新的自我。

今晚，就各方面而言，我都很想向媽媽表達感謝，幫媽媽按完摩後，作為加贈服務，我為她唸了點《愛的教育》[1]。媽媽知道我最近在讀這種書後，臉上總算露出安心的表情。前幾天我在讀凱塞爾的《青樓怨婦》[2]時，她輕輕地從我手中拿起書，看了封面後，臉色便顯得相當凝重。不過她什麼也沒說，默默將書原封不動地還給我。當時我不太高興，就不想再繼續看下去。媽媽應該沒看過《青樓怨婦》這本書，但她似乎憑著直覺隱約知道裡面的內容。在寧靜的夜晚裡，我一個人出聲唸著《愛的教育》時，我覺得自己的聲音非常地響亮，聽起來笨笨呆呆的，我唸著唸著，偶爾感到無聊，對媽媽覺得有點不好意思。由於四周非常安靜，使得我的愚蠢相當突出。不管何時閱讀《愛的教育》，小時候所體悟到的感動，依舊不變地讓我心情激動。讓我覺得自己的心靈，還是天真、美麗的，這本書果然真好。不過唸出聲和用眼睛看的感受實在不同，我訝異得止住了口。然而，媽媽

1 《愛的教育》（Cuore）義大利兒童文學作品，為愛德蒙多・德・亞米契斯（Edmondo De Amicis）的作品。

2 《青樓怨婦》（Belle de Jour）法國文學作品，為約瑟夫・凱塞爾（Joseph Kessel）的作品。

卻在聽到安利柯和卡隆的段落時，開始低頭哭泣。我的媽媽也跟安利柯的媽媽一樣，是位偉大又美麗的母親。

後來媽媽先去睡了。因為一大早就出門的緣故，她顯得相當疲累。我替她鋪好被褥，並啪躂啪躂地輕拍被褥的邊角。媽媽她總是一上床就馬上闔起雙眼。

♪11

接著我就到浴室洗衣服。最近我有個怪癖，就是習慣快到十二點才開始洗衣服。總覺得在白天嘩啦嘩啦地洗衣服很浪費時間。不過，這也許正好相反也說不定。透過窗戶可以看到月亮。我蹲坐著，一邊刷洗著衣服，一邊偷偷地對著月亮笑。而月亮，卻對我不理不睬。突然，我相信在這同一個瞬間，在某個地方也有個可憐、寂寞的女孩，和我一樣邊洗著衣服邊對月亮微笑，她一定有笑。那是在遙遠鄉間山頂上的一座獨棟屋，有一個於深夜靜靜地在後門洗滌衣服的淒苦女孩。然後，在巴黎巷弄中某間雜亂公寓的走廊上，也有一個和我同年的女孩正獨自悄悄地洗著衣服，對著月亮微笑。我如此深信不已，沒有一絲懷疑，彷彿真的能從望遠鏡裡看到般，色彩清楚鮮明地浮現在眼前。沒有人會理解我們的苦惱。不久，當我們成為大人後，或許能雲淡風輕地回顧自己過往的苦惱和寂寞是多麼地可笑，但在成為那種大人之前，我們該怎麼度過這段漫長又惱人的時期呢？誰也不願告訴我們，似乎只能置之不理，就像長麻疹一樣嗎？可是，也有人因麻疹而死，因麻疹而失明，放任不管是不對的。我們每天都這樣悶悶不樂，動不動就生氣，也有人在這段期間裡一時走錯路墮落了下去，造成無法挽回的遺憾，就此斷送了一生。甚至還有人心一橫地自殺了。等到釀成悲劇時，大家才會很惋惜地說：「唉，要是再活久一點，他就能想通的！只要再大一點，自然就能明白了……。」然而再怎麼扼腕，就當事者的立場來看，卻是非常痛苦、非常痛苦地熬到了某個時候，拚命地側耳傾聽，試圖想從這世間上得到些什麼頓悟，但最後只能一再聽見摸不著邊際的教訓，並換得敷衍的安慰，我們總是被羞恥地晾在一旁。我們絕不是即時享樂主義者，然而人們總是遙指著遠處的山，說只要走到那就會有好風景。我們相信，那絕對是真話，絕對沒有半點虛假。可是此刻我們的肚子卻是非常地疼痛，而你們卻對我們的腹痛視若無睹，然後告訴我們：「喂喂，再忍耐一下，只要爬上山頂，就會好了。」一定是有人搞錯了，不好的人是你。

洗完衣服，清掃完浴室後，我悄悄地拉開房間的紙門。一拉開門就聞到百合的香味，好清爽，連內心深處都變得透明，堪稱崇高的虛無主義。當我靜靜地換上睡衣時，原本以為早已睡得香甜的媽媽，突然閉著眼說起話來，我嚇了一跳。媽媽時常會做出這樣的事把我嚇壞。

「聽妳說想買夏天的鞋子，今天到澀谷時我就順便看了一下。鞋子變得好貴喔！」

「沒關係啦！我沒那麼想要。」

「可是，沒有的話，會很困擾吧！」

「嗯。」

明天，又會是同樣的一天吧。幸福，這一生都不會來臨吧！這我明白。不過，我還是願意相信它一定會來，明天就會來，我要帶著這股信念睡覺。我故意弄出很大的聲響躺在棉被上。啊！真舒服。因為棉被涼涼的，所以背部非常涼爽，不禁陶醉其中。我突然感到一陣恍惚，朦朧地想起「幸福會遲了一夜才來」這句話。一直引頸期盼著幸福，最後按捺不住地跑出家門。而隔天，美好的幸福卻來到這個已被自己捨棄的家中。已經太遲了，幸福遲了一夜才來。幸福是……。

庭院傳來可兒的腳步聲，啪躂、啪躂、啪躂、啪躂。可兒的腳步聲有其特徵，由於牠的右前腳比較短，而且還是O型的外八，所以腳步聲中總帶有些許的寂寞。牠常在這樣的深夜徘徊在庭院中，究竟是在做什麼呢？可兒真可憐。雖然今天早上捉弄了牠，但明天我會好好疼愛牠的。

我有個很可悲的習慣，若不將雙手緊緊捂在臉上，我就會睡不著。我捂著臉，一動也不動。

快要睡著的感覺，是很奇妙的，就像鯽魚、鰻魚用力拉扯釣魚線般，總覺得有一股很重，像鉛一樣的力量透過釣線拉扯著我的頭，當我迷迷糊糊地快睡著時，釣線又稍稍放鬆，我就突然回復了精神。接著再用力拉，我又迷糊睡去。然後再放一些線……。像這樣重複個三、四次之後，最後才被大力拉起，而這次就是一覺到天亮。

晚安！我是一個沒有王子的灰姑娘。我在東京的哪裡，您知道嗎？我們再也不會見面。

195 女生徒。

千代女。

お母さん、私は千代女ではありません。

可是，媽媽，我並不是千代女。

女人，果然很沒用呢。然而在女人中，我這個女人或許是最糟糕的。我深深覺得自己很沒用。儘管這麼說，但內心的某個角落，還是會想「自己應該也會有個優點才對」，而這份對自己寄託期許的執著，似乎已根深蒂固，紮實地盤據在心頭，弄得我愈來愈不知所措。我覺得現在頭上彷彿頂了一個生鏽的鍋子，非常地沈重，相當鬱悶。一定是我腦筋不好，真的太笨了。明年就要十九歲了，我已經不再是個孩子。

十二歲時，住在柏木的舅舅把我的作文投稿到《青鳥》雜誌，結果得了一等獎，被知名的評選委員大力讚賞，誇得我坐臥不安，但從那之後我就變得一蹶不振。當時寫的作文，實在很羞於見人。那種文章，真的好嗎？到底是好在哪裡？作文的題目是〈跑腿〉，內容寫了些替父親跑腿，買金蝙蝠香菸時碰上的小事。我從煙草店的阿姨手中拿到了五盒香煙，但清一色都是綠色盒子，總覺得有些冷清，我便退還一盒，想換個紅色盒子的香煙，可惜錢不夠，覺得很傷腦筋。這時，阿姨笑著對我說：「下次再付。」讓我感到非常高興。綠色盒子上，疊了一個紅色盒子，放在我的手掌上，看起來就像櫻草般美麗，我的內心雀躍萬分，連路都走不直了。大概寫了這些內容，感覺很孩子氣，太過天真，現在我每回想起，都還會侷促不安。接著，我又在柏木舅舅的鼓勵下，再投稿了一篇標題為〈春日町〉的文章。這次，不是登載於投書欄上，而是以大號活字刊載在雜誌的第一頁。〈春日町〉是在說住在池袋的叔母，搬到了練馬的春日町，新家的庭院很寬廣，叔母邀我一定要去找她玩，於是我在六月的第一個星期日搭車前往。我從駒込車站，搭著省線，在池袋車站換搭東上線，最後在練馬車站下車。但放眼望去，只有一大片無邊無際的田地，我不知道春日町在哪，向路邊的人打聽後，也沒人知道那地方，我害怕地想哭。那是個炎熱的一天。最後，我問了一位年約四十，拖著滿載汽水空瓶的男人，我開口問完，他寂寞地笑了，停下腳步，用灰黑汙穢的毛巾擦拭著布滿汗水的臉頰，他喃喃唸著春日町、春日町，思考了一會說：「春日町非常遠。可以從那邊的練馬車站搭東上線去池袋，到那邊轉搭省線到新宿後，再轉往東京的省線，在水道橋下車……。」他用不流暢的日語，努力地為我說明這段非常遙遠的路程，但他指的卻是前往本鄉春日町的路徑。聽他說話，我馬上就認出他是朝鮮人，因此，我胸中更是滿懷感激。日本人就算知道，卻因為怕麻煩，都只會推說不知道。可是這位朝鮮人，雖然不知道，但還是冒著涔涔汗水，拚命地向我解說。我對叔叔說了聲謝謝後，便照著叔叔的指示，走回練馬車站，接著搭東上線回家。我甚至還想直接去一趟本鄉的春日町瞧瞧呢。回到家後，不知怎麼地，突然覺得很悲傷，整個人很難受。所以我就把那件事一五一十地寫了出來。結果，那篇文章竟以大字體刊登在雜誌的第一頁，這下可不得了。我家位在瀧野川的中里町，父親是東京人，母親則出生於伊勢。父親目前在私立大學擔任英語老師。我沒有哥哥、姊姊，只有個身體孱弱的弟弟，他今年起就讀於市立中學。我雖然不討厭我的家庭，但還是覺得寂寞難耐。以前家人的感情很好，真的很好。我總盡情地對父母親撒嬌，老愛說些玩笑話逗大家哈哈大笑，也對弟弟很溫柔，曾經是個好姊姊。但自從那篇文章被刊載到《青鳥》後，我就突然變得很膽小，成了討人厭的孩子，甚至還會與母親爭執。當〈春日町〉刊載於雜誌上時，該雜誌的評選委員岩見老師寫了一篇比我的文章還要長兩三倍的讀後感，我看了之後，心情變得很落寞。我覺得老師被我騙了，岩見老師是一位心地比我更善良、單純的人。接著，到了學校後，導師澤田老師在作文課時，拿了那本雜誌到教室，將我的〈春日町〉全文抄在黑板上，亢奮地用怒吼般的聲音誇了我一個小時。我的呼吸愈來愈急促，眼前一片朦朧黑暗，身體彷彿要變成石頭，非常害怕。我自知自己的本事並不如大家的讚美般優秀，於是我相當擔心，擔心要是寫了一篇很差勁的文章，肯定會被大家嘲笑，那會有多丟臉、多痛苦啊！滿腦就只擔心著這件事，整個人宛如行屍走肉一般。而且，相信澤田老師他並不是真心被我的文章打動，而是因為我的文章被用大字體刊登在雜誌上，還受到知名的岩見老師稱讚，所以他才會表現得如此亢奮。就連我那幼小的心靈，都能大概察覺到這點，這讓我倍感落寞、難以承受。而我的擔心，之後全成了事實，不斷發生一些既痛苦又羞恥的事。學校的朋友突然疏遠我，連之前最要好的安藤，也壞心地用嘲笑的口吻叫我一葉[1]小姐、紫式部[2]小姐。最後終於從我身邊逃開加入了以前明明很討厭的奈良、今井所組成的小圈圈，總遠遠

1 樋口一葉（一八七二年～一八九六年）日本女作家，著有《十三夜》、《青梅竹馬》等著作。

2 紫式部，日本平安時期的女性文學家，著有《源氏物語》、《紫式部集》等著作。

地瞧著我竊竊私語，然後再一起哇地叫著，發出沒品的嘲笑聲。那時，我便決定一輩子都不要再寫文章，當初不應該受到柏木舅舅煽動，就迷迷糊糊地投稿。柏木舅舅是母親的弟弟，在淀橋的區公所工作，今年好像三十四歲，還是三十五歲的樣子。儘管去年都生了小寶寶，但他還把自己當成年輕人，常常喝太多酒，偶爾還誤了大事。他每次來，好像都會從母親那邊拿一些錢回去。曾聽母親說過，舅舅以前唸大學時，曾努力立志當個小說家，也頗受前輩們期待，可是後來誤交了損友，就一蹶不振，大學也讀了一半就休學。他好像讀了很多日本和外國的小說。七年前，硬是將我差勁的文章投到《青鳥》的就是這個舅舅。而此後的七年，動不動就找我麻煩的，也是這個舅舅。我那時很討厭小說，儘管現在心境已變，但當時我那不成氣候的文章，竟連續兩次都被刊登在雜誌上，為此我被朋友欺負、還遭受到導師的特殊待遇，害得我痛苦不已，變得非常討厭寫作。往後不管柏木舅舅再怎樣有技巧地煽動，我也絕不投稿。若被過分囉唆地勸說，我就會放聲大哭。學校的作文課，我也是一個字都不寫，只會在作文本上畫著圓形、三角形，或是女娃娃的臉。為此，澤田老師還把我叫到教師辦公室，斥責我說：「不要驕傲，請自重。」我覺得很不甘心。但沒多久我就從小學畢業了，終於能從那段痛苦中逃離出來。在我進了御茶之水的女學校後，班上沒有人知道我那無趣的文章曾入選雜誌的事，總算是鬆了一口氣。作文課時，我自在地寫了作文，也獲得了普通的分數。但是就只有柏木舅舅一直囉唆地嘲弄我。每次來家裡時，都會帶三、四本小說來，直嚷著讀、讀、讀。可就算讀了，這些書對我來說太深奧了，所以讀了也看不太懂，我幾乎每次都是假裝讀完，就把書還給了舅舅。當我讀到女學校三年級時，當年《青鳥》的評選委員岩見老師，突然寫了封長信給父親，裡面說什麼，覺得我有難得的才能等等的，內容相當難為情，我實在說不出口，總之他極度地褒獎我，用著過於客氣、文雅的言辭，認真地寫道：「就這樣被埋沒會很可惜。要不要試著再讓她多寫些文章，我會幫忙安排發表的雜誌。」父親默默地把那封信交給我。我讀了那封信後，覺得岩見老師真是位嚴肅的好老師，然而，從信的內容，我也清楚看出，這一切的背後，都是舅舅在多管閒事。舅舅一定花了很多工夫去接近岩見老師，使出了千方百計，請老師給父親寫了這一封信，一定是這樣的。「是舅舅拜託的，一定是這樣的。舅舅為什麼要做出這種可怕的事呢？」我好想哭，抬頭望著父親，父親似乎也看穿了一切，微微點著頭，不高興地說：「柏木的小舅子應該沒有惡意。不過，我們該怎麼回應岩見老師才好？真是傷腦筋。」父親之前好像就不太喜歡舅舅。母親曾不滿地跟我說過，當我的文章獲選時，母親和舅舅都非常高興，可是父親卻斥責舅舅，說不要讓我做這類刺激性強的事情。雖然母親老是數落舅舅，但每次父親只要一說舅舅的不是，母親就會顯得非常生氣。母親是位溫柔、活潑的好人，可是只要一提到舅舅，就會常常和父親起爭執。舅舅是我們家的惡魔。收到岩見老師那封慎重的信件約莫兩、三天之後，父親與母親終於起了很大的口角。晚飯時，父親說：「畢竟岩見老師如此誠心誠意地給予建議，我們這邊也不能失禮，我得親自帶著和子登門道歉，並清楚表明和子的想法。若是只用一封信回應對方，可能會橫生誤會，要是得罪對方就麻煩了。」接著母親垂著眼簾，想了一會兒說：「都是我弟弟不好，真的給大家惹了麻煩。」她抬起頭，隨意地用右手小指撥弄著垂落的髮絲，繼續接著說：「但或許我跟弟弟都是蠢蛋吧，看到和子被那麼有名的老師誇獎，心裡就希望往後對方也能多多提拔，要是和子有潛力的話，就會希望她能好好發展呀！我們總是被你訓，但你怎麼不想想自己是否太固執了些？」母親滔滔不絕地說完這番話，淡淡地笑了笑。此時，父親停下筷子，以訓誡的口吻開始說道：「就算讓她發展，也不會成什麼大器！什麼女子的文才，根本不值一提。這只是一時的，覺得新奇才大驚小怪，最後只會把一生毀得亂七八糟。和子她也很害怕。女孩子就是要平凡地嫁人、當個好母親才是最好的生活方式。你們只是在利用和子來滿足自己龐大的虛榮心和野心。」母親完全不理會父親的話語，只是伸長了手，把我身旁鍋爐上的火鍋重重地放下，說著「燙燙燙」然後把右手的拇指和食指壓在唇上，臉往旁邊一撇：「啊！好燙、燙傷了。不過呢，我弟弟他也沒有什麼惡意。」父親這次把碗和筷子都放下了，大聲地說道：「要說幾次妳才明白。你們這樣是打算把和子當搖錢樹！」他左手輕壓住眼鏡，準備再繼續說什麼時，母親突然放聲大哭。她邊用圍裙擦拭著淚水，邊提到父親的薪水以及我們的衣服花費，相當露骨地說了很多關於錢的事。看到父親抬起下巴，暗示我和弟弟往旁邊去，我便催促著弟弟，帶他進了書房。然而，從起居室傳來的爭吵聲，持續了一個小時都沒停過。母親平常是一個非常隨和、爽快的人，只是心情一激動，就會說出一些讓人聽不下去的荒唐話來，讓我十分難過。翌日，父親自學校下班後，回家的路上好像要順道去拜訪岩見老師，向他答謝與致歉。早上父親本來是要我一起去的，但我莫名地害怕，下唇不停顫抖，完全沒有勇氣去拜訪岩見老師。父親那天晚上七點左右才回到家，他跟我們說，岩見老師雖然還很年輕，但是位相當出色的人。他也很能體會我們的心情，反而主動向我們致歉，還表示說，其實自己也不太想勸女孩子走上文學之路。他雖然沒有清楚地指名道姓，不過應該就是受到柏木舅舅再三拜託，最後才不得以寫信給父親的。當我抓住父親的手，父親便在眼鏡背後，悄悄瞇著眼對我微笑。而母親則像是什麼都忘記般，以一副沈穩的態度，頻頻對父親的話語點頭，沒特別多說什麼。

從此之後，有一段時間再也沒有看到舅舅。就算舅舅來家中作客，他也對我異常地冷淡，很快就回去了。而我早已把寫作的事情拋諸腦後，放學後，就會整理花圃、出去跑腿買東西、幫忙做菜、當弟弟的家庭老師、縫紉、準備功課、替母親按摩等等，相當忙碌地替大家做事，過著幹勁十足的每一天。

可是，暴風終於還是來了。在我讀女學校四年級的新年時，小學的澤田老師突然來家裡拜年，父母親看到澤田老師覺得很難得，也很懷念，於是開心地招待澤田老師。老師提到自己老早就辭去了小學的教職，目前在各地從事家庭教師，日子過得悠閒自在。不過，恕我直言，就我來看，他一點也不像是很悠閒的樣子。他明明與舅舅年紀相仿，卻讓人覺得他像是年過四十歲，不，接近五十歲的人。雖然從前澤田老師的長相本來就顯老成，但不過四、五年沒見，他卻像是老了二十多歲，一副非常操勞的模樣。他笑起來有氣無力的，像是在強顏歡笑，臉頰上交疊著勉強、堅硬的皺紋，與其說可憐，更令人覺得討厭。他依然理著短短的平頭，但頭上冒出很多白髮，有別於過去，他一直猛繞著我的話題打轉，害我不知該如何是好，陷入痛苦之中。他誇我相貌出眾、賢淑端莊等，淨說些露骨的奉承話叫人聽不下去，好像我是他的長輩般，實在過分殷勤。他又不識相地對父母親拉拉雜雜地說起我小學時代的事，扯出那些我好不容易忘掉的文章。囉哩囉唆地說：「真的是難得的才能。當時我對兒童作文不太感興趣，也不知道有種藉著作文來提升赤子之心的教育方法，不過現在已經不同。我對兒童作文，已經有了充分研究，對於這種教育方法也相當有自信，如何？和子，要不要在我的新教育下，再開始學習寫作呢？我一定會好好栽培妳！」老師喝多了，揮舞著手，說些異想天開的事，最後竟然還很纏人的說：「嘿！和我握個手吧！」父母親雖然笑著，心裡似乎也很為難。不過，當時澤田老師的醉話，並不只是隨口說說的玩笑，過了十天左右，他竟煞有介事地到家中對我說：「讓我們開始一步一步進行作文的基本練習吧！」我一時間不知所措。後來我才知道，澤田老師為了學生的升學考，惹出了一點問題，遭到學校解雇。之後生活碰上瓶頸，只好拜訪以前教過的學生家，硬是要對方雇用自己為家庭老師，以此謀生。他新年來我家拜訪後，好像馬上偷偷寫了封信給母親，對我的文才讚不絕口，又舉出當時文章的潮流趨勢、天才少女的出現等例子搧動母親。而母親從之前開始，便對我的文筆還存有一絲期盼，於是回應澤田老師，請他每週來家裡指導一次，接著向父親主張，這樣多多少少可以接濟澤田老師的生活，父親似乎考量到澤田老師是我以前的老師，不好拒絕。最後勉強同意讓澤田老師來教我。澤田老師每週六都會過來，在我的書房裡神秘兮兮地講些愚蠢的事，真是煩得要命。「所謂的文章，首先，就是要確實掌握詞性！」他小題大作地反覆說著這類理所當然的常識。他表示，太郎「玩」庭園是錯的。太郎「往」庭院玩，當然也是錯的。一定要說太郎「在」庭院玩。聽得我吃吃竊笑，結果他馬上用一種非常氣憤的眼神，像是要刺穿我臉龐般，直視著我，然後深深嘆了口氣說：「妳為人不夠誠實。不管才能有多豐富，人若不誠實，做什麼事都不會成功的。妳知道寺田正子這位天才少女嗎？她出身窮困，有著不順遂的可憐身世，想要讀書卻連一本書都買不起，但因為為人誠實，有好好把握住老師傳授的教誨，才得以完成了那麼多的名作。指導她的老師，想必也是感到相當有成就！妳如果能再誠實點，我肯定會讓妳成為像寺田正子那樣的人。不，妳家環境又那麼好，我絕對可以讓妳成為更知名的大作家。我覺得就某方面而言，我比寺田正子的老師更厲害，那就是德育。你知道盧梭這個人嗎？尚．雅克．盧梭，生於西元一千六百年？不，是西元一千七百年？一千九百年？笑啊！儘管大笑啊！妳就是太仗勢自己的才能，才會輕蔑老師。以前中國有位名叫顏回的人……。」說了這類雜七雜八的話，一小時過去，他突然停下來，只說句「下次再繼續。」便離開書房，再去起居室與母親閒聊一會兒後才回家去。曾在小學時多少受了老師一些關照，我知道這樣批評他不太好，但我真的覺得澤田老師有些癡呆。像是「文章裡，最重要的就是描寫，如果描寫手法不好，就會看不懂文章在表達什麼。」這類最基本不過的觀念，他還得看著小筆記本講解。「比方要形容這場雪是怎麼下的時候呢……。」他把筆記本收進胸前的口袋中，猛然看著窗外的細雪戲劇般地紛飛後他說：「不能說雪嘩啦嘩啦地下。那樣沒有雪的感覺。說源源不斷地落下，也不對。那麼，翩然飛落如何？還是不太好。鬆鬆綿綿地，比較接近，慢慢有下雪的感覺了，真有趣。」他一個人搖著頭，感嘆地兩手交叉喃喃自語：「淅瀝淅瀝地，如何？這又好像在形容春雨。果然還是鬆鬆綿綿地比較好。嗯！鬆鬆綿綿地、翩然飛落，連在一起也很好。鬆鬆綿綿地翩然飛落。」他似乎很熱衷於這個形容的樣子，瞇起眼低聲說著。突然間，他又想到什麼，再次開口說了：「不行，這樣還不夠貼切。啊！雪花像鵝毛般飛舞飄散，如何？前人寫的文章，果然比較貼切！鵝毛，真是絕妙的形容！和子，明白了嗎？」這時，老師才首次正眼瞧向我，不知何故，我覺得老師好可憐、好可恨，讓我有一股想哭的衝動。儘管如此我還是繼續忍耐了三個月左右，接受那淨是無聊、胡說八道的教育，但我現在，就連看到澤田老師的臉都覺得討厭。我終於向父親全盤托出，希望能請澤田老師不要再來家裡。父親聽到我的話後，大感意外。父親本來就反對請家庭老師，只是礙於接濟澤田老師生計這個名目才決定請他來的，父親原本還以為他每週一次來教書，多少能幫我進行一些課業的學習，沒想到我會接受這種不負責任的寫作教育。於是，父親又和母親起了嚴重的爭執。我在書房聽著起居室傳來的爭吵聲，抱頭痛哭。竟為了我的事引起這種騷動，這世上應該再也沒有像我這樣惡劣不孝的女兒了。事到如今，我乾脆一心專注於學習作文、小說，讓母親高興算了。可是，我辦不到，我已經什麼都寫不出來了，打從一開始，我就沒有什麼文才。就連形容下雪，澤田老師還比我厲害呢！我明明什麼都不會，卻還嘲笑澤田老師，我真是個愚蠢的女孩，連鬆鬆綿綿地翩然飛落這樣的形容都想不到。我聽著起居室的爭吵，深深覺得自己真是個沒用的女孩。

那時，母親還是吵不過父親，澤田老師就再也沒有出現，可是壞事還是接連發生。在東京的深川，據說有位名叫金澤富美子的十八歲女孩寫了非常出色的文章，獲得世人大大的讚賞。她寫的書，賣得比任何一位偉大的小說家還要好，一躍變成有錢人。舅舅像是自己也變成了有錢人般，一臉得意地來家裡告訴母親這項傳聞，使得母親再次感到興奮。她一邊在廚房收拾善後，一邊認真地說著：「和子一定也行，憑和子的文才，明明只要妳願意寫的話就一定寫得出來，但現在怎麼搞成這樣？現在和以前不同，女孩子可不能一直窩在家中。讓舅舅來教你，練習寫寫看也好。舅舅與澤田老師不同，他可是讀到大學的人，不管怎麼樣都比較可靠。要是寫作能賺那麼多錢的話，爸爸一定也會睜一隻眼閉一眼的。」從此，柏木的舅舅幾乎每天都會出現在我家，把我帶到書房對我說：「先寫日記，把看到的東西、感受到的東西直接寫出來，這樣就已經算是好的文學了。」接著他又告訴我很多深奧的理論，可惜那時我完全沒心情寫作，總是敷衍地聽著。由於母親是個三分鐘熱度的人，當時的興奮，持續了一個月後，便消失得無影無蹤。唯獨舅舅，豈止說清醒，他還一臉認真地表示：「這次我終於下定決心，認真想讓和子成為小說家。和子，妳最終只會成為一位踏上小說家之路的女人。像妳這樣頭腦異常聰穎的女孩，是不可能當個平凡的家庭主婦，妳只能放棄一切，專心研究藝術之道。」舅舅趁父親不在家時，大聲地說服著我和母親。被這樣嚴厲地說教，似乎連母親也不太高興，她落寞地笑著說：「是嗎？可是這樣和子不會很可憐嗎？」

也許真被舅舅說中。我翌年自女學校畢業後，也就是現在，我強烈憎恨著舅舅那惡魔般的預言，同時內心深處卻偷偷地相信，也許一切真的如他所說。我是個沒用的女人，頭腦一定不太好，連自己都不明白自己。從女學校畢業後，我突然完全變了個人。每天都覺得很無聊，幫忙家事、整理花圃、學琴、照顧弟弟、這一切全都好愚蠢，我瞞著父母，偷偷沈浸在不入流的小說裡。小說，為什麼只寫些關於人的秘密和罪惡呢？我變成一個只會胡亂幻想的骯髒女孩。此刻，我突然想照舅舅所教導我的，把我所看到的事、感受到的事如實寫下，向神明告解，可我沒那個勇氣。不，是我沒有那個才能。就像頭上頂了個生鏽的鍋子，怎麼樣都理不清頭緒。我什麼都寫不出來了。這一陣子，我有想要試著寫寫看。前幾天，我悄悄練習寫作，以〈睡眠箱〉為題，把一個無聊的夜裡所發生的事情，寫在記事本裡給舅舅看。舅舅才讀了一半就丟開記事本，一臉認真，掃興地對我說：「和子，妳最好放棄當個女流作家。」接著，舅舅苦笑地對我提出忠告：「文學這種東西，沒有特別的才能是行不通的。」現在反而是父親還會一派輕鬆地笑著說：「如果喜歡，試試也無妨。」而母親有時在外面聽到金澤富美子，還有其他女孩一躍成名的傳聞時，也會回來興奮地說：「和子明明也寫得出來呀，只是沒有毅力罷了。以前加賀的千代女[1]，開始到師父那邊學俳句時，曾被要求以杜鵑為題寫一首俳句，她馬上寫了很多俳句給師父看，但師父卻一直都沒有給予讚賛。因此，千代女一夜沒睡地思考，回過神，才發現天色已亮，她隨手寫出『杜鵑，杜鵑鳴時，天已明。』拿給師父看後，終於首次被師父褒獎：『千代女寫得好！』所以說，做什麼事都需要有毅力。」母親喝了一口茶，接著低聲喃喃唸著：「杜鵑，杜鵑鳴時，天已明……。的確，寫得真好。」她顯得相當佩服的樣子。可是，媽媽，我並不是千代女。後來，我寫了篇小說，描述一名什麼都寫不出來的低能文學少女，她窩在暖桌，讀著雜誌，睡意漸濃，於是覺得暖桌是人類的睡眠箱。寫好，我拿給舅舅看，結果舅舅只看了一半就不讀了。之後我也讀了一次，也覺得內容的確無趣。要怎麼樣才能寫出優秀的小說呢？昨天我偷偷寄了封信給岩見老師，信上寫著「請不要捨棄七年前的天才少女。」也許，我就快要發狂了也說不定。

1 千代女（一七〇三年～一七七五年）江戶中期的俳句詩人。作品有《千代尼句》、《松之聲》。

招待夫人。

奥さまの底知れぬ優しさに呆然となると共に、
人間というものは、他の動物と何かまるでちがった貴いものを持っているという事
を生れてはじめて知らされたような気がする。

對夫人深不可見底的溫柔感到茫然不知所措的同時，
我生平第一次感受到，所謂的人類，就是擁有某種和其他生物全然不同的高貴。

夫人本來就很好客又愛招待人……，不對，就夫人的情況而言，與其說她好客，不如說她畏懼客人還比較洽當。每當玄關鈴聲響起，我會先出去應門，接著再回屋報告夫人訪客的名字，這時她就會像驚弓之鳥，神情馬上異樣地緊張，並開始整理鬢髮、調整領襟、從椅子上稍稍起身，我的話才說到一半，她就小碎步地跑到玄關，用一種似哭似笑，像笛聲般不可思議的嗓音迎接客人。她的眼神，宛如精神病患般慌亂，不停穿梭於客廳與廚房之間，一下弄翻鍋子，一下打破盤子，然後對我這個女傭說：「對不起、對不起。」等到客人回去之後，她又會一個人頹然地倒臥在客廳裡，不收拾善後也不做其他事，甚至有時眼眶還噙著眼淚。

這裡的一家之主是本鄉當地的大學教師，家裡很有錢，再加上夫人娘家也是福島縣的富有農家，兩人也沒有小孩，夫妻倆就像不知疾苦的孩子般悠閒生活著。我來這個家工作時，正逢四年前戰爭最激烈的時候，在那之後過了半年，儘管老爺是屬於第二國民兵的孱弱體格，仍突然被徵召，還不幸地被派到南洋群島。雖然戰爭沒多久就結束了，他人卻行蹤不明。當時的部隊長還寫了張明信片給夫人，上面簡單地寫著：「也許可以考慮放棄。」後來夫人的待客之道變得愈來愈瘋狂，簡直可憐得讓人看不下去。

在笹島醫生出現在這個家之前，夫人的交際範圍只限於老爺的親戚和夫人的親朋好友。因為夫人的娘家會送很多物品過來，所以即使老爺去了南洋群島，家裡的生活還挺輕鬆、寧靜的，也就是過著衣食無缺的高品質生活。直到遇見笹島醫生後，一切就變得一團糟。

這塊土地雖然位在東京郊外，但由於距離市中心較近，又幸運地沒受到戰爭的波及，因此市中心那些遭遇空襲的難民，全都像洪水般湧進這邊。走在商店街時，來往的行人全都換了一組人馬，截然不同。

大概是去年年底，夫人在市場裡遇到老爺的朋友笹島醫生，據說十年未見了。夫人邀他到家裡坐坐，然而這便是惡夢的開端。

笹島醫生與老爺一樣年約四十歲左右，聽說也是在老爺任教的大學當老師，不過，老爺是文學士，而笹島是醫學士，兩人從中學時好像就是同學。老爺在這裡成家前曾與夫人在駒笹的公寓小住了一陣子，當時笹島醫生也隻身一人住在同棟公寓裡，彼此曾密切往來了一小段時間。等到老爺搬到這邊後，也許是研究領域不同，就沒有再互相登門拜訪，於是斷了聯絡。之後經過了十幾年，偶然在這座城裡的市場看到夫人，他便出聲打了招呼。被人叫住後，夫人明明只要簡單回應再道別就好了，真的只要點到為止就好了，可是那招待癖的老毛病又犯，直說著：「我家就在附近，要不要來坐坐？」之類的話。明明無心挽留客人，卻又怕冒犯人家，反而拚命地留住客人，於是笹島醫生便穿著披肩式外套，提著菜籃，一身奇怪的裝扮來到家裡。

「哦！這房子真不錯呢！能避開戰爭的災難，真是好狗運啊！沒有人一起住呀？這樣實在太奢侈了。不過，這裡都住著女人，而且又打掃得一塵不染，這種家反而令人不敢開口要求同住。但就算住進來，應該也會覺得不自在吧？但是，我還真沒想到太太就住得這麼近。我有聽說您家是住在M町，但是，人啊！總是有點迷糊，我流落到這邊已經快一年了，卻完全沒注意到這邊的門牌。我常常路過這棟屋前喔。去市場買東西時，一定會走過這條路呢！唉，我在這次的戰爭裡也遭逢了不幸。結婚之後馬上就被徵召，好不容易能回家，屋子卻被燒得精光。老婆帶著在我離家時出生的兒子一起逃到千葉縣的娘家避難，就算想把他們叫回東京，也沒房子可住，在這種狀況下，不得已只好一個人在那邊的雜貨店裡，租個三疊榻榻米大的房過著自己煮飯燒菜的生活。今晚本來想煮個雞肉鍋，配酒痛喝一頓，於是就提了菜籃徘徊在市場裡，真是絕望啊！事態演變成這樣，我都不知道自己現在到底是生是死呢！」

他盤坐在客廳裡，淨說些自己的事。

「真是可憐！」太太說著。

很快地，因為畏懼而加劇的招待癖又犯了，她眼神一變，踏著小碎步急忙走到廚房來。

「小梅，對不起！」

她和我道歉後，就吩咐我準備雞肉鍋和酒，接著轉過身奔回客廳。不一會兒她又跑回到廚房來，一下生火、一下拿出茶具，雖然已經司空見慣了，但她那既興奮又緊張的神情已經超出令人同情的範圍，甚至讓人有些反感。

笹島醫生也相當厚臉皮，他大聲地說：

「哎呀，是雞肉鍋嗎？真不好意思，夫人，我吃雞肉鍋一定要放蒟蒻絲的，麻煩妳了。如果有烤豆腐就更好了，只放蔥的話有點單調啊。」

夫人連話都還沒全部聽完，就跌跌撞撞地跑進廚房，

「小梅，對不起！」

她的表情就像個嬰兒，像在害羞，又像在哭泣似的拜託我。

笹島醫生說用酒盅喝酒很麻煩，於是他直接用杯子咕嚕咕嚕地喝，喝得醉醺醺的。

「原來如此，妳先生最後生死不明啊！唉呀，那十之八九是戰死了。那也是沒辦法的呀。夫人，不幸的不是只有妳一人啊！」

他隨便地做了個總結。

「夫人我跟妳說，像我啊……。」

接著，他又開始說起自己的遭遇。

「無家可住，又與最愛的妻小分居，所有家當都被燒毀、衣服被燒、被褥被燒、蚊帳被燒，一無所有了啊！夫人，我啊，在借宿於那家雜貨店裡三疊榻榻米大的房間之前，我可是睡在大學醫院的走廊呢。醫生竟然過得比患者還淒慘，還不如當個病患好。啊！實在了無生趣，太慘了。夫人，妳啊，算幸運的了。」

「嗯，是啊！」

夫人急忙應聲：

「我也這麼覺得。與大家相比，我實在太幸運了。」

「是啊！是啊！下次我帶我朋友一起來。他們啊！全都是不幸的夥伴呢。不得不請妳多加照顧啊！」

夫人呵呵呵地像是非常開心地說：「那裡，別這麼說……。」
接著她又沈穩地表示：
「這是我的榮幸啊！」
而從那一天開始，我們家就變得一團糟。
本以為喝醉酒的玩笑話沒什麼意義，可是過了四、五天，他還真的厚顏無恥地帶了三個朋友來，逕自吆喝著：「今天醫院舉辦尾牙，今晚要在府上再續第二攤，夫人，讓我們就此暢飲一整夜吧！最近啊，都找不到適合續攤的地方，正傷腦筋啊！喂！各位，在這邊不用客氣，進來、都進來，客廳在這邊。穿著外套也沒關係，太冷了沒辦法。」他儼然像在自己家一樣招呼著客人。朋友之中有一名女人，好像是護理師，他還當著大家的面和那女人打情罵俏。接著，他又把嚇得只能傻笑的夫人當成隨從使喚。
「夫人，不好意思。請把暖爐點上火。還有，麻煩妳張羅一下之前招待我喝的那種酒。如果沒有日本酒，喝燒酒、威士忌也行。至於吃的東西……啊！對了對了，夫人，今晚我們帶了很棒的伴手禮，請嚐嚐烤鰻魚。天氣冷的時候吃這個最棒了。一串給夫人，一串我們自己吃。還有，喂！不是有人帶蘋果來的嗎？別小氣了，快拿給夫人。這個品種叫『印度』，可是最香甜的蘋果喔！」

待我端著茶到客廳時，不知道從哪個人的口袋裡滾出一顆小蘋果，最後停在我腳邊，真想把那顆蘋果一腳踢開。不過就是一顆蘋果，卻寡廉鮮恥地吹說是伴手禮，還有什麼烤鰻魚，我之後一看才看到它薄薄的，一半都要烤乾了，根本就像鰻魚乾那種窮酸的東西。

那晚他們一直吵鬧到黎明時分，夫人也被強灌酒，等到天色漸亮，他們才以暖爐為中心，一群人亂七八糟擠在一起睡。夫人也被逼著一起睡，我想她一定整夜都沒有闔眼。但其他人一直熟睡到下午才醒來，醒了之後還吃了茶泡飯，酒好像也醒得差不多了，每個人都顯得有些無精打采。尤其我明顯露出忿忿不平的表情，他們都會別過臉不敢看我，最後，他們像是毫無精神的腐魚般，成群結隊地回去。

「夫人，您為什麼要和那些人擠在一起睡？我最討厭那種沒規矩的事了！」

「對不起。我沒辦法說不……。」

夫人的臉龐因睡眠不足而顯得疲憊蒼白，看見她眼裡含著淚如此說道，我也無法再多說什麼。

在那之後，豺狼們的侵襲愈演愈烈，這個家似乎已經變成笹島醫生朋友們的宿舍。笹島醫生沒來時，他的朋友也會前來住宿，而且每次都會要夫人擠在一起睡，可是就只有夫人怎麼樣都睡不著。夫人原本就不是個身體強健的人，被折騰到最後，現在只要家裡沒客人時，她都得一直睡覺休息才行。

「夫人，您真的變得很憔悴。請別再和那種客人往來了。」

「對不起，我做不到。大家都是不幸的人，不是嗎？來我家玩可能是他們唯一的樂趣了啊。」

真是愚蠢！夫人的財產現在也變得讓人很擔心，這下，恐怕撐不到半年，就會陷入不得不賣房子的窘境了，而她卻不讓客人察覺到她的窘迫。就連身體也是，明明就愈來愈憔悴了，但只要客人一來，她仍會馬上從床上彈起來，迅速整理衣裝，小碎步地跑到玄關，馬上用似哭似笑、不可思議的歡笑聲迎接客人。

那是初春晚上的事。當晚果然又來了一群喝醉的客人，反正它們一定會玩到通宵，於是我建議夫人，我們不如趁現在先吃點東西填飽肚子。於是，我們兩人就站在廚房裡，吃著代餐用的蒸包。太太總是給客人享用各種佳餚，但自己一人用餐時，卻總是吃代餐食品來果腹。

此時，客廳突然傳來酒醉客人的低俗哄笑聲，接著有人說：

「不不不，才不是這樣！我覺得你一定跟她有一腿，因為那個大嬸她……。」

之後繼續以醫學用語說出不堪入耳，非常失禮的下流話。

結果，聽起來應該是年輕的今井醫生回答道：

「說什麼鬼話。我可不是為了愛才來這邊玩的！這裡啊！不過是旅宿罷了……。」

我憤怒地抬起頭。

在幽暗的燈光下默默低著頭吃蒸包的夫人，此時眼裡也泛起了的淚光。實在是太悽慘了，我完全無言以對，夫人低著頭靜靜地說：

「小梅，不好意思。明早請先燒好洗澡水。今井醫生他喜歡早上洗澡……。」

夫人只有在那個瞬間，才流露出遺憾不甘的神情，之後就像什麼事都沒發生般，熱情招待客人，奔走於客廳和廚房之間。

雖然我很清楚夫人的身體日漸衰弱，但夫人在招待客人時都不曾表現出疲態，所以儘管訪客們都是偉大的醫生，卻沒有一個人發現到夫人的身體不適。

春天，某個安靜的早晨裡，由於那天早上很幸運地沒有客人來投宿，我便一個人悠閒地在井邊清洗衣服。此時，夫人突然打著赤腳歪歪斜斜地走到庭院來，蹲在開有棣棠花的籬笆旁吐了許多血。我驚惶地大叫，趕緊跑了過去，從後面抱住夫人，扛著她回房間，讓她靜躺。接著，我哭著對夫人說：

「就是因為這樣，因為這樣我才很討厭客人！反正他們都是醫生，事到如今，要是他們不能把夫人醫回原先健康的身體，我是不會原諒他們的！」

「不行！如果把這件事告訴客人，他們會感到內疚，會很沮喪的！」

「但您現在身體都這麼差了，太人您今後打算怎麼辦？您還是想起身接待客人嗎？要是和客人們一起睡的時候吐血了，那可就出盡洋相了！」

夫人閉著眼睛想了一會兒說：

「我要回娘家一趟。小梅，請妳留下來讓客人留宿。因為那些人沒有能休息的家可回。還有，不要告訴他們我生病的事。」

夫人溫柔地笑著吩咐我。

趁客人還沒來，那天我就開始著手整理行李，後來我覺得自己還是得陪夫人回娘家福島，因此買了兩張票，等到第三天，太太氣色好轉，剛好又沒有訪客，於是我逃也似的催促著夫人。等我們關好窗，鎖好門，步出玄關時……，我的老天啊！

笹島醫生大白天就醉醺醺地帶著兩個看似護理師的年輕女孩過來。

「哎呀，妳們是要外出嗎？」

「沒有，不要緊。小梅，麻煩妳打開客廳的木板窗。請進，醫生，請進。不要緊的。」

夫人又發出似哭似笑般的奇怪聲音，同時也向年輕女孩們打招呼，接著又像隻團團轉的老鼠般，開始了她接待的狂奔之路。夫人要我外出採買，我在市場打開夫人急忙中遞給我權充錢包的旅用手提包，準備掏出錢時，驚見夫人的車票已被撕成兩半。這一定是在玄關遇到笹島醫生時夫人悄悄撕毀的，對夫人深不可見底的溫柔感到茫然不知所措的同時，我生平第一次感受到，所謂的人類，就是擁有某種和其他生物全然不同的高貴，而我也從腰帶中抽出我的車票，輕輕地將它撕成兩半，開始思考該買什麼好吃的回去，繼續在市場中挑選著。

231　招待夫人。

十二月八日。

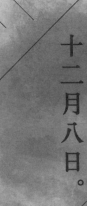

お前たちには、信仰が無いから、こんな夜道にも難儀するのだ。
僕には、信仰があるから、夜道もなお白昼の如しだね。ついて来い。

你們就是沒有信仰，才覺得夜路走來困擾。
我，正因為有信仰！所以夜路走來就跟大白天一樣！跟上來！

今天的日記要特別用心寫。在昭和十六年（一九四一年）十二月八號這天，日本窮人家的主婦是怎麼過的呢？我要記錄下來！百年後，當日本正熱烈慶祝紀元[1]兩千七百年時，如果有人在某個倉庫的一角發現了我的日記簿，並能從日記簿了解到我們日本主婦，在百年前的這個重要日子是怎麼生活，說不定能作為歷史參考資料。因此，就算我文筆糟，也要注意不能扯謊，畢竟寫的時候得考慮到紀元兩千七百年才行，真費心思。不過還是得避免寫得太無趣。依外子的評論，他覺得我的信件、日記都寫得太正經八百，情感太過遲鈍，欠缺感性，文章一點都不優美。沒錯，我從小就很講究禮節。內心雖沒有那麼認真，但就是不善言辭，沒辦法天真地撒嬌，為此吃了很多虧。也許是因為自己的慾望太過深重了，我得好好反省才行。

說到紀元兩千七百年，馬上就有件事浮現於腦海中。那件事有點愚蠢、滑稽。就在前幾天，外子的朋友伊馬先生難得來家裡玩，那時我在隔壁房聽到他們在客廳交談的內容，簡直讓我哭笑不得。

伊馬先生說：「是說，在紀元兩千七百年的慶典時，到底會唸二七〇〇年，還是兩千七百年呢？令人既擔憂又在意。我正為此煩悶不已。你會在意嗎？」

「嗯……」外子認真地思考，「聽你這麼一說，我也很在意。」

「對吧！」伊馬先生也非常正經。「總覺得他們會唸二七〇〇年。但就我的希望而言，我還是想唸成兩千七百年。要是念二七〇〇的話就麻煩了。你不覺得很討厭嗎？又不是電話號碼，希望大家能好好唸出正確讀音。真想做點什麼，好讓那時會念作兩千七百。」

伊馬先生的語調能聽出他是出自內心地感到擔憂。

「不過……，」外子煞有介事地表示了意見：「一百年之後，或許不會念兩千七百，也不念二七〇〇，而是完全不同的讀法。比方說雙千七百……。」

我忍不住笑噴出來，真愚蠢。外子總是很認真地與客人談論無關緊要的事。果然性情

1 以日本神話中的首代天皇神武天皇的即位元年開始算起，是日本的一種紀年體。比西元早六百六十年。

中人就是不一樣呢！我的丈夫是靠寫小說維生，由於他總在偷懶，收入令人相當擔心，生活，總是過一天算一天。我不打算看外子寫的小說，所以我也想像不出他到底都在寫什麼東西，好像寫得不太好。

唉呀，扯遠了。這樣東扯西扯，肯定寫不出能保留到兩千七百年的佳作，我再重寫一次……。

十二月八日。早上，我在被窩裡餵園子（今年六月出生的女兒）喝奶，並心急地想去做早上的準備，此時，某處清楚傳來一段廣播。

「大本營海陸總部宣布，帝國海陸軍於今日八號凌晨在西太平洋與美、英軍進入戰鬥狀態。」

這段廣播就像光線般，強烈鮮明地通過緊閉的木板套窗縫隙，射進我昏暗的房裡。廣播高聲地複誦了兩次，我專心聽取時，整個人產生了變化。在強烈的光線下，身體彷彿轉為透明。又像接收了聖靈的氣息般，一片冰冷的花瓣飄進了胸中。日本，也從今晨起，變成一個不一樣的日本了。

「老公……。」正想通知人在隔壁房的外子時，他立刻回答：

「聽說了，聽說了……。」

他語氣嚴峻，一副很緊張的樣子。平常都起得很晚，今天居然這麼早就起床，真不可思議。聽說藝術家這方面的直覺都很敏感，說不定他之前就有什麼預感了，令我有點佩服。不過，他接著說了句蠢話，害我對他的觀點又大打折扣。

「西太平洋在哪？舊金山那邊嗎？」

我很失望。不知道為什麼，外子他完全沒有地理常識。我有時甚至會懷疑他連東、西都搞不清楚。他曾跟我說過，直到前幾天，他都一直以為南極是最熱，而北極是最冷的地方。聽完這番話，我不禁懷疑起外子的人格。去年他去佐渡旅行，回來談起旅遊經歷，說他從汽船遙望佐渡島時，居然把佐渡島當成滿州，真是亂七八糟。這樣竟也可以考進大學，真是讓我感到訝異。

「西太平洋是指靠近日本的太平洋吧！」

我才這麼一說，他便不太高興地回答：「是喔……。」思考了一陣子後，他又繼續說道：「但這還是我第一次聽說。妳不覺得美國在東，日本在西這種說法，很不舒服嗎？日本向來可是被譽為日出之國，稱做東亞。我一直以為太陽只從日本昇起的，這樣不行！說日本不是東亞，真讓人不高興。難道沒有日本在東，美國在西的說法嗎？」

他說的話全都很奇怪。外子的愛國心實在太極端了，前幾天也莫名得意地說：「不管那些洋鬼子有多囂張，他們肯定不敢嚐這鹹鰹魚。不過我呢！無論是哪種洋食我都吃。」

不想再回應外子奇怪的碎念，我匆匆起身，打開雨窗。天氣真好！但還是能感受到刺骨的寒氣。昨晚晾在屋簷下的尿布都結凍了，院子裡也下著霜，山茶花凜然地盛開著。真安靜！明明太平洋上正如火如荼地展開了戰爭，真是奇妙。我深刻感受到日本國土的美好。

我走到井邊洗臉，接著清洗園子的尿布。洗到一半時，隔壁太太也出來了。互道早安

後，我提起了戰爭的事，

「之後應該會很辛苦吧！」

但隔壁太太前不久才當上鄰長，她似乎以為我指的是那件事，便回答道：

「不不不，我什麼忙都幫不上。」聽到她害臊地這麼說，令我有點尷尬。

但隔壁太太心中應該也在想著戰爭的事，只是比起戰爭，接下鄰長這個重責大任一定更叫她緊張。我開始對鄰居太太感到抱歉。今後，鄰長一定也會很辛苦吧！因為這次與演習不同，一旦有空襲時，指揮的責任可就大了。我說不定得揹著園子到鄉下避難。外子之後應該會隻身留下來守護家園，但他什麼都不會，或許一點忙都幫不上，真令人擔心我之前明明就千叮嚀萬交代了，他卻連一件戰爭穿的國民服都沒準備。要是有個萬一不就麻煩了嗎？他是個很懶惰的人，如果我默默幫他準備好，他嘴上或許會碎念說：「這什麼呀！」但應該還是會安心地穿上它吧？只是他的尺碼較大，買現成的衣服肯定穿不下，真是傷腦筋。

外子今早七點左右起床，早飯也很早就吃完，之後便隨即展開工作，這個月他好像有很多瑣碎的工作。早餐的時候，我不加思索地提到：

「日本真的沒問題嗎？」

「不就是因為有把握，所以才打的嗎？一定會打贏的。」

外子一派正經地回答。外子向來總是謊言連篇，一點也靠不住，不過，他這句正經八百的話，我則是深信不已。

我在廚房一邊善後，一邊左思右想。難道只是因為眼珠、毛髮的顏色不同，就能夠激起那麼深的敵意嗎？真想好好打他們一頓！這與中國打仗時的心情截然不同。我只要一想到那些野獸般毫無大腦的美國軍隊徘徊在這親切、美麗的日本土地上，我就受不了。只要敢踏上這神聖土地一步，你們的腳就會腐爛！因為你們沒有資格這麼做。日本威武英挺的軍隊啊！請務必將他們打得落花流水。今後我們家庭所需的物資可能會嚴重匱乏，生活恐怕會更加困苦，但請不必為我們擔心！我們沒事的！絲毫不會感到厭煩！也不會懊悔生於這般辛苦的局勢。反而還會覺得活在這個時代更能體會生存價值，更慶幸自己能生於這個世上！啊！好想跟誰談談戰爭的事，說些「開戰了呢，終於開戰了呢！」之類的話。

廣播從一早就持續播放著軍歌。拚命地播放，一首接著一首，播放了各種軍歌，大概是歌曲已經播盡，連〈敵軍幾萬〉等這些好老好舊的軍歌也播了，聽得我獨自笑了出來，挺喜歡電台的這般純真。因為外子非常討厭廣播，所以我們家裡從沒設置過一台收音機。儘管目前為止我也沒有那麼想要收音機，但這種情況下，我覺得還是買一台比較好。我想聽很多很多新聞，跟外子討論看看好了，感覺他應該肯買給我。

由於接近中午時，會陸續傳來重大的新聞，按耐不住想聽新聞的心情，我抱著園子走到外面，站在鄰居的楓樹下，傾聽鄰居家傳來的廣播。奇襲登陸馬來半島、攻擊香港、宣戰大詔……，我抱著園子流下了淚水，真是糟糕。回家後，我把剛剛聽到的新聞全部轉述給正在工作的外子。外子聽完後笑著說：

「是嗎？」

他站起身後又坐下，一副靜不下心的模樣。

中午過後不久，外子似乎總算完成了一件工作。他拿著原稿匆匆離家外出，他是要送稿件到雜誌社，不過看樣子，應該又要很晚才會回來。他每次像這樣逃難般急忙外出時，通常都會很晚才回家。但不管多晚，只要沒在外頭過夜，我都無所謂。

送走外子後，我烤了沙丁魚乾串，用過簡單的午餐，我便揹著園子到車站購物。途中，我順路拜訪龜井家。外子的老家送來很多蘋果，於是便包了些蘋果，想要送給龜井家的小悠乃（五歲的可愛女孩）。小悠乃站在門口，一看到我，立刻啪噠啪噠地跑進玄關，呼叫著「媽媽，園子來了唷。」在我背上的園子似乎對龜井夫婦露出了可愛的笑顏，龜井太太一直熱情地誇她好可愛、好可愛。龜井先生穿著夾克，一副英勇的姿態來到玄關，聽說他剛剛正在檐廊下鋪草蓆。

「妳好！在檐廊下爬來爬去的辛苦不輸給敵前登陸呢！身上弄得這麼髒，真是不好意思。」

他這麼說，不過在走廊下鋪草蓆，究竟是要做什麼呢？是空襲時準備爬進去嗎？真奇妙。

不過，龜井先生與外子不同，他非常顧家，令人好生羨慕。聽說他以前更顧家的，但好像自從外子搬來，教會他喝酒後開始變調。龜井太太一定很氣外子吧！這令我感到相當抱歉。

龜井家的門前備有打火把，還有個像耙的奇怪東西，看來，都做好了萬全的準備，可是我們家卻什麼都沒有。只能怪外子生性散漫，真是沒辦法。

「哦！你們真是準備充分啊！」

「是啊，畢竟是鄰長。」聽我這麼一說，龜井先生立即宏亮地回答。

接著龜井太太小聲地向我修正：「本來是副鄰長，後來因為鄰長年事已高，便暫代鄰長的工作。」龜井太太的先生真是認真，跟外子簡直天壤之別。

我收了些糕餅後便在玄關告辭。

接著我去了趟郵局，領取《新潮》的六十五圓稿費，然後到市場看看。還是老樣子，物品匱乏。這次又只能買烏賊和沙丁魚乾串。烏賊兩隻四十錢、沙丁魚乾串二十錢。此時市場裡又傳來廣播，重大消息陸續被播報出來……。

突襲菲律賓群島、關島、襲擊夏威夷、全數殲滅美國軍艦、帝國政府的聲明……，聽得我全身抖個不停，叫我有些害羞，好想感謝大家。我直直地佇立於市場的廣播器前，接著又有兩、三名女子嚷著：「去聽廣播吧！」並聚集到我身邊。接著從兩、三人到四、五人，最後聚集了將近十人。

我離開市場去車站商店買外子的煙草。街上的氣氛一點都沒變，只有菜販前貼了張寫有廣播新聞內容的紙張。商店的樣子以及人們的對話也跟平常沒有太大的差別，這樣的靜穆很讓人安心。由於今天手上還剩了些錢，於是我豁出去買了雙自己的鞋子。我完全不知道從這個月起，連這種東西，只要價值超過三圓以上就要課兩成的稅。早知道上個月底就買了。不過，囤貨的行為太可恥，我不喜歡。鞋子，六圓六十錢．還買了奶油三十五錢，信封三十一錢等。買完這些東西後，我便返家了。

回到家不久，早稻田大學的佐藤來訪，說是決定畢業後要立刻入伍，他是為了和外子打聲招呼才來的，但不巧的是外子正好不在家，實在可惜。「請保重。」我打從心底向他鞠躬致意。佐藤回去後不久，帝國大學的阿堤也來造訪。阿堤也順利地從大學畢業了，他說畢業後接受了徵兵檢查，可惜被評為第三乙種兵，非常遺憾。佐藤、阿堤之前都留著長髮，現在則理了漂亮的平頭。唉！這些學生真是辛苦，我感慨萬千。

傍晚，許久不見的今先生也拄著柺杖來訪，因為外子不在家，真的對他感到非常不好意思，特地跑來三鷹的深處，外子卻不在家，他不得不馬上打道回府。回途中，不曉得人家會有多不高興？一這麼想，我的心情就變得很陰鬱。

準備晚餐時，隔壁太太來訪，說十二月的清酒配給券下來了，可是一鄰九戶人家，卻只有六張一升券，她想跟我商量該如何是好。我本來想用輪流的方式分配，但考慮到九戶人家全都想要，於是我們決定把六升分成九等分，人家便立刻收集好瓶子，跑去伊勢元買酒。因為我正好在煮飯，所以沒辦法跟去，等料理到一個段落時，我就揹起園子往伊勢元走，途中剛好迎面遇到同鄰的鄰居每個人手中都抱著一、兩瓶的清酒，我也立刻拿了一瓶清酒與大家一起回來。之後我們在鄰長的玄關裡開始將酒分成九等分。九支一升的瓶子排放成一列，大家仔細地目測分量，將酒瓶內的酒分成一樣的高度。要把六升分成九等分，可真是不容易。

晚報來了，很難得有四頁。上面刊著大號活字標題〈帝國向美英宣戰〉，內容大致與今天聽到的廣播新聞一樣。但我依舊一字一句地閱讀，我的心中再度湧出了感謝之情。

我獨自吃完晚餐後，就揹著園子去澡堂。啊！幫園子洗澡是我生活中最快樂的時光。園子很喜歡泡熱水，只要把她放進熱水裡園子就會變得很溫順。在熱水中縮著手腳，一直仰起頭直盯抱著她的我，好像有些不安的樣子。別人似乎也覺得自己的寶寶很可愛，泡澡時，大家都會用臉蹭著自己寶寶。園子的肚子像是用圓規畫出來的一樣圓，和橡皮球一樣又白又軟，這裡面居然藏有小小的胃、腸，不禁令人懷疑裡面真的什麼都有嗎？真是讓人覺得不可思議。在肚子正中央稍微下面的地方，還有像梅花般的肚臍。腳啊！手啊！都好漂亮、好可愛，令人愛不釋手！不管穿什麼衣服都比不上裸身來得可愛。把園子從熱水裡抱起要幫她穿衣服時，都會覺得非常可惜，好想再多抱抱裸身的園子。

去澡堂時路還很亮，但因為燈火管制的關係，回家時外面已經很暗了。現在已經不是演習了，內心開始有異樣的緊張感。但這樣不會太暗嗎？我從沒走過這麼漆黑的路。一步一步像探索般緩慢地前進，可是路途遙遠，我實在進退兩難。從獨活[1]田走到杉林這一段路，真是太暗太恐怖了。突然想起女校四年級時，我在暴風雪中滑著雪，穿過野澤溫泉到木島時所體會到的恐懼。不同於當時的登山背包，現在揹在背後的是園子，她什麼都不知情地沈睡著。

此時，背後有位男子走調地唱：「天皇徵召我⋯⋯。」急促地走來。聽到他咳了兩聲頗具特色的咳聲後，我認出了那個人是誰。

1 即重齒毛當歸。

「這樣團子很困擾喔！」我說。

「什麼話！」他大聲地說：「你們就是沒有信仰，才覺得夜路走來困擾。我，正因為有信仰！所以夜路走來就跟大白天一樣！跟上來！」

他的神智到底清不清楚啊？真是個無可救藥的丈夫。

249　　十二月八日。

無人知曉。

女の子って変なものですね、誰か間に男の人がひとりはいると、それまでどんなに親しくつき合っていたっても、颯っと態度が鹿爪らしくなって、まるで、よそよそしくなってしまうものです。

女孩子，真是奇怪的生物，兩人之中若有一名男人介入，不管之前交情多麼親密，對彼此的態度還是會突然一改正經，就像冷漠的陌生人般。

沒有人知道這件事喔——四十一歲的安井夫人微笑地說——曾發生了件很可笑的事。事情發生在我二十三歲的春天，數一數，也將近是二十年前的事。剛好是大地震前沒多久。當時東京牛込一帶和現在並沒什麼不同，若要說有什麼改變，大概就是前面的馬路稍微變寬，家裡庭院被徵收一半改建道路，原本有池塘的，現在也被填平了。變化，不過如此而已，所以現在，還是能從二樓的檐廊，直接看到富士山，早晚也能聽見軍隊的喇叭聲。父親擔任長崎縣知事時，被邀請來擔任當地區長，那時正逢我十二歲的夏天，母親也還在世。父親出生於東京牛込，祖父則是陸中[1]盛岡人。祖父年輕時，隻身貿然來到東京，從事橫跨政商的危險工作，嗯，大概類似紳商，但最後還是功成名就，中年時在牛込買了這間屋子，之後定居於此。關於祖父，還有段不知真假的事蹟，聽說很久很久以前，那位在東京車站慘遭暗殺的前首相原敬[2]，是祖父的同鄉。由於祖父不論是輩分，還是政治經歷，都是長於原敬的大前輩，因此祖父能動不動就使喚原敬，聽說原敬即使當上了總理大臣，也會親自到牛込的家拜年，但總覺得沒什麼根據。為什麼呢？因為祖父和我提起這個事蹟時，我才十二歲，是第一次和父母回到東京的家。而祖父一直獨居於牛込，當時他已是年過八十的髒老頭。我則是出生在浦和的官舍，之後隨著從事官職的父親奔波於浦和、神戶、和歌山、長崎等仕職地，到東京家玩的次數屈指可數，對祖父相當不熟悉。即使十二歲定居於東京，和祖父一起生活後，還是覺得他像個外人，看起來髒髒的，而且祖父有很重的東北腔，常常聽不懂他在說什麼，最後也就變得更加生疏。因為我一點也不親祖父，於是他當時用盡各種方法想哄我開心，而原敬的故事呢，也是討我歡心的方法之一，某個夏夜，他豪邁地盤腿坐在庭院的納涼長凳上，舉起手揮舞著圓扇，和我說了這段故事，但我馬上就覺得無趣，故意打了誇張的哈欠後，祖父猛然斜眼瞧我，接著急速改變語氣：「原敬的事不有趣，好！那我說說牛込的七大不可思議，從前啊……。」接著他壓

1 是日本舊時的令制國之一，屬東山道。陸中國的領域大約為現在的岩手縣，但不包括岩手縣東南部的氣仙郡、陸前高田市、大船渡市、釜石市的南部、岩手縣西北的二戶郡，另包括秋田縣東北部的鹿角市和小坂町。

2 原敬（一八五六年～一九二一年）於一九一八年，以政友會的總裁之姿組織政黨內閣、成為日本首位非貴族出身的首相。後來於東京車站被暗殺。

低嗓音，說起了別的故事。總覺得是個狡猾的老人家。所以原敬的故事，根本就信不得。之後向父親一問，只見父親微微苦笑，摸著我的頭溫柔地說：「說不定他有來過我們家一次，爺爺是不會說謊的。」祖父在我十六歲的時候去世了。雖然他是個不討我喜歡的爺爺，但喪禮那天，我卻哭得很傷心。也許是因為喪禮太過華麗，我才會亢奮地哭了。喪禮的隔天，當我一到學校，老師們全都向我致哀，那時我又哭了出來，甚至也意外地博得朋友的同情，令我感到惶恐不安。我是徒步至市谷的女學校上學的，那時，我像個小女王，幸福地不得了。我在父親四十歲，擔任浦和的學務部長時出生，由於家中就只有我這麼一個孩子，所以無論是父母親，還是周遭的人，大家都非常愛護我。雖然當時我自認是個軟弱、怕寂寞的可憐女孩，不過，現在回想起來，我那時算是個任性又高傲的孩子。當我進入市谷的女學校後，馬上就交了一個朋友，名叫芹川，儘管當時我一心想親切有禮地和芹川當朋友，但關於這點也是一樣，現在仔細想想，我當時太過自負，從旁人的角度來看，或許能感受到我那明明覺得麻煩，卻還故作親切的態度。由於芹川總是直率，認同我所有的話，自然而然地我們就演變成一種類似主僕般的關係。芹川家正好與我家相對門，妳應該知道吧？不是有家名叫「華月堂」的點心店嗎？沒錯，那家店的生意到現在都很好，他們一直以來最引以為傲的甜品，是一款包著栗子餡，名叫「十六夜」的最中餅。現在已換了位繼承人，是由芹川的哥哥接手，成為當家後，他從早到晚都賣命地工作。老闆娘也是很認真勤奮的人，總是坐在帳房，一接到訂購電話，就會俐落地交代夥計辦事。而我的朋友芹川，自女學校畢業後的第三年，就找到好人家嫁了。現在好像住在什麼朝鮮的京城[1]。我們已將近二十年沒見。芹川的先生畢業於三田的慶應義塾，長得一表人才，聽說目前在朝鮮的京城經營一家規模頗大的報社。芹川和我自女校畢業後依然有繼續往來，不過，雖然說是往來，我卻沒去芹川她家玩過，都是芹川主動地來我家，聊的話題，也大多是關於小說。芹川在學校時就很喜歡讀漱石[2]和盧花[3]的作品，作文也寫得相當好，很有大

1 現為韓國首都首爾。
2 夏目漱石（一八六七年～一九一六年），日本作家，著有《少爺》、《我是貓》等著作。
3 德富蘆花（一八六八年～一九二七年），日本作家，著有《不如歸》、《黑潮》等著作。

人的成熟風格，而我，對這方面完全沒轍，一點興趣也沒有。不過，從學校畢業後，我在百般無聊之下，會向芹川借她每次帶來我家的小說，讀著讀著，我倒也逐漸了解到一些小說的趣味。但是，我覺得有趣的書，芹川並不覺得好，而芹川覺得好的書，我也看不太懂。我喜歡鷗外[1]的歷史小說，但芹川卻笑我老古板，她告訴我，有島武郎[2]比鷗外更有深度，並帶了兩、三本有島武郎的書給我，我有試著去讀，但一點都看不懂。現在再讀一次的話，說不定會有不同的感受，但有島的作品總是一堆毫無意義的爭論，對我而言，還是不覺得有趣。我大概是個粗俗的人。那時的新進作家有，武者小路[3]、志賀[4]、還有谷崎潤一郎[5]、菊池寬[6]、芥川[7]等人，其中，我最喜歡志賀直哉和菊池寬的短篇小說。而這也被芹川笑說思想貧乏，但我真的不喜歡滿是大道理的作品。每次芹川來訪時，都會帶些新發行的雜誌或小說，跟我聊了許多關於小說的情節，及作家們的八卦，由於她實在太過入迷，讓我覺得很奇怪。但就在某天，我總算發現她如此沉迷的原因了。說到女性朋友，只要關係稍微熟了一點，就會馬上給人家看相簿。有一天，芹川拿了一本很大的相簿給我看，我隨意地回應芹川仔細到有些煩人的解說，看著一張張相片，裡面有一張照片，映著一名非常俊秀的學生，他拿著書，站在薔薇花園前，我不加思索地說：「哦，好俊俏的人呀！」接著臉頰莫名地發燙。結果芹川突然說了句：「討厭！」接著立刻從我手上把相簿搶回去，於是我馬上就明白一切了。「好了，我已經看到了！」聽我定下心來這麼一說，芹川馬上開心地展開笑顏，開始一個人滔滔不絕地說：「妳看出來了嗎？還真不能大意

1 森鷗外（一八六二年～一九二二年），日本作家，著有《舞姬》、《阿部一族》等著作。

2 有島武郎（一八七八年～一九二三年），日本作家，著有《該隱的末裔》、《星座》等著作。

3 武者小路實篤（一八八五年～一九七六年），日本作家，著有《荒野》、《愛與死》等著作。

4 志賀直哉（一八八三年～一九七一年），日本作家，著有《焚火》、《灰色的夜》等著作。

5 谷崎潤一郎（一八八六年～一九六五年），日本作家，著有《春琴抄》、《痴人之愛》等著作。

6 菊池寬（一八八八年～一九四八年），日本作家，著有《珍珠大人》、《三人兄弟》等著作。

7 芥川龍之介（一八九二年～一九二七年），日本作家，著有《羅生門》、《蜘蛛絲》等著作。

呢！真的？一看到照片馬上就察覺到了嗎？其實呢，還在念女學校的時候就開始了，妳早就察覺到了吧？」儘管我什麼都不知道，她還是對我毫無保留地全盤托出。真是個純真無瑕的人。照片中的俊俏男學生，是芹川在某個徵稿雜誌的讀者通信欄裡認識的。好像有這個單元吧？他們在通信欄裡交換意見，也就是所謂的，嗯……互相產生共鳴吧？雖然俗人如我不太了解，但聽芹川說他們是在那邊認識，之後逐漸轉為直接通信。從女學校畢業後，芹川馬上就陷了進去，聽說兩人好像已經私定終生。她說對方是橫濱船公司的次男，是慶應的秀才，以後想必會成為一名優秀的作家等等……，從芹川那邊聽了許多事，令我覺得非常不安，甚至有骯髒的感覺。另一方面，我又對芹川感到妒忌，胸口整個在糾結、悸動。我故作鎮定地說：「這是好事，芹川妳要好好珍惜。」芹川卻突然敏感地發起怒來：「妳好壞心啊！口蜜腹劍，妳總是冷冷地輕蔑我。」她從沒這樣強烈地斥責過我。「對不起，我沒有輕蔑妳啊！長得冷漠是我天生的缺陷，總是害我讓人誤解。我其實是有點擔心你們，因為對方實在太俊秀了。但也許，是我在羨慕妳也說不定呢！」聽我這麼一五一十地陳述內心的想法後，芹川馬上又恢復好心情，「就是這一點，我只有跟哥哥提過這件事，而哥哥也跟妳說了一樣的話，他澈底反對，要我找個更普通、更平凡的人結婚。哥哥本來就是個澈底的現實主義者，他會這麼說也不是沒有他的道理。不過，我沒把哥哥的反對放在心上。我們已經說好，一到明年春天，他從學校畢業後，我們兩人就要私定終身。」芹川可愛地伸展雙肩，意志相當堅定。我擠出笑臉，點點頭。她的純真實在非常地美麗，令我十分羨慕，並覺得自己古板粗俗的氣質實在是醜陋至極。在這樣把話說開後，芹川和我，就不再像以前那樣親密。女孩子，真是奇怪的生物，兩人之中若有一名男人介入，不管之前交情多麼親密，對彼此的態度還是會突然一改正經，就像冷漠的陌生人般。雖然我們之間並沒有變得那麼嚴重，但是兩人都變得很拘謹，連招呼也顯得客氣，交談也變少，一切都變得很客套。兩人也都對那張照片的事避而不談，就這樣過了一年，我和芹川一起迎接了二十三歲的春天，而事情正好發生在那年的三月下旬。晚上十點鐘左右，我和母親兩人待在房裡一起縫製父親的單衣，此時，女傭悄悄拉開拉門，向我招手。我用眼神問著「找我？」只見女傭一臉正經地輕輕點了兩、三次頭。「什麼事？」母親將眼鏡移上額頭，向女傭問道。女傭輕咳了一聲說：「那個，芹川小姐的哥哥要找小姐。」像難以啟齒般，她又咳了兩、三聲。我立刻起身跑到走廊。我大概知道是什麼事了，芹川一定發生了什麼事，肯定沒錯。當我往會客室走去時，女傭低聲說：「不對，在廚房這邊。」她像是為了十萬火急的大事而感到萬分緊張，微微彎著腰，踱著小碎步在前頭匆匆地跑著。芹川的哥哥帶著微笑，站在黑暗的廚房口。以前讀女學校的時候，每早每晚，我都會跟芹川的哥哥打招呼，他總是站在店裡和夥計們忙東忙西地勤奮工作。即使從女學校畢業後，為了送我家訂購的糕點，哥哥每週至少也會來我家一次，而我也很親近地總是「哥哥、哥哥」地喚著他。不過，他從不曾在這麼晚的時間來我家，而且還是特地偷偷來找我。我焦急地認為，一定是芹川的那件事爆發出來了，於是在哥哥開口之前，我先開了口：

「這一陣子都沒看到芹川呢！」

「小姐早就知道了？」哥哥馬上露出了訝異的神色。

「不、不知道。」

「是嗎……，那傢伙不見了。真是笨！文學實在不是什麼好東西。小姐妳之前也有聽聞過一些事吧？」

「是的，那件事……，」聲音卡在喉嚨裡，害我頓時不知所措。

「我知道。」

「她逃走了。不過，我大概知道她人在哪裡，那傢伙這陣子都沒跟小姐說什麼嗎？」

「嗯，這陣子她也對我非常冷淡。不過，到底發生什麼事了？要不要進屋談談？我也有些事想請教……。」

「哎，謝謝。但我不能再待下去了，我得趕快去找她。」仔細一看，哥哥一身西裝正服，手裡還提著皮箱。

「您知道她在哪裡嗎？」

「嗯，我知道。我要把那兩個人狠狠揍一頓後，再讓他們雙宿雙飛。」

哥哥說完後，露出了無邪的笑容，轉身離去，而我站在廚房口，茫然地目送他，之後回到房裡，我裝作沒注意到母親好奇的神情，靜靜坐下，繼續在縫到一半的袖子上繡了兩、三針後，我又悄悄站起身，步出走廊，踱著碎步急急忙忙地跑啊跑，跑到廚房口，套上木屐後，不顧形象地狂奔。當時究竟懷抱著怎麼樣的心情？即使到了現在，我也還是不明白。當時只是下定了決心，一心想追上哥哥，追上哥哥後，至死都不和他分離。這不關芹川私奔的事，我單純地想再見哥哥一面，要我做什麼都行，只要能和哥哥在一起，我哪都去！請帶我走吧！請蹂躪我吧！我心中這份情感，就在這一晚，突然熊熊燃起。我像隻狗般，沉默地跑過一條條黑暗的小路，偶爾絆到腳步伐踉蹌，我緊抓胸前的衣襟，再度邁開步伐默默地奔跑，跑著跑著，淚水奪眶而出……。現在回想起來，當時的心情，就像是置身地獄底層般。等我抵達市谷見附的市營車站時，身體痛苦得幾乎無法呼吸，眼前也一片模糊漆黑，幾乎快要昏厥。車站裡，一個人影也沒有，只有電車剛才通過的痕跡。「哥哥——！」我抱著最後的一絲希望，使出全力放聲大叫，但四周依舊鴉雀無聲。之後，我兩手交叉於胸前，慢慢走路回家，並在途中整理著儀容，當我回到家，靜靜打開房裡的拉門時，母親好奇地看著我問：「發生什麼事了嗎？」「嗯，聽說芹川不見了，真是糟糕。」我若無其事地回答後，繼續著手縫紉。雖然母親好像還想再問下去，不過最後她似乎想起了什麼，於是繼續沈默地縫紉。這就是事情的來龍去脈。關於芹川，剛才也提過了，她後來幸福地跟那位出身於三田義塾的人結婚，現在好像住在朝鮮的樣子。而我也在隔年，招得了現在的贅夫。雖然之後還有見到芹川的哥哥，但也沒有發生什麼特別的事。現在他是華月堂的當家，有位嬌小的漂亮妻子，生意繁榮。當然，之後他還是一樣，每週會送來外子訂購的糕點。我們之間的關係，並沒有什麼特別的變化。難道，我是那晚縫衣服時，縫著縫著打起盹來，就做了這麼一場夢嗎？要說這一切是夢，它卻又太過真實。妳能明白嗎？這種宛如虛幻般的故事。不過，請妳保密喔！身為女兒的妳，馬上就要升上女學校三年級了呢！

雪夜的故事。

私はこのお話を信じたい。
たとい科学の上では有り得ない話でも、それでも私は信じたい。

我願意相信這個故事。

就算這是科學上不可能發生的事，我還是願意相信。

那天一大早就下起了雪。由於之前替小鶴（姪女）縫製的工作褲已經完成，所以那天放學後，我順道將它送到中野的叔母家去。叔母送了兩片魷魚乾當伴手禮，等我走到吉祥寺車站時，天色已暗，雪深達三十公分以上，天空還不停地飄著細雪。我因為穿著長靴，心情反而相當興奮，故意挑些積雪較深的地方走。一直走到家裡附近的郵筒，才發現夾在腋下、用報紙包著的魷魚乾不見了。我雖然是個粗枝大葉的人，但不曾掉過東西，一定是那晚太興奮，在積雪路上跑跑跳跳才會把東西弄掉。我感到十分洩氣。不過是弄丟了魷魚乾竟搞得如此垂頭喪氣，真不像話又丟臉，可是，我原本是打算要給嫂嫂的呢！我嫂嫂今年夏天就要生小寶寶了唷！聽她說自從肚子裡有了小寶寶之後，常常會覺得肚子餓。因為她必須連同肚子裡小寶寶的份，吃兩人份的東西才行呢！嫂嫂跟我不同，她容貌得體且氣質出眾，正因如此，她總是像「金絲雀在用餐」般吃得很少，而且從來都不吃零食。她說最近總是鬧肚子餓，很丟臉，還說想吃點特別的東西。我一直忘不了前陣子跟嫂嫂一起收拾晚餐餐盤時，她小聲地嘆氣說：「嘴巴苦苦的，真想含些魷魚乾之類的東西啊！」所以那天偶然從中野的叔母那邊收到兩片魷魚乾後，我便興奮地想把它帶回來，偷偷拿給嫂嫂吃。可是，魷魚乾弄丟了，我真的好失落。

誠如各位所知，我家就哥哥、嫂嫂、我，共三個人一起生活。而哥哥是個有點古怪的小說家，都快要四十歲了卻還是默默無聞，因此家裡一直都很窮。他嚷著身體不舒服，總是醒了就睡，睡了就醒，只有那張嘴厲害，一直囉唆地碎念我們，只會出一張嘴完全不幫忙做家事，害嫂嫂連男人粗重的工作都得做，真的非常可憐。有天，我義憤填膺地說：

「哥哥，你偶爾也揹著背包去買菜回來吧。別人的先生大多都會這樣做的喔！」

哥哥聽到我這麼一說，便馬上惱羞成怒地大罵：

「混帳東西！我又不是那種低賤的男人。聽好了！君子（嫂嫂的名字）妳也給我好好記住。我們一家就算是餓死，我也不會那樣厚顏無恥地出去買東西。妳要有心理準備。那可是我最後的尊嚴！」

原來如此！真是了不起的覺悟。但我哥哥他究竟是替國家著想，而痛恨採買部隊[1]？

1　大戰期間食糧短缺，沒有田地的都市人們，會揹著大背包，特意遠赴食材充沛的農村採買糧食，當時這群人被稱為「採買部隊」。

還是因為自己懶惰才不願出門買東西？我完全搞不懂。我的父母親都是東京人。但父親長年在東北地區的山形公所工作，所以哥哥和我都在山形出生。父親在山形過世時，哥哥已滿二十歲，而我還在襁褓中給母親揹著，母子三人再度回到東京。前些年母親去世後，現在家裡就變成由哥哥、嫂嫂和我，三人共組的家庭。因為我們沒有所謂的故鄉，所以沒辦法像別人家那樣能夠收到老家寄來的食物，再加上哥哥是個怪人，完全沒和外界有任何的聯繫，所以我們從來不曾出乎意料地「得到」什麼稀奇的東西。所以要是我能把那兩片魷魚乾拿給嫂嫂，她該會有多開心啊？雖然這樣很低俗，但一想到這點，我就好捨不得那兩片魷魚乾，我當下便調頭右轉，慢慢地走回剛剛的雪地裡找。然而，最後還是沒能找到。在白色的雪地上，要找到白色的報紙包裹已經很不容易了，再加上雪不停飄下愈積愈高，雖然走回了吉祥寺車站附近，卻還是連顆小石頭都沒發現。我嘆著氣重新撐起傘，仰望著漆黑的夜空，此時雪花就像百萬隻螢火蟲般狂亂飛舞。這景色實在好美！道路兩旁的樹木都覆蓋著雪，沉重地垂著枝頭，樹身有時彷彿像在嘆息般微微抖動著。宛如置身在童話世界的我，早已忘了魷魚乾的事。內心突然有一個奇想，我想把這片美麗的雪景送給嫂嫂。比起魷魚乾那種東西，這說不定是更好的禮物。老是拘泥於食物也不太好，實在很令人感到難為情。

哥哥曾告訴我，人的眼睛可以儲存風景。「只要盯著燈泡看一會兒，然後再閉上眼睛，燈泡不就會栩栩如生地浮現在眼皮下嗎？這就是證據！而關於這個呢，從前在丹麥也曾發生過這種事……。」接著哥哥和我說了一小段很浪漫的故事，雖然哥哥總是胡說八道，一點也不可靠，但唯有這個故事，就算是哥哥編出來的謊言，我也覺得是個不錯的故事。

以前，丹麥有位醫生在解剖因船難過世的年輕水手遺體時，他用顯微鏡察看水手的眼球，發現視網膜竟然反射出一家團圓的美滿景象。當醫生把這件事告訴身為小說家的朋友時，小說家馬上就對這件不可思議的現象做了下面這般解說：「那名年輕的水手因船難而捲進怒濤裡，之後又被海浪打上岸邊，他拚命地緊緊抓住燈塔的窗邊，正欣喜地準備大叫救命尋求救援時，猛然窺探了窗內一眼，發現燈塔看守員一家人正在忙著準備享用愉快的晚餐。他心想，啊啊！不可以！要是現在淒慘地大叫『救命』可會搞砸這一家人團聚的時光呀！這時，他攀附在窗緣的手指失去了力氣，唰地一陣大浪再度襲來，水手的身體就被海浪給捲走了。肯定是這樣的！這位水手是世上最善良且最高貴的人。」聽他下了這樣的解釋，醫生也表示贊同，於是兩人便隆重埋葬了水手的遺體。

我願意相信這個故事。就算這是科學上不可能發生的事，我還是願意相信。我在那個下雪的夜裡，突然想起這個故事，於是我決定要把這美麗的雪景烙印在眼裡，回家後我打算和嫂嫂說：

「嫂嫂，請看著我的眼睛。這樣一來肚子裡的寶寶會變漂亮喔！」因為之前，嫂嫂曾經笑著拜託哥哥：

「請幫我在房間的牆上貼張漂亮的人像畫。如果每天能看著這種畫，就會生出漂亮的寶寶。」哥哥當下也認真地點頭說：

「唔……胎教嗎？那很重要。」

於是，哥哥便把一面嬌豔的「孫次郎」能面相，以及惹人憐愛的「雪之小面」能面相並排貼在牆壁上，但接著他又在兩張能面相片之間，牢牢地貼上自己愁眉苦臉的相片，這不就白搭了嗎？

「拜託，請把你的相片拿下來。看到那個，我就反胃。」果然就連一向溫馴的嫂嫂也無法忍受，懇求般地拜託哥哥，最後總算把那張相片撤下來了。要是看著哥哥的相片，一定會生出尖嘴猴腮的寶寶。哥哥長得那麼古怪，竟然還覺得自己是個美男子？真是無可救藥的人！嫂嫂現在為了肚子裡的寶寶，是真心想盯著世上最美麗的東西，所以我要是把今天的雪景儲存在我的眼底，帶給嫂嫂看的話，比起魷魚乾這種禮物，嫂嫂一定會高興得好幾倍、好幾十倍。

我放棄了魷魚乾，在回家的路上儘可能地眺望周圍美麗的雪景。不只是收在眼底，更要存到我的心底，我想好好保存這純白的美景。一回到家我馬上對嫂嫂說：

「嫂嫂，快看我的眼睛！我的眼睛底下藏有很多很漂亮的景色喔！」

「什麼？怎麼了？」嫂嫂笑著站在我面前，把手放在我的肩上。「妳的眼睛怎麼了？」

「那個啊，哥哥不是曾經說過嗎？說人的眼睛底下，會殘留剛剛看到的景象。」

「他說的東西我都忘了耶，因為大多都是騙人的。」

「不過，只有那個故事是真的喔！我只相信這個。所以，快、快看我的眼睛嘛。我可是看了很多很多美麗的雪景回來。快、快看我的眼睛！這樣一定會生出皮膚像白雪般漂亮的寶寶！」

嫂嫂露出了悲傷的神情，靜靜地凝視著我。

「喂！」

就在這時候，哥哥從隔壁六疊榻榻米大的房間出來，「與其看順子（我的名字）那雙無趣的眼睛，看我的說不定效果好上百倍哩！」

「為什麼？為什麼？」

我恨哥哥恨得牙癢癢，好想揍他一頓。

「嫂嫂說過看到哥哥的眼睛，會反胃。」

「才沒那回事。我的眼睛可是看了二十年美麗雪景的眼睛。在二十歲之前我可是一直住在山形呢。順子還沒懂事時就來到了東京，根本就不知道山形的雪景有多美，才看了東京這種小雪景就在那邊大驚小怪的。我的眼睛可是看過比這美上百倍、千倍甚至連自己都覺得膩的美麗雪景，怎麼說都會比順子來得更好。」

我懊惱地想哭泣。此時，嫂嫂替我解了圍，她微微笑靜靜地說：「雖然，你的眼睛看過幾百倍、幾千倍的美麗風景，但同時也看了幾百倍、幾千倍的髒東西啊！」

「對啊！對啊！比起益處，壞處更多呢！所以你的眼睛才會變得那麼濁黃！哈！」

「妳竟敢說這種狂妄的話！」

哥哥頓時感到腦羞，又鑽回隔壁六疊榻榻米大的房間去。

（《少女之友》昭和十九年五月號）

附録 女生徒 —日文原文—

♪12

――あさ、眼をさますときの気持は、面白い。かくれんぼのとき、押入れの真っ暗い中に、じっと、しゃがんで隠れていて、突然、でこちゃんに、がらっと襖をあけられ、日の光がどっと来て、でこちゃんに、「見つけた！」と大声で言われて、まぶしさ、それから、へんな間の悪さ、それから、胸がどきどきして、着物のまえを合せたりして、ちょっと、てれくさく、押入れから出て来て、急にむかむか腹立たしく、あの感じ、いや、ちがう、あの感じでもない、なんだか、もっとやりきれない。箱をあけると、その中に、また小さい箱があって、その小さい箱をあけると、またその中に、もっと小さい箱があって、そいつをあけると、また、また、小さい箱があって、その小さい箱をあけると、また箱があって、そうして、七つも、八つも、あけていって、とうとうおしまいに、さいころくらいの小さい箱が出て来て、そいつをそっとあけてみて、何もない、からっぽ、あの感じ、少し近い。パチッと眼がさめるなんて、あれは嘘だ。濁って濁って、そのうちに、だんだん澱粉が下に沈み、少しずつ上澄が出来て、やっと疲れて眼がさめる。朝は、なんだか、しらじらしい。悲しいことが、たくさんたくさん胸に浮かんで、やりきれない。いやだ。いやだ。朝の私は一ばん醜い。両方の脚が、くたくたに疲れて、そうして、もう、何もしたくない。熟睡していないせいかしら。朝は健康だなんて、あれは嘘。朝は灰色。いつもいつも同じ。一ばん虚無だ。朝の寝床の中で、私はいつも厭世的だ。いやになる。いろいろ醜い後悔ばっかり、いちどに、どっとかたまって胸をふさぎ、身悶えしちゃう。

朝は、意地悪。

「お父さん」と小さい声で呼んでみる。へんに気恥ずかしく、うれしく、起きて、さっさと蒲団をたたむ。蒲団を持ち上げるとき、よいしょ、と掛声して、はっと思った。私は、いままで、自分が、よいしょなんて、げびた言葉を言い出す女だとは、思ってなかった。よいしょ、なんて、お婆さんの掛声みたいで、いやらしい。どうして、こんな掛声を発したのだろう。私のからだの中に、どこかに、婆さんがひとつ居るようで、気持がわるい。これからは、気をつけよう。ひとの下品な歩き恰好を顰蹙していながら、ふと、自分も、そんな歩きかたしているのに気がついた時みたいに、すごく、しょげちゃった。

朝は、いつでも自信がない。寝巻のままで鏡台のまえに坐る。眼鏡をかけないで、鏡を覗くと、顔が、少しぼやけて、しっとり見える。自分の顔の中で一ばん眼鏡が厭なのだけれど、他の人には、わからない眼鏡のよさも、ある。眼鏡をとって、遠くを見るのが好きだ。全体がかすんで、夢のように、覗き絵みたいに、すばらしい。汚ないものなんて、何も見えない。大きいものだけ、鮮明な、強い色、光だけが目にはいって来る。眼鏡をとって人を見るのも好き。相手の顔が、皆、優しく、きれいに、笑って見える。それに、眼鏡をはずしている時は、決して人と喧嘩をしようなんて思わないし、悪口も言いたくない。ただ、黙って、ポカンとしているだけ。そうして、そんな時の私は、人にもおひとよしに見えるだろうと思えば、なおのこと、私は、ポカンと安心して、甘えたくなって、心も、たいへんやさしくなるのだ。

だけど、やっぱり眼鏡は、いや。眼鏡をかけたら顔という感じが無くなってしまう。顔から生れる、いろいろの情緒、ロマンチック、美しさ、激しさ、弱さ、あどけなさ、哀愁、そんなもの、眼鏡がみんな遮ってしまう。それに、目でお話をするということも、可笑しなくらい出来ない。

眼鏡は、お化け。

自分で、いつも自分の眼鏡が厭だと思っているゆえか、目の美しいことが、一ばんいいと思われる。鼻が無くても、口が隠されていても、目が、その目を見ていると、もっと自分が美しく生きなければと思わせるような目であれば、いいと思っている。私の目は、ただ大きいだけで、なんにもならない。じっと自分の目を見ていると、がっかりする。お母さんでさえ、つまらない目だと言っている。こんな目を光の無い目と言うのであろう。たどん、と思うと、がっかりする。これですからね。ひどいですよ。鏡に向うと、そのたんびに、うるおいのあるいい目になりたいと、つくづく思う。青い湖のような目、青い草原に寝て大空を見ているような目、ときどき雲が流れて写る。鳥の影まで、はっきり写る。美しい目のひととたくさん逢ってみたい。

♪13

けさから五月、そう思うと、なんだか少し浮き浮きして来た。やっぱり嬉しい。もう夏も近いと思う。庭に出ると苺の花が目にとまる。お父さんの死んだという事実が、不思議になる。死んで、いなくなる、ということは、理解できにくいことだ。腑に落ちない。お姉さんや、別れた人や、長いあいだ逢わずにいる人たちが懐かしい。どうも朝は、過ぎ去ったこと、もうせんの人たちの事が、いやに身近に、おタクワンの臭いのように味気なく思い出されて、かなわない。

ジャピイと、カア（可哀想な犬だから、カアと呼ぶんだ）と、二匹もつれ合いながら、走って来た。二匹をまえに並べて置いて、ジャピイだけを、うんと可愛がってやった。ジャピイの真白い毛は光って美しい。カアは、きたない。ジャピイを可愛がっていると、カアは、傍で泣きそうな顔をしているのをちゃんと知っている。カアが片輪だということも知っている。カアは、悲しくて、いやだ。可哀想で可哀想でたまらないから、わざと意地悪くしてやるのだ。カアは、野良犬みたいに見えるから、いつ犬殺しにやられるか、わからない。カアは、足が、こんなだから、逃げるのに、おそいことだろう。カア、早く、山の中にでも行きなさい。おまえは誰にも可愛がられないのだから、早く死ねばいい。私は、カアだけでなく、人にもいけないことをする子なんだ。人を困らせて、刺戟する。ほんとうに厭な子なんだ。縁側に腰かけて、ジャピイの頭を撫でてやりながら、目に浸みる青葉を見ていると、情なくなって、土の上に坐りたいような気持になった。

泣いてみたくなった。うんと息をつめて、目を充血させると、少し涙が出るかも知れないと思って、やってみたが、だめだった。もう、涙のない女になったのかも知れない。
あきらめて、お部屋の掃除をはじめる。お掃除しながら、ふと「唐人お吉」を唄う。ちょっとあたりを見廻したような感じ。普段、モオツァルトだの、バッハだのに熱中しているはずの自分が、無意識に、「唐人お吉」を唄ったのが、面白い。蒲団を持ち上げるとき、よいしょ、と言ったり、お掃除しながら、唐人お吉を唄うようでは、自分も、もう、だめかと思う。こんなことでは、寝言などで、どんなに下品なこと言い出すか、不安でならない。でも、なんだか可笑しくなって、箒の手を休めて、ひとりで笑う。
きのう縫い上げた新しい下着を着る。胸のところに、小さい白い薔薇の花を刺繍して置いた。上衣を着ちゃうと、この刺繍見えなくなる。誰にもわからない。得意である。
お母さん、誰かの縁談のために大童、朝早くからお出掛け。私の小さい時からお母さんは、人のために尽すので、なれっこだけれど、本当に驚くほど、始終うごいているお母さんだ。感心する。お父さんが、あまりにも勉強ばかりしていたから、お母さんは、お父さんのぶんもするのである。お父さんは、社交とかからは、およそ縁が遠いけれど、お母さんは、本当に気持のよい人たちの集まりを作る。二人とも違ったところを持っているけれど、お互いに、尊敬し合っていたらしい。醜いところの無い、美しい安らかな夫婦、とでも言うのであろうか。ああ、生意気、生意気。

おみおつけの温まるまで、台所口に腰掛けて、前の雑木林を、ぼんやり見ていた。そしたら、昔にも、これから先にも、こうやって、台所の口に腰かけて、このとおりの姿勢でもって、しかもそっくり同じことを考えながら前の雑木林を見ていた、見ている、ような気がして、過去、現在、未来、それが一瞬間のうちに感じられるような、変な気持がした。こんな事は、時々ある。誰かと部屋に坐って話をしている。目が、テエブルのすみに行ってコトンと停まって動かない。口だけが動いている。こんな時に、変な錯覚を起すのだ。いつだったか、こんな同じ状態で、同じ事を話しながら、やはり、テエブルのすみを見ていた、また、これからさきも、いまのことが、そっくりそのままに自分にやって来るのだ、と信じちゃう気持になるのだ。どんな遠くの田舎の野道を歩いていても、きっと、この道は、いつか来た道、と思う。歩きながら道傍の豆の葉を、さっと毟りとっても、やはり、この道のここのところで、この葉を毟りとったことがある、と思う。そうして、また、これからも、何度も何度も、この道を歩いて、ここのところで豆の葉を毟るのだ、と信じるのである。また、こんなこともある。あるときお湯につかっていて、ふと手を見た。そしたら、これからさき、何年かたって、お湯にはいったとき、この、いまの何げなく、手を見た事を、そして見ながら、コトンと感じたことをきっと思い出すに違いない、と思ってしまった。そう思ったら、なんだか、暗い気がした。また、ある夕方、御飯をおひつに移している時、インスピレーション、と言っては大袈裟だけれど、何か身内にピュウッと走り去ってゆくものを感じて、なんと言おうか、哲学のシッポと言いたいのだけれど、そいつにやられて、頭も胸も、すみずみまで透明になって、何か、生きて行くことにふわっと落ちついたような、黙って、音も立てずに、トコロテンがそろっと押し出される時のような柔軟性でもって、このまま浪のまにまに、美しく軽く生きとおせるような感じがしたのだ。このときは、哲学どころのさわぎではない。盗み猫のように、音も立てずに生きて行く予感なんて、ろくなことはないと、むしろ、おそろしかった。あんな気持の状態が、永くつづくと、人は、神がかりみたいになっちゃうのではないかしら。キリスト。でも、女のキリストなんてのは、いやらしい。

結局は、私ひまなもんだから、生活の苦労がないもんだから、毎日、幾百、幾千の見たり聞いたりの感受性の処理が出来なくなって、ポカンとしているうちに、そいつらが、お化けみたいな顔になってポカポカ浮いて来るのではないのかしら。

♪14

——食堂で、ごはんを、ひとりでたべる。ことし、はじめて、キウリをたべる。キウリの青さから、夏が来る。五月のキウリの青味には、胸がカラッポになるような、うずくような、くすぐったいような悲しさが在る。ひとりで食堂でごはんをたべていると、やたらむしょうに旅行に出たい。汽車に乗りたい。新聞を読む。近衛さんの写真が出ている。近衛さんて、いい男なのかしら。私は、こんな顔を好かない。額がいけない。新聞では、本の広告文が一ばんたのしい。一字一行で、百円、二百円と広告料とられるのだろうから、皆、一生懸命だ。一字一句、最大の効果を収めようと、うんうん唸って、絞り出したような名文だ。こんなにお金のかかる文章は、世の中に、少いであろう。なんだか、気味がよい。痛快だ。

ごはんをすまして、戸じまりして、登校。大丈夫、雨が降らないとは思うけれど、それでも、きのうお母さんから、もらったよき雨傘どうしても持って歩きたくて、そいつを携帯。このアンブレラは、お母さんが、昔、娘さん時代に使ったもの。面白い傘を見つけて、私は、少し得意。こんな傘を持って、パリイの下町を歩きたい。きっと、いまの戦争が終ったころ、こんな、夢を持ったような古風のアンブレラが流行するだろう。この傘には、ボンネット風の帽子が、きっと似合う。ピンクの裾の長い、衿の大きく開いた着物に、黒い絹レエスで編んだ長い手袋をして、大きな鍔の広い帽子には、美しい紫のすみれをつける。そうして深緑のころにパリイのレストランに昼食をしに行く。もの憂そうに軽く頬杖して、外を通る人の流れを見ていると、誰かが、そっと私の肩を叩く。急に音楽、薔薇のワルツ。ああ、おかしい、おかしい。現実は、この古ぼけた奇態な、柄のひょろ長い雨傘一本。自分が、みじめで可哀想。マッチ売りの娘さん。どれ、草でも、むしって行きましょう。

出がけに、うちの門のまえの草を、少しむしって、お母さんへの勤労奉仕。きょうは何かいいことがあるかも知れない。同じ草でも、どうしてこんな、むしりとりたい草と、そっと残して置きたい草と、いろいろあるのだろう。可愛い草と、そうでない草と、形は、ちっとも違っていないのに、それでも、いじらしい草と、にくにくしい草と、どうしてこう、ちゃんとわかれているのだろう。理窟はないんだ。女の好ききらいなんて、ずいぶんいい加減なものだと思う。十分間の勤労奉仕をすまして、停車場へ急ぐ。畠道を通りながら、しきりと絵が画きたくなる。途中、神社の森の小路を通る。これは、私ひとりで見つけて置いた近道である。森の小路を歩きながら、ふと下を見ると、麦が二寸ばかりあちこちに、かたまって育っている。その青々した麦を見ていると、ああ、ことしも兵隊さんが来たのだと、わかる。去年も、たくさんの兵隊さんと馬がやって来て、この神社の森の中に休んで行った。しばらく経ってそこを通ってみると、麦が、きょうのように、すくすくしていた。けれども、その麦は、それ以上育たなかった。ことしも、兵隊さんの馬の桶からこぼれて生えて、ひょろひょろ育ったこの麦は、この森はこんなに暗く、全く日が当らないものだから、可哀想に、これだけ育って死んでしまうのだろう。

神社の森の小路を抜けて、駅近く、労働者四、五人と一緒になる。その労働者たちは、いつもの例で、言えないような厭な言葉を私に向かって吐きかける。私は、どうしたらよいかと迷ってしまった。その労働者たちを追い抜いて、どんどんさきに行ってしまいたいのだが、そうするには、労働者たちの間を縫ってくぐり抜け、すり抜けしなければならない。おっかない。それと言って、黙って立ちんぼして、労働者たちをさきに行かせて、うんと距離のできるまで待っているのは、もっともっと胆力の要ることだ。それは失礼なことなのだから、労働者たちは怒るかも知れない。からだは、カッカして来るし、泣きそうになってしまった。私は、その泣きそうになるのが恥ずかしくて、その者達に向かって笑ってやった。そして、ゆっくりと、その者達のあとについて歩いていった。そのときは、それ限りになってしまったけれど、その口惜しさは、電車に乗ってからも消えなかった。こんなくだらない事に平然となれるように、早く強く、清く、なりたかった。

——電車の入口のすぐ近くに空いている席があったから、私はそこへそっと私のお道具を置いて、スカアトのひだをちょっと直して、そうして坐ろうとしたら、眼鏡の男の人が、ちゃんと私のお道具をどけて席に腰かけてしまった。

「あの、そこは私、見つけた席ですの」と言ったら、男は苦笑して平気で新聞を読み出した。よく考えてみると、どっちが図々しいのかわからない。こっちの方が図々しいのかも知れない。

仕方なく、アンブレラとお道具を、網棚に乗せ、私は吊り革にぶらさがって、いつもの通り、雑誌を読もうと、パラパラ片手でペエジを繰っているうちに、ひょんな事を思った。

自分から、本を読むということを取ってしまったら、この経験の無い私は、泣きべそをかくことだろう。それほど私は、本に書かれてある事に頼っている。一つの本を読んでは、パッとその本に夢中になり、信頼し、同化し、共鳴し、それに生活をくっつけてみるのだ。また、他の本を読むと、たちまち、クルッとかわって、すましている。人のものを盗んで来て自分のものにちゃんと作り直す才能は、そのずるさは、これは私の唯一の特技だ。本当に、このずるさ、いんちきには厭になる。毎日毎日、失敗に失敗を重ねて、あか恥ばかりかいていたら、少しは重厚になるかも知れない。けれども、そのような失敗にさえ、なんとか理窟をこじつけて、上手につくろい、ちゃんとしたような理論を編み出し、苦肉の芝居なんか得々とやりそうだ。

（こんな言葉もどこかの本で読んだことがある）

ほんとうに私は、どれが本当の自分だかわからない。読む本がなくなって、真似するお手本がなんにも見つからなくなった時には、私は、いったいどうするだろう。手も足も出ない、萎縮の態で、むやみに鼻をかんでばかりいるかも知れない。何しろ電車の中で、毎日こんなにふらふら考えているばかりでは、だめだ。からだに、厭な温かさが残って、やりきれない。何かしなければ、どうにかしなければと思うのだが、どうしたら、自分をはっきり掴めるのか。これまでの私の自己批判なんて、まるで意味ないものだったと思う。批判をしてみて、厭な、弱いところに気附くと、すぐそれに甘くおぼれて、いたわって、角をためて牛を殺すのはよくない、などと結論するのだから、批判も何もあったものでない。何も考えない方が、むしろ良心的だ。

この雑誌にも、「若い女の欠点」という見出しで、いろんな人が書いて在る。読んでいるうちに、自分のことを言われたような気がして恥ずかしい気にもなる。それに書く人、人によって、ふだんばかだと思っている人は、そのとおりに、ばかの感じがするようなことを言っているし、写真で見て、おしゃれの感じのする人は、おしゃれの言葉遣いをしているので、可笑しくて、ときどきくすくす笑いながら読んで行く。宗教家は、すぐに信仰を持ち出すし、教育家は、始めから終りまで恩、恩、と書いてある。政治家は、漢詩を持ち出す。作家は、気取って、おしゃれな言葉を使っている。しょっている。

でも、みんな、なかなか確実なことばかり書いてある。個性の無いこと。深味の無いこと。正しい希望、正しい野心、そんなものから遠く離れている事。つまり、理想の無いこと。批判はあっても、自分の生活に直接むすびつける積極性の無いこと。無反省。本当の自覚、自愛、自重がない。勇気のある行動をしても、そのあらゆる結果について、責任が持てるかどうか。自分の周囲の生活様式には順応し、これを処理することに巧みであるが、自分、ならびに自分の周囲の生活に、正しい強い愛情を持っていない。本当の意味の謙遜がない。独創性にとぼしい。模倣だけだ。人間本来の「愛」の感覚が欠如してしまっている。お上品ぶっていながら、気品がない。そのほか、たくさんのことが書かれている。本当に、読んでいて、はっとすることが多い。決して否定できない。

けれどもここに書かれてある言葉全部が、なんだか、楽観的な、この人たちの普段の気持とは離れて、ただ書いてみたというような感じがする。「本当の意味の」とか、「本来の」とかいう形容詞がたくさんあるけれど、「本当の」愛、「本当の」自覚、とは、どんなものか、はっきり手にとるようには書かれていない。この人たちには、わかっているのかも知れない。それならば、もっと具体的に、ただ一言、右へ行け、左へ行け、と、ただ一言、権威をもって指で示してくれたほうが、どんなに有難いかわからない。私たち、愛の表現の方針を見失っているのだから、あれもいけない、これもいけない、と言わずに、こうしろ、ああしろ、と強い力で言いつけてくれたら、私たち、みんな、そのとおりにする。誰も自信が無いのかしら。ここに意見を発表している人たちも、いつでも、どんな場合にでも、こんな意見を持っている、というわけでは無いのかもしれない。正しい希望、正しい野心を持っていない、と叱って居られるけれども、そんなら私たち、正しい理想を追って行動した場合、この人たちはどこまでも私たちを見守り、導いていってくれるだろうか。

私たちには、自身の行くべき最善の場所、行きたく思う美しい場所、自身を伸ばして行くべき場所、おぼろげながら判っている。よい生活を持ちたいと思っている。それこそ正しい希望、野心を持っている。頼れるだけの動かない信念をも持ちたいと、あせっている。しかし、これら全部、娘なら娘としての生活の上に具現しようとかかったら、どんなに努力が必要なことだろう。お母さん、お父さん、姉、兄たちの考えかたもある。（口だけでは、やれ古いのなんのって言うけれども、決して人生の先輩、老人、既婚の人たちを軽蔑なんかしていない。それどころか、いつでも一目も三目も置いているはずだ）始終生活と関係のある親類というものも、ある。知人もある。友達もある。それから、いつも大きな力で私たちを押し流す「世の中」というものもあるのだ。これらすべての事を思ったり見たり考えたりすると、自分の個性を伸ばすどころの騒ぎではない。まあ、まあ目立たずに、普通の多くの人たちの通る路をだまって進んで行くのが、一ばん利巧なのでしょうくらいに思わずにはいられない。少数者への教育を、全般へ施すなんて、ずいぶんむごいことだとも思われる。学校の修身と、世の中の掟と、すごく違っているのが、だんだん大きくなるにつれてわかって来た。

学校の修身を絶対に守っていると、その人はばかを見る。変人と言われる。出世しないで、いつも貧乏だ。嘘をつかない人なんて、あるかしら。あったら、その人は、永遠に敗北者だ。私の肉親関係のうちにも、ひとり、行い正しく、固い信念を持って、理想を追及してそれこそ本当の意味で生きているひとがあるのだけれど、親類のひとみんな、そのひとを悪く言っている。馬鹿あつかいしている。私なんか、そんな馬鹿あつかいされて敗北するのがわかっていながら、お母さんや皆に反対してまで自分の考えかたを伸ばすことは、できない。おっかないのだ。小さい時分には、私も、自分の気持とひとの気持と全く違ってしまったときには、お母さんに、

「なぜ?」と聴いたものだ。そのときには、お母さんは、何か一言で片づけて、そうして怒ったものだ。悪い、不良みたいだ、と言って、お母さんは悲しがっていたようだった。お父さんに言ったこともある。お父さんは、そのときただ黙って笑っていた。そしてあとでお母さんに「中心はずれの子だ」とおっしゃっていたそうだ。だんだん大きくなるにつれて、私は、おっかなびっくりになってしまった。洋服いちまい作るのにも、人々の思惑を考える

ようになってしまった。自分の個性みたいなものを、本当は、こっそり愛しているのだけれども、愛して行きたいとは思うのだけど、それをはっきり自分のものとして体現するのは、おっかないのだ。人々が、よいと思う娘になろうといつも思う。たくさんの人たちが集まったとき、どんなに自分は卑屈になることだろう。口に出したくも無いことを、気持と全然はなれたことを、嘘ついてペチャペチャやっている。そのほうが得だ、得だと思うからなのだ。いやなことだと思う。早く道徳が一変するときが来ればよいと思う。そうすると、こんな卑屈さも、また自分のためでなく、人の思惑のために毎日をポタポタ生活することも無くなるだろう。

おや、あそこ、席が空いた。いそいで網棚から、お道具と傘をおろし、すばやく割りこむ。右隣は中学生、左隣は、子供背負ってねんねこ着ているおばさん。おばさんは、年よりのくせに厚化粧をして、髪を流行まきにしている。顔は綺麗なのだけれど、のどの所に皺が黒く寄っていて、あさましく、ぶってやりたいほど厭だった。人間は、立っているときと、坐っているときと、まるっきり考えることが違って来る。坐っていると、なんだか頼りない、無気力なことばかり考える。私と向かい合っている席には、四、五人、同じ年齢恰好のサラリイマンが、ぼんやり坐っている。三十ぐらいであろうか。みんな、いやだ。眼が、どろんと濁っている。覇気が無い。けれども、私がいま、このうちの誰かひとりに、にっこり笑って見せると、たったそれだけで私は、ずるずる引きずられて、その人と結婚しなければならぬ破目におちるかも知れないのだ。女は、自分の運命を決するのに、微笑一つでたくさんなのだ。おそろしい。不思議なくらいだ。気をつけよう。けさは、ほんとに妙なことばかり考える。二、三日まえから、うちのお庭を手入れしに来ている植木屋さんの顔が目にちらついて、しかたがない。どこからどこまで植木屋さんなのだけれど、顔の感じが、どうしてもちがう。大袈裟に言えば、思索家みたいな顔をしている。色は黒いだけにしまって見える。目がよいのだ。眉もせまっている。鼻は、すごく獅子っぱなだけれど、それがまた、色の黒いのにマッチして、意志が強そうに見える。唇のかたちも、なかなかよい。耳は少し汚い。手といったら、それこそ植木屋さんに逆もどりだけれど、黒いソフトを深くかぶった日蔭の顔は、植木屋さんにして置くのは惜しい気がする。お母さんに、三度も四度も、あの植木屋さん、はじめから植木屋さんだったのかしら、とたずねて、しまいに叱られてしまった。きょう、お道具を包んで来たこの風呂敷は、ちょうど、あの植木屋さんがはじめて来た日に、お母さんからもらったのだ。あの日は、うちのほうの大掃除だったので、台所直しさんや、畳屋さんもはいっていて、お母さんも箪笥のものを整理して、そのときに、この風呂敷が出て来て、私がもらった。綺麗な女らしい風呂敷。綺麗だから、結ぶのが惜しい。こうして坐って、膝の上にのせて、何度もそっと見てみる。撫でる。電車の中の皆の人にも見てもらいたいけれど、誰も見ない。この可愛い風呂敷を、ただ、ちょっと見つめてさえ下さったら、私は、その人のところへお嫁に行くことにきめてもいい。本能、という言葉につき当ると、泣いてみたくなる。本能の大きさ、私たちの意志では動かせない力、そんなことが、自分の時々のいろんなことから判って来ると、気が狂いそうな気持になる。どうしたらよいのだろうか、とぼんやりなってしまう。否定も肯定もない、ただ、大きな大きなものが、がばと頭からかぶさって来たようなものだ。そして私を自由に引きずりまわしているのだ。引きずられながら満足している気持と、それを悲しい気持で眺めている別の感情と。なぜ私たちは、自分だけで満足し、自分だけを一生愛して行けないのだろう。本能が、私のいままでの感情、理性を喰ってゆくのを見るのは、情ない。ちょっとでも自分を忘れることがあった後は、ただ、がっかりしてしまう。あの自分、この自分にも本能が、はっきりあることを知って来るのは、泣けそうだ。お母さん、お父さんと呼びたくなる。けれども、また、真実というものは、案外、自分が厭だと思っているところに在るのかも知れないのだから、いよいよ情ない。

もう、お茶の水。プラットフォムに降り立ったら、なんだかすべて、けろりとしていた。いま過ぎたことを、いそいで思いかえしたく努めたけれど、いっこうに思い浮かばない。あの、つづきを考えようと、あせったけれど、何も思うことがない。からっぽだ。その時、時には、ずいぶんと自分の気持を打ったものもあったようだし、くるしい恥ずかしいこともあったはずなのに、過ぎてしまえば、何もなかったのと全く同じだ。いま、という瞬間は、面白い。いま、いま、いま、と指でおさえているうちにも、いま、は遠くへ飛び去って、あたらしい「いま」が来ている。ブリッジの階段をコトコト昇りながら、ナンジャラホイと思った。ばかばかしい。私は、少し幸福すぎるのかも知れない。

――けさの小杉先生は綺麗。私の風呂敷みたいに綺麗。美しい青色の似合う先生。胸の真紅のカーネーションも目立つ。「つくる」ということが、無かったら、もっともっとこの先生すきなのだけれど。あまりにポオズをつけすぎる。どこか、無理がある。あれじゃあ疲れることだろう。性格も、どこか難解なところがある。わからないところをたくさん持っている。暗い性質なのに、無理に明るく見せようとしているところも見える。しかし、なんといっても魅かれる女のひとだ。学校の先生なんてさせて置くの惜しい気がする。お教室では、まえほど人気が無くなったけれど、私は、私ひとりは、まえと同様に魅かれている。山中、湖畔の古城に住んでいる令嬢、そんな感じがある。厭に、ほめてしまったものだ。小杉先生のお話は、どうして、いつもこんなに固いのだろう。頭がわるいのじゃないかしら。悲しくなっちゃう。さっきから、愛国心について永々と説いて聞かせているのだけれど、そんなこと、わかりきっているじゃないか。どんな人にだって、自分の生まれたところを愛する気持はあるのに。つまらない。机に頬杖ついて、ぼんやり窓のそとを眺める。風の強いゆえか、雲が綺麗だ。お庭の隅に、薔薇の花が四つ咲いている。黄色が一つ、白が二つ、ピンクが一つ。

ぽかんと花を眺めながら、人間も、本当によいところがある、と思った。花の美しさを見つけたのは、人間だし、花を愛するのも人間だもの。

お昼御飯のときは、お化け話が出る。ヤスベエねえちゃんの、一高七不思議の一つ、「開かずの扉」には、もう、みんな、きゃあ、きゃあ。ドロンドロン式でなく、心理的なので、面白い。あんまり騒いだので、いま食べたばかりなのに、もうペコになってしまった。さっそくアンパン夫人から、キャラメル御馳走になる。それからまた、ひとしきり恐怖物語にみなさん夢中。誰でもかれでも、このお化け話とやらには、興味が湧くらしい。一つの刺戟でしょうかな。それから、これは怪談ではないけれど、「久原房之助」の話、おかしい、おかしい。

午後の図画の時間には、皆、校庭に出て、写生のお稽古。伊藤先生は、どうして私を、いつも無意味に困らせるのだろう。きょうも私に、先生ご自身の絵のモデルになるよう言いつけた。私のけさ持参した古い雨傘が、クラスの大歓迎を受けて、皆さん騒ぎたてるものだから、とうとう伊藤先生にもわかってしまって、その雨傘持って、校庭の隅の薔薇の傍に立っているよう、言いつけられた。先生は、私のこんな姿を画いて、こんど展覧会に出すのだそうだ。三十分間だけ、モデルになってあげることを承諾する。すこしでも、人のお役に立つことは、うれしいものだ。けれども、伊藤先生と二人で向かい合っていると、とても疲れる。話がねちねちして理窟が多すぎるし、あまりにも私を意識しているゆえか、スケッチしながらでも話すことが、みんな私のことばかり。返事するのも面倒くさく、わずらわしい。ハッキリしない人である。変に笑ったり、先生のくせに恥ずかしがったり、何しろサッパリしないのには、ゲッとなりそうだ。「死んだ妹を、思い出します」なんて、やりきれない。人は、いい人なんだろうけれど、ゼスチュアが多すぎる。

ゼスチュアといえば、私だって、負けないでたくさんに持っている。私のは、その上、ずるくて利巧に立ちまわる。本当にキザなのだから始末に困る。「自分は、ポオズをつくりすぎて、ポオズに引きずられている嘘つきの化けものだ」なんて言って、これがまた、一つのポオズなのだから、動きがとれない。こうして、おとなしく先生のモデルになってあげていながらも、つくづく、「自然になりたい、素直になりたい」と祈っているのだ。本なんか読むの止めてしまえ。観念だけの生活で、無意味な、高慢ちきの知ったかぶりなんて、軽蔑、軽蔑。やれ生活の目標が無いの、もっと生活に、人生に、積極的になればいいの、自分には矛盾があるのどうのって、しきりに考えたり悩んだりしているようだが、おまえのは、感傷だけさ。自分を可愛がって、慰めているだけなのさ。それからずいぶん自分を買いかぶっているのですよ、ああ、こんな心の汚い私をモデルにしたりなんかして、先生の画は、きっと落選だ。美しいはずがないもの。いけないことだけれど、伊藤先生がばかに見えてしようがない。先生は、私の下着に、薔薇の花の刺繍のあることさえ、知らない。

だまって同じ姿勢で立っていると、やたら無性に、お金が欲しくなって来る。十円あれば、よいのだけれど。「マダム・キュリイ」が一ばん読みたい。それから、ふっと、お母さん長生きするように、と思う。先生のモデルになっていると、へんに、つらい。くたくたに疲れた。

――放課後は、お寺の娘さんのキン子さんと、こっそり、ハリウッドへ行って、髪をやってもらう。できあがったのを見ると、頼んだようにできていないので、がっかりだ。どう見たって、私は、ちっとも可愛くない。あさましい気がした。したたかに、しょげちゃった。こんな所へ来て、こっそり髪をつくってもらうなんて、すごく汚らしい一羽の雌鶏みたいな気さえして来て、つくづくいまは後悔した。私たち、こんなところへ来るなんて、自分自身を軽蔑していることだと思った。お寺さんは、大はしゃぎ。

「このまま、見合いに行こうかしら」なぞと乱暴なこと言い出して、そのうちに、なんだかお寺さんご自身、見合いに、ほんとうに行くことにきまってしまったような錯覚を起したらしく、

「こんな髪には、どんな色の花を挿したらいいの?」とか、「和服のときには、帯は、どんなのがいいの?」なんて、本気にやり出す。

ほんとに、何も考えない可愛らしいひと。

「どなたと見合いなさるの?」と私も、笑いながら尋ねると、

「もち屋は、もち屋と言いますからね」と、澄まして答えた。それどういう意味なの、と私も少し驚いて聴いてみたら、お寺の娘はお寺へお嫁入りするのが一ばんいいのよ、一生食

べるのに困らないし、と答えて、また私を驚かせた。キン子さんは、全く無性格みたいで、それゆえ、女らしさで一ぱいだ。学校で私と席がお隣同士だというだけで、そんなに私は親しくしてあげているわけでもないのに、お寺さんのほうでは、私のことを、あたしの一ばんの親友です、なんて皆に言っている。可愛い娘さんだ。一日置きに手紙をよこしたり、なんとなくよく世話をしてくれて、ありがたいのだけれど、きょうは、あんまり大袈裟にはしゃいでいるので、私も、さすがにいやになった。お寺さんとわかれて、バスに乗ってしまった。なんだか、なんだか憂鬱だ。バスの中で、いやな女のひとを見た。襟のよごれた着物を着て、もじゃもじゃの赤い髪を櫛一本に巻きつけている。手も足もきたない。それに男か女か、わからないような、むっとした赤黒い顔をしている。それに、ああ、胸がむかむかする。その女は、大きいおなかをしているのだ。ときどき、ひとりで、にやにや笑っている。雌鶏。こっそり、髪をつくりに、ハリウッドなんかへ行く私だって、ちっとも、この女のひとと変らないのだ。

けさ、電車で隣り合せた厚化粧のおばさんをも思い出す。ああ、汚い、汚い。女は、いやだ。自分が女だけに、女の中にある不潔さが、よくわかって、歯ぎしりするほど、厭だ。金魚をいじったあとの、あのたまらない生臭さが、自分のからだ一ぱいにしみついているようで、洗っても、洗っても、落ちないようで、こうして一日一日、自分も雌の体臭を発散させるようになって行くのかと思えば、また、思い当ることもあるので、いっそこのまま、少女のままで死にたくなる。ふと、病気になりたく思う。うんと重い病気になって、汗を滝のように流して細く痩せたら、私も、すっきり清浄になれるかも知れない。生きている限りは、とてものがれられないことなのだろうか。しっかりした宗教の意味もわかりかけて来たような気がする。

バスから降りると、少しほっとした。どうも乗り物は、いけない。空気が、なまぬるくて、やりきれない。大地は、いい。土を踏んで歩いていると、自分を好きになる。どうも私は、少しおっちょこちょいだ。極楽トンボだ。かえろかえろと何見てかえる、畠の玉ねぎ見い見いかえろ、かえろが鳴くからかえろ。と小さい声で唄ってみて、この子は、なんてのんきな子だろう、と自分ながら歯がゆくなって、背ばかり伸びるこのボーボーが憎らしくなる。いい娘さんになろうと思った。

　このお家に帰る田舎道は、毎日毎日、あんまり見なれているので、どんな静かな田舎だか、わからなくなってしまった。ただ、木、道、畠、それだけなのだから。きょうは、ひとつ、よそからはじめてこの田舎にやって来た人の真似をして見よう。私は、ま、神田あたりの下駄屋さんのお嬢さんで、生まれてはじめて郊外の土を踏むのだ。すると、この田舎は、いったいどんなに見えるだろう。すばらしい思いつき。可哀想な思いつき。私は、あらたまった顔つきになって、わざと、大袈裟にきょろきょろしてみる。小さい並木路を下るときには、振り仰いで新緑の枝々を眺め、まあ、と小さい叫びを挙げてみて、土橋を渡るときには、しばらく小川をのぞいて、水鏡に顔をうつして、ワンワンと、犬の真似して吠えてみたり、遠くの畠を見るときは、目を小さくして、うっとりした風をして、いいわねえ、と呟いて溜息。神社では、また一休み。神社の森の中は、暗いので、あわてて立ち上って、おお、こわこわ、と言い肩を小さく窄めて、そそくさ森を通り抜け、森のそとの明るさに、わざと驚いたようなふうをして、いろいろ新しく新しく、と心掛けて田舎の道を、凝って歩いているうちに、なんだか、たまらなく淋しくなって来た。とうとう道傍の草原に、ペタリと坐ってしまった。草の上に坐ったら、つい今しがたまでの浮き浮きした気持が、コトンと音たてて消えて、ぎゅっとまじめになってしまった。そうして、このごろの自分を、静かに、ゆっくり思ってみた。なぜ、このごろの自分が、いけないのか。どうして、こんなに不安なのだろう。いつでも、何かにおびえている。この間も、誰かに言われた。「あなたは、だんだん俗っぽくなるのね」

そうかも知れない。私は、たしかに、いけなくなった。くだらなくなった。いけない、いけない。弱い、弱い。だしぬけに、大きな声が、ワッと出そうになった。ちぇっ、そんな叫び声あげたくらいで、自分の弱虫を、ごまかそうたって、だめだぞ。もっとどうにかなれ。私は、恋をしているのかも知れない。青草原に仰向けに寝ころがった。

「お父さん」と呼んでみる。お父さん、お父さん。夕焼の空は綺麗です。そうして、夕靄は、ピンク色。夕日の光が靄の中に溶けて、にじんで、そのために靄がこんなに、やわらかいピンク色になったのでしょう。そのピンクの靄がゆらゆら流れて、木立の間にもぐっていったり、路の上を歩いたり、草原を撫でたり、そうして、私のからだを、ふんわり包んでしまいます。私の髪の毛一本一本まで、ピンクの光は、そっと幽かにてらして、そうしてやわらかく撫でてくれます。それよりも、この空は、美しい。このお空には、私うまれてはじめて頭を下げたいのです。私は、いま神様を信じます。これは、この空の色は、なんという色なのかしら。薔薇。火事。虹。天使の翼。大伽藍。いいえ、そんなんじゃない。もっと、もっと神々しい。

「みんなを愛したい」と涙が出そうなくらい思いました。じっと空を見ていると、だんだん空が変ってゆくのです。だんだん青味がかってゆくのです。ただ、溜息ばかりで、裸になってしまいたくなりました。それから、いまほど木の葉や草が透明に、美しく見えたこともありません。そっと草に、さわってみました。

美しく生きたいと思います。

♪18

――家へ帰ってみると、お客様。お母さんも、もうかえって居られる。れいに依って、何か、にぎやかな笑い声。お母さんは、私と二人きりのときには、顔がどんなに笑っていても、声をたてない。けれども、お客様とお話しているときには、顔は、ちっとも笑ってなくて、声ばかり、かん高く笑っている。挨拶して、すぐ裏へまわり、井戸端で手を洗い、靴下脱いで、足を洗っていたら、さかなやさんが来て、お待ちどおさま、まいど、ありがとうと言って、大きなお魚を一匹、井戸端へ置いていった。なんという、おさかなか、わからないけれど、鱗のこまかいところ、これは北海のものの感じがする。お魚を、お皿に移して、また手を洗っていたら、北海道の夏の臭いがした。おととしの夏休みに、北海道のお姉さんの家へ遊びに行ったときのことを思い出す。苫小牧のお姉さんの家は、海岸に近いゆえか、始終お魚の臭いがしていた。お姉さんが、あのお家のがらんと広いお台所で、夕方ひとり、白い女らしい手で、上手にお魚をお料理していた様子も、はっきり浮かぶ。私は、あのとき、なぜかお姉さんに甘えたくて、たまらなく焦がれて、でもお姉さんには、あのころ、もう年ちゃんも生まれていて、お姉さんは、私のものではなかったのだから、それを思えば、ヒュウと冷いすきま風が感じられて、どうしても、姉さんの細い肩に抱きつくことができなくて、死ぬほど寂しい気持で、じっと、あのほの暗いお台所の隅に立ったまま、気の遠くなるほどお姉さんの白くやさしく動く指先を見つめていたことも、思い出される。過ぎ去ったことは、みんな懐かしい。肉親って、不思議なもの。他人ならば、遠く離れるとしだいに淡く、忘れてゆくものなのに、肉親は、なおさら、懐かしい美しいところばかり思い出されるのだから。

井戸端の茱萸の実が、ほんのりあかく色づいている。もう二週間もしたら、たべられるようになるかも知れない。去年は、おかしかった。私が夕方ひとりで茱萸をとってたべていたら、ジャピイ黙って見ているので、可哀想で一つやった。そしたら、ジャピイ食べちゃった。また二つやったら、食べた。あんまり面白くて、この木をゆすぶって、ポタポタ落としたら、ジャピイ夢中になって食べはじめた。ばかなやつ。茱萸を食べる犬なんて、はじめてだ。私も背伸びしては、茱萸をとって食べている。ジャピイも下で食べている。可笑しかった。そのこと、思い出したら、ジャピイを懐かしくて、

「ジャピイ!」と呼んだ。

ジャピイは、玄関のほうから、気取って走って来た。急に、歯ぎしりするほどジャピイを可愛くなっちゃって、シッポを強く掴むと、ジャピイは私の手を柔かく噛んだ。涙が出そう

な気持になって、頭を打ってやる。ジャピイは、平気で、井戸端の水を音をたてて呑む。

お部屋へはいると、ぼっと電燈が、ともっている。しんとしている。お父さんいない。やっぱり、お父さんがいないと、家の中に、どこか大きい空席が、ポカンと残って在るような気がして、身悶えしたくなる。和服に着換え、脱ぎ捨てた下着の薔薇にきれいなキスして、それから鏡台のまえに坐ったら、客間のほうからお母さんたちの笑い声が、どっと起って、私は、なんだか、むかっとなった。お母さんは、私と二人きりのときはいいけれど、お客が来たときには、へんに私から遠くなって、冷くよそよそしく、私はそんな時に、一ばんお父さんが懐かしく悲しくなる。

鏡を覗くと、私の顔は、おや、と思うほど活き活きしている。顔は、他人だ。私自身の悲しさや苦しさや、そんな心持とは、全然関係なく、別個に自由に活きている。きょうは頬紅も、つけないのに、こんなに頬がぱっと赤くて、それに、唇も小さく赤く光って、可愛い。眼鏡をはずして、そっと笑ってみる。眼が、とってもいい。青く青く、澄んでいる。美しい夕空を、ながいこと見つめたから、こんなにいい目になったのかしら。しめたものだ。

少し浮き浮きして台所へ行き、お米をといでいるうちに、また悲しくなってしまった。せんの小金井の家が懐かしい。胸が焼けるほど恋しい。あの、いいお家には、お父さんもいらしったし、お姉さんもいた。お母さんだって、若かった。私が学校から帰って来ると、お母さんと、お姉さんと、何か面白そうに台所か、茶の間で話をしている。おやつを貰って、ひとしきり二人に甘えたり、お姉さんに喧嘩ふっかけたり、それからきまって叱られて、外へ飛び出して遠くへ遠くへ自転車乗り。夕方には帰って来て、それから楽しく御飯だ。本当に楽しかった。自分を見詰めたり、不潔にぎくしゃくすることも無く、ただ、甘えて居ればよかったのだ。なんという大きい特権を私は享受していたことだろう。しかも平気で。心配もなく、寂しさもなく、苦しみもなかった。お父さんは、立派なよいお父さんだった。お姉さんは、優しく、私は、いつもお姉さんにぶらさがってばかりいた。けれども、すこしずつ大きくなるにつれて、だいいち私が自身いやらしくなって、私の特権はいつの間にか消失して、あかはだか、醜い醜い。ちっとも、ひとに甘えることができなくなって、考えこんでばかりいて、くるしいことばかり多くなった。お姉さんは、お嫁にいってしまったし、お父さんは、もういない。たったお母さんと私だけになってしまった。お母さんもお淋しいことばかりなのだろう。こないだもお母さんは、「もうこれからさきは、生きる楽しみがなくなってしまった。あなたを見たって、私は、ほんとうは、あまり楽しみを感じない。ゆるしてお呉れ。幸福も、お父さんがいらっしゃらなければ、来ないほうがよい」とおっしゃった。蚊が出て来ると、ふとお父さんを思い出し、ほどきものをすると、お父さんを思い出し、爪を切るときにもお父さんを思い出し、お茶がおいしいときにも、きっとお父さんを思い出すそうである。私が、どんなにお母さんの気持をいたわって、話し相手になってあげても、やっぱりお父さんとは違うのだ。夫婦愛というものは、この世の中で一ばん強いもので、肉親の愛よりも、尊いものにちがいない。生意気なこと考えたので、ひとりで顔があかくなって来て、私は、濡れた手で髪をかきあげる。しゅっしゅっとお米をとぎながら、私は、お母さんが可愛く、いじらしくなって、大事にしようと、しんから思う。こんなウェーヴかけた髪なんか、さっそく解きほぐしてしまって、そうして髪の毛をもっと長く伸ばそう。お母さんは、せんから、私の髪の短いのを厭がっていらしたから、うんと伸ばして、きちんと結って見せたら、よろこぶだろう。けれども、そんなことまでして、お母さんを、いたわるのも厭だな。いやらしい。考えてみると、このごろの、私のいらいらは、ずいぶんお母さんと関係がある。お母さんの気持に、ぴったり添ったいい娘でありたいし、それだからとて、へんに御機嫌とるのもいやなのだ。だまっていても、お母さん、私の気持をちゃんとわかって安心していらしったら、一番いいのだ。私は、どんなに、わがままでも、決して世間の物笑いになるようなことはしないのだし、つらくても、淋しくっても、だいじのところは、きちんと守って、そうしてお母さんと、この家とを、愛して愛して、愛しているのだから、お母さんも、私を絶対に信じて、ぼんやりのんきにしていらしったら、それでいいのだ。私は、きっと立派にやる。身を粉にしてつとめる。それがいまの私にとっても、一ばん大きいよろこびなんだし、生きる道だと思っているのに、お母さんたら、ちっとも私を信頼しないで、まだまだ、子供あつかいにしている。私が子供っぽいこと言うと、お母さんはよろこんで、こないだも、私が、ばからしい、わざとウクレレ持ち出して、ポンポンやってはしゃいで見せたら、お母さんは、しんから嬉しそうにして、

「おや、雨かな？雨だれの音が聞えるね」と、とぼけて言って、私をからかって、私が、本気でウクレレなんかに熱中して居るとでも思っているらしい様子なので、私は、あさましくて、泣きたくなった。お母さん、私は、もう大人なのですよ。世の中のこと、なんでも、もう知っているのですよ。安心して、私になんでも相談して下さい。うちの経済のことなんかでも、私に全部打ち明けて、こんな状態だから、おまえもと言って下さったなら、私は決して、靴なんかねだりはしません。しっかりした、つましい、つましい娘になります。ほんとうに、それは、たしかなのです。それなのに。ああ、それなのに、という歌があったのを思い出して、ひとりでくすくす笑ってしまった。気がつくと、私はぼんやりお鍋に両手をつっこんだままで、ばかみたいに、あれこれ考えていたのである。

♪19

――いけない、いけない。お客様へ、早く夕食差し上げなければ。さっきの大きいお魚は、どうするのだろう。とにかく三枚におろして、お味噌につけて置くことにしよう。そうして食べると、きっとおいしい。料理は、すべて、勘で行かなければいけない。キウリが少し残っているから、あれでもって、三杯酢。それから、私の自慢の卵焼き。それから、もう一品。あ、そうだ。ロココ料理にしよう。これは、私の考案したものでございまして。お皿ひとつひとつに、それぞれ、ハムや卵や、パセリや、キャベツ、ほうれんそう、お台所に残って在るもの一切合切、いろとりどりに、美しく配合させて、手際よく並べて出すのであって、手数は要らず、経済だし、ちっとも、おいしくはないけれども、でも食卓は、ずいぶん賑やかに華麗になって、何だか、たいへん贅沢な御馳走のように見えるのだ。卵のかげにパセリの青草、その傍に、ハムの赤い珊瑚礁がちらと顔を出していて、キャベツの黄色い葉は、牡丹の花瓣のように、鳥の羽の扇子のようにお皿に敷かれて、緑したたる菠稜草は、牧場か湖水か。こんなお皿が、二つも三つも並べられて食卓に出されると、お客様はゆくりなく、ルイ王朝を思い出す。まさか、それほどでもないけれど、どうせ私は、おいしい御馳走なんて作れないのだから、せめて、ていさいだけでも美しくして、お客様を眩惑させて、ごまかしてしまうのだ。料理は、見かけが第一である。たいてい、それで、ごまかせます。けれども、このロココ料理には、よほど絵心が必要だ。色彩の配合について、人一倍、敏感でなければ、失敗する。せめて私くらいのデリカシイが無ければね。ロココという言葉を、こないだ辞典でしらべてみたら、華麗のみにて内容空疎の装飾様式、と定義されていたので、笑っちゃった。名答である。美しさに、内容なんてあってたまるものか。純粋の美しさは、いつも無意味で、無道徳だ。きまっている。だから、私は、ロココが好きだ。

いつもそうだが、私はお料理して、あれこれ味をみているうちに、なんだかひどい虚無にやられる。死にそうに疲れて、陰鬱になる。あらゆる努力の飽和状態におちいるのである。もう、もう、なんでも、どうでも、よくなって来る。ついには、ええっ！と、やけくそになって、味でも体裁でも、めちゃめちゃに、投げとばして、ばたばたやってしまって、じつに不機嫌な顔して、お客に差し出す。

きょうのお客様は、ことにも憂うつ。大森の今井田さん御夫婦に、ことし七つの良夫さん。今井田さんは、もう四十ちかいのに、好男子みたいに色が白くて、いやらしい。なぜ、敷島なぞを吸うのだろう。両切の煙草でないと、なんだか、不潔な感じがする。煙草は、両切に限る。敷島なぞを吸っていると、そのひとの人格までが、疑わしくなるのだ。いちいち天井を向いて煙を吐いて、はあ、はあ、なるほど、なんて言っている。いまは、夜学の先生をしているそうだ。奥さんは、小さくて、おどおどして、そして下品だ。つまらないことにでも、顔を畳にくっつけるようにして、からだをくねらせて、笑いむせぶのだ。可笑しいことなんてあるものか。そうして大袈裟に笑い伏すのが、何か上品なことだろうと、思いちがいしているのだ。いまのこの世の中で、こんな階級の人たちが、一ばん悪いのではないかしら。一ばん汚い。プチ・ブルというのかしら。小役人というのかしら。子供なんかも、へんに小ましゃくれて、素直な元気なところが、ちっともない。そう思っていながらも、私はそんな気持を、みんな抑えて、お辞儀をしたり、笑ったり、話したり、良夫さんを可愛い可愛いと言って頭を撫でてやったり、まるで嘘ついて皆をだましているのだから、今井田御夫婦なんかでも、まだまだ、私よりは清純かも知れない。みなさん私のロココ料理をたべて、私の腕前をほめてくれて、私はわびしいやら、腹立たしいやら、泣きたい気持なのだけれど、それでも、努めて、嬉しそうな顔をして見せて、やがて私も御相伴して一緒にごはんを食べたのであるが、今井田さんの奥さんの、しつこい無智なお世辞には、さすがにむかむかして、よし、もう嘘は、つくまいと屹っとなって、

「こんなお料理、ちっともおいしくございません。なんにもないので、私の窮余の一策なんですよ」と、私は、ありのまま事実を、言ったつもりなのに、今井田さん御夫婦は、窮余の一策とは、うまいことをおっしゃる、と手を拍たんばかりに笑い興じるのである。私は、口惜しくて、お箸とお茶碗ほおり出して、大声あげて泣こうかしらと思った。じっとこらえて、無理に、にやにや笑って見せたら、お母さんまでが、

「この子も、だんだん役に立つようになりましたよ」と、お母さん、私のかなしい気持、ちゃんとわかっていらっしゃる癖に、今井田さんの気持を迎えるために、そんなくだらないことを言って、ほほと笑った。お母さん、そんなにまでして、こんな今井田なんかの御機嫌とることは、ないんだ。お客さんと対しているときのお母さんは、お母さんじゃない。ただの弱い女だ。お父さんが、いなくなったからって、こんなにも卑屈になるものか。情なくなって、何も言えなくなっちゃった。帰って下さい、帰って下さい。私の父は、立派なお方だ。やさしくて、そうして人格が高いんだ。お父さんがいないからって、そんなに私たちをばかにするんだったら、いますぐ帰って下さい。よっぽど今井田に、そう言ってやろうと思った。

それでも私は、やっぱり弱くて、良夫さんにハムを切ってあげたり、奥さんにお漬物とってあげたり奉仕をするのだ。

ごはんがすんでから、私はすぐに台所へひっこんで、あと片附けをはじめた。早く独りになりたかったのだ。何も、お高くとまっているのではないけれども、あんな人たちとこれ以上、無理に話を合せてみたり、一緒に笑ってみたりする必要もないように思われる。あんな者にも、礼儀を、いやいや、へつらいを致す必要なんて絶対にない。いやだ。もう、これ以上は厭だ。私は、つとめられるだけは、つとめたのだ。お母さんだって、きょうの私のがまんして愛想よくしている態度を、嬉しそうに見ていたじゃないか。あれだけでも、よかったんだろうか。強く、世間のつきあいは、つきあい、自分は自分と、はっきり区別して置いて、ちゃんちゃん気持よく物事に対応して処理して行くほうがいいのか、または、人に悪く言われても、いつでも自分を失わず、韜晦しないで行くほうがいいのか、どっちがいいのか、わからない。一生、自分と同じくらい弱いやさしい温かい人たちの中でだけ生活して行ける身分の人は、うらやましい。苦労なんて、苦労せずに一生すませるんだったら、わざわざ求めて苦労する必要なんて無いんだ。そのほうが、いいんだ。
自分の気持を殺して、人につとめることは、きっといいことに違いないんだけれど、これからさき、毎日、今井田御夫婦みたいな人たちに無理に笑いかけたり、相槌うたなければならないのだったら、私は、気ちがいになるかも知れない。自分なんて、とても監獄に入れないな、と可笑しいことを、ふと思う。監獄どころか、女中さんにもなれない。奥さんにもなれない。いや、奥さんの場合は、ちがうんだ。この人のために一生つくすのだ、とちゃんと覚悟がきまったら、どんなに苦しくとも、真黒になって働いて、そうして充分に生き甲斐があるのだから、希望があるのだから、私だって、立派にやれる。あたりまえのことだ。朝から晩まで、くるくるコマ鼠のように働いてあげる。じゃんじゃんお洗濯をする。たくさんよごれものがたまった時ほど、不愉快なことがない。焦ら焦らして、ヒステリイになったみたいに落ちつかない。死んでも死にきれない思いがする。よごれものを、全部、一つものこさず洗ってしまって、物干竿にかけるときは、私は、もうこれで、いつ死んでもいいと思うのである。

今井田さん、おかえりになる。何やら用事があるとかで、お母さんを連れて出掛けてしまう。はいはい附いて行くお母さんもお母さんだし、今井田が何かとお母さんを利用するのは、こんどだけでは無いけれど、今井田御夫婦のあつかましさが、厭で厭で、ぶんなぐりたい気持がする。門のところまで、皆さんをお送りして、ひとりぼんやり夕闇の路を眺めていたら、泣いてみたくなってしまう。

♪20

――郵便函には、夕刊と、お手紙二通。一通はお母さんへ、松坂屋から夏物売出しのご案内。一通は、私へ、いとこの順二さんから。こんど前橋の連隊へ転任することになりました。お母さんによろしく、と簡単な通知である。将校さんだって、そんなに素晴らしい生活内容などは、期待できないけれど、でも、毎日毎日、厳酷に無駄なく起居するその規律がうらやましい。いつも身が、ちゃんちゃんと決っているのだから、気持の上から楽なことだろうと思う。私みたいに、何もしたくなければ、いっそ何もしなくてすむのだし、どんな悪いことでもできる状態に置かれているのだし、また、勉強しようと思えば、無限といっていいくらいに勉強の時間があるのだし、慾を言ったら、よほどの望みでもかなえてもらえるような気がするし、ここからここまでという努力の限界を与えられたら、どんなに気持が助かるかわからない。うんと固くしばってくれると、かえって有難いのだ。戦地で働いている兵隊さんたちの欲望は、たった一つ、それはぐっすり眠りたい欲望だけだ、と何かの本に書かれて在ったけれど、その兵隊さんの苦労をお気の毒に思う半面、私は、ずいぶんうらやましく思った。いやらしい、煩瑣な堂々めぐりの、根も葉もない思案の洪水から、きれいに別れて、ただ眠りたい眠りたいと渇望している状態は、じつに清潔で、単純で、思うさえ爽快を覚えるのだ。私など、これはいちど、軍隊生活でもして、さんざ鍛われたら、少しは、はっきりした美しい娘になれるかも知れない。軍隊生活しなくても、新ちゃんみたいに、素直な人だってあるのに、私は、よくよく、いけない女だ。わるい子だ。新ちゃんは、順二さんの弟で、私とは同じとしなんだけれど、どうしてあんなに、いい子なんだろう。私は、親類中で、いや、世界中で、一ばん新ちゃんを好きだ。新ちゃん、目が見えないんだ。わかいのに、失明するなんて、なんということだろう。こんな静かな晩は、お部屋にお一人でいらして、どんな気持だろう。私たちなら、侘びしくても、本を読んだり、景色を眺めたりして、幾分それをまぎらかすことが出来るけれど、新ちゃんには、それができないんだ。ただ、黙っているだけなんだ。これまで人一倍、がんばって勉強して、それからテニスも、水泳もお上手だったのだもの、いまの寂しさ、苦しさはどんなだろう。ゆうべも新ちゃんのことを思って、床にはいってから五分間、目をつぶってみた。床にはいって目をつぶっているのでさえ、五分間は長く、胸苦しく感じられるのに、新ちゃんは、朝も昼も夜も、幾日も幾月も、何も見ていないのだ。不平を言ったり、癇癪を起したり、わがまま言ったりして下されば、私もうれしいのだけれど、新ちゃんは、何も言わない。新ちゃんが不平や人の悪口言ったのを聞いたことがない。その上いつも明るい言葉遣い、無心の顔つきをしているのだ。それがなおさら、私の胸に、ピンと来てしまう。

あれこれ考えながらお座敷を掃いて、それから、お風呂をわかす。お風呂番をしながら、蜜柑箱に腰かけ、ちろちろ燃える石炭の灯をたよりに学校の宿題を全部すましてしまう。それでも、まだお風呂がわかないので、東綺譚を読み返してみる。書かれてある事実は、決して厭な、汚いものではないのだ。けれども、ところどころ作者の気取りが目について、それがなんだか、やっぱり古い、たよりなさを感じさせるのだ。お年寄りのせいであろうか。でも、外国の作家は、いくらとしとっても、もっと大胆に甘く、対象を愛している。そうして、かえって厭味が無い。けれども、この作品は、日本では、いいほうの部類なのではあるまいか。わりに嘘のない、静かな諦めが、作品の底に感じられてすがすがしい。この作者のものの中でも、これが一ばん枯れていて、私は好きだ。この作者は、とっても責任感の強いひとのような気がする。日本の道徳に、とてもとても、こだわっているので、かえって反撥して、へんにどぎつくなっている作品が多かったような気がする。愛情の深すぎる人に有りがちな偽悪趣味。わざと、あくどい鬼の面をかぶって、それでかえって作品を弱くしている。けれども、この東綺譚には、寂しさのある動かない強さが在る。私は、好きだ。

お風呂がわいた。お風呂場に電燈をつけて、着物を脱ぎ、窓を一ぱいに開け放してから、ひっそりお風呂にひたる。珊瑚樹の青い葉が窓から覗いていて、一枚一枚の葉が、電燈の光を受けて、強く輝いている。空には星がキラキラ。なんど見直しても、キラキラ。仰向いたまま、うっとりしていると、自分のからだのほの白さが、わざと見ないのだが、それでも、ぼんやり感じられ、視野のどこかに、ちゃんとはいっている。なお、黙っていると、小さい時の白さと違うように思われて来る。いたたまらない。肉体が、自分の気持と関係なく、ひとりでに成長して行くのが、たまらなく、困惑する。めきめきと、おとなになってしまう自分を、どうすることもできなく、悲しい。なりゆきにまかせて、じっとして、自分の大人になって行くのを見ているより仕方がないのだろうか。いつまでも、お人形みたいなからだでいたい。お湯をじゃぶじゃぶ掻きまわして、子供の振りをしてみても、なんとなく気が重い。これからさき、生きてゆく理由が無いような気がして来て、くるしくなる。庭の向こうの原っぱで、おねえちゃん！と、半分泣きかけて呼ぶ他所の子供の声に、はっと胸を突かれた。私を呼んでいるのではないけれども、いまのあの子に泣きながら慕われているその「おねえちゃん」を羨しく思うのだ。私にだって、あんなに慕って甘えてくれる弟が、ひとりでもあったなら、私は、こんなに一日一日、みっともなく、まごついて生きてはいない。生きることに、ずいぶん張り合いも出て来るだろうし、一生涯を弟に捧げて、つくそうという覚悟だって、できるのだ。ほんとうに、どんなつらいことでも、堪えてみせる。ひとり力んで、それから、つくづく自分を可哀想に思った。

♪21

――風呂からあがって、なんだか今夜は、星が気にかかって、庭に出てみる。星が、降るようだ。ああ、もう夏が近い。蛙があちこちで鳴いている。麦が、ざわざわいっている。何回、振り仰いでみても、星がたくさん光っている。去年のこと、いや去年じゃない、もう、おとしになってしまった。私が散歩に行きたいと無理言っていると、お父さん、病気だったのに、一緒に散歩に出て下さった。いつも若かったお父さん。ドイツ語の「おまえ百まで、わしゃ九十九まで」という意味とやらの小唄を教えて下さったり、星のお話をしたり、即興の詩を作ってみせたり、ステッキついて、唾をピュッピュッ出し出し、あのパチクリをやりながら一緒に歩いて下さった、よいお父さん。黙って星を仰いでいると、お父さんのこと、はっきり思い出す。あれから、一年、二年経って、私は、だんだんいけない娘になってしまった。ひとりきりの秘密を、たくさんたくさん持つようになりました。

お部屋へ戻って、机のまえに坐って頬杖つきながら、机の上の百合の花を眺める。いいにおいがする。百合のにおいをかいでいると、こうしてひとりで退屈していても、決してきたない気持が起きない。この百合は、きのうの夕方、駅のほうまで散歩していって、そのかえりに花屋さんから一本買って来たのだけれど、それからは、この私の部屋は、まるっきり違った部屋みたいにすがすがしく、襖をするするとあけると、もう百合のにおいが、すっと感じられて、どんなに助かるかわからない。こうして、じっと見ていると、ほんとうにソロモンの栄華以上だと、実感として、肉体感覚として、首肯される。ふと、去年の夏の山形を思い出す。山に行ったとき、崖の中腹に、あんまりたくさん、百合が咲き乱れていたので驚いて、夢中になってしまった。でも、その急な崖には、とてもよじ登ってゆくことができないのが、わかっていたから、どんなに魅かれても、ただ、見ているより仕方がなかった。そのとき、ちょうど近くに居合せた見知らぬ坑夫が、黙ってどんどん崖によじ登っていって、そしてまたたく中に、いっぱい、両手で抱え切れないほど、百合の花を折って来て呉れた。そうして、少しも笑わずに、それをみんな私に持たせた。それこそ、いっぱい、いっぱいだった。どんな豪勢なステージでも、結婚式場でも、こんなにたくさんの花をもらった人はないだろう。花でめまいがするって、そのとき初めて味わった。その真白い大きい大きい花束を両腕をひろげてやっとこさ抱えると、前が全然見えなかった。親切だった、ほんとうに感心な若いまじめな坑夫は、いまどうしているかしら。花を、危ない所に行って取って来て呉れた、ただ、それだけなのだけれど、百合を見るときには、きっと坑夫を思い出す。

机の引き出しをあけて、かきまわしていたら、去年の夏の扇子が出て来た。白い紙に、元禄時代の女のひとが行儀わるく坐り崩れて、その傍に、青い酸漿が二つ書き添えられて在る。この扇子から、去年の夏が、ふうと煙みたいに立ちのぼる。山形の生活、汽車の中、浴衣、西瓜、川、蝉、風鈴。急に、これを持って汽車に乗りたくなってしまう。扇子をひらく感じって、よいもの。ぱらぱら骨がほどけていって、急にふわっと軽くなる。クルクルもてあそんでいたら、お母さん帰っていらした。御機嫌がよい。

「ああ、疲れた、疲れた」といいながら、そんなに不愉快そうな顔もしていない。ひとの用事をしてあげるのがお好きなのだから仕方がない。

「なにしろ、話がややこしくて」など言いながら着物を着換えてお風呂へはいる。

お風呂から上がって、私と二人でお茶を飲みながら、へんにニコニコ笑って、お母さん何

を言い出すかと思ったら、

「あなたは、こないだから『裸足の少女』を見たい見たいと言ってたでしょう?そんなに行きたいなら、行ってもよござんす。そのかわり、今晩は、ちょっとお母さんの肩をもんで下さい。働いて行くのなら、なおさら楽しいでしょう?」

もう私は嬉しくてたまらない。「裸足の少女」という映画も見たいとは思っていたのだが、このごろ私は遊んでばかりいたので、遠慮していたのだ。それをお母さん、ちゃんと察して、私に用事を言いつけて、私に大手をふって映画見にゆけるように、しむけて下さった。ほんとうに、うれしく、お母さんが好きで、自然に笑ってしまった。

お母さんと、こうして夜ふたりきりで暮すのも、ずいぶん久しぶりだったような気がする。お母さん、とても交際が多いのだから。お母さんだって、いろいろ世間から馬鹿にされまいと思って努めて居られるのだろう。こうして肩をもんでいると、お母さんのお疲れが、私のからだに伝わって来るほど、よくわかる。大事にしよう、と思う。先刻、今井田が来ていたときに、お母さんを、こっそり恨んだことを、恥ずかしく思う。ごめんなさい、と口の中で小さく言ってみる。私は、いつも自分のことだけを考え、思って、お母さんには、やはり、しん底から甘えて乱暴な態度をとっている。お母さんは、その都度、どんなに痛い苦しい思いをするか、そんなものは、てんで、はねつけている自分だ。お父さんがいなくなってからは、お母さんは、ほんとうにお弱くなっているのだ。私自身、くるしいの、やりきれないのと言ってお母さんに完全にぶらさがっているくせに、お母さんが少しでも私に寄りかかったりすると、いやらしく、薄汚いものを見たような気持がするのは、本当に、わがままぎる。お母さんだって、私だって、やっぱり同じ弱い女なのだ。これからは、お母さんと二人だけの生活に満足し、いつもお母さんの気持になってあげて、昔の話をしたり、お父さんの話をしたり、一日でもよい、お母さん中心の日を作れるようにしたい。そうして、立派に生き甲斐を感じたい。お母さんのことを、心では、心配したり、よい娘になろうと思うのだけれど、行動や、言葉に出る私は、わがままな子供ばっかりだ。それに、このごろの私は、子供みたいに、きれいなところさえ無い。汚れて、恥ずかしいことばかりだ。くるしみがあるの、悩んでいるの、寂しいの、悲しいのって、それはいったい、なんのことだ。はっきり言ったら、死ぬる。ちゃんと知っていながら、一ことだって、それに似た名詞ひとつ形容詞ひとつ言い出せないじゃないか。ただ、どぎまぎして、おしまいには、かっとなって、まるでなにかみたいだ。むかしの女は、奴隷とか、自己を無視している虫けらとか、人形とか、悪口言われているけれど、いまの私なんかよりは、ずっとずっと、いい意味の女らしさがあって、心の余裕もあったし、忍従を爽やかにさばいて行けるだけの叡智もあったし、純粋の自己犠牲の美しさも知っていたし、完全に無報酬の、奉仕のよろこびもわきまえていたのだ。

「ああ、いいアンマさんだ。天才ですね」

お母さんは、れいによって私をからかう。

「そうでしょう?心がこもっていますからね。でも、あたしの取柄は、アンマ上下、それだけじゃないんですよ。それだけじゃ、心細いわねえ。もっと、いいとこもあるんです」

素直に思っていることを、そのまま言ってみたら、それは私の耳にも、とっても爽やかに響いて、この二、三年、私が、こんなに、無邪気に、ものをはきはき言えたことは、なかった。自分のぶんを、はっきり知ってあきらめたときに、はじめて、平静な新しい自分が生れて来るのかも知れない、と嬉しく思った。

今夜はお母さんに、いろいろの意味でお礼もあって、アンマがすんでから、オマケとして、クオレを少し読んであげる。お母さんは、私がこんな本を読んでいるのを知ると、やっぱり安心なような顔をなさるが、先日私が、ケッセルの昼顔を読んでいたら、そっと私から本を取りあげて、表紙をちらっと見て、とても暗い顔をなさって、けれども何も言わずに黙って、そのまますぐに本をかえして下さったけれど、私もなんだか、いやになって続けて読む気がしなくなった。お母さん、昼顔を読んだことが無いはずなのに、それでも勘で、わかるらしいのだ。夜、静かな中で、ひとりで声たててクオレを読んでいると、自分の声がとても大きく間抜けてひびいて、読みながら、ときどき、くだらなくなって、お母さんに恥ずかしくなってしまう。あたりが、あんまり静かなので、ばかばかしさが目立つ。クオレは、いつ読んでも、小さい時に読んで受けた感激とちっとも変らぬ感激を受けて、自分の心も、素直に、きれいになるような気がして、やっぱりいいなと思うのであるが、どうも、声を出して読むのと、目で読むのとでは、ずいぶん感じがちがうので、驚き、閉口の形である。でも、お母さんは、エンリコのところや、ガロオンのところでは、うつむいて泣いて居られた。うちのお母さんも、エンリコのお母さんのように立派な美しいお母さんである。

お母さんは、さきにおやすみ。けさ早くからお出掛けだったゆえ、ずいぶん疲れたことと思う。お蒲団を直してあげて、お蒲団の裾のところをハタハタ叩いてあげる。お母さんは、いつでも、お床へはいるとすぐ眼をつぶる。

♪22

——私は、それから風呂場でお洗濯。このごろ、へんな癖で、十二時ちかくなってお洗濯をはじめる。昼間じゃぶじゃぶやって時間をつぶすの、惜しいような気がするのだけれど、反対かも知れない。窓からお月様が見える。しゃがんで、しゃッしゃッと洗いながら、お月様に、そっと笑いかけてみる。お月様は、知らぬ顔をしていた。ふと、この同じ瞬間、どこかの可哀想な寂しい娘が、同じようにこうしてお洗濯しながら、このお月様に、そっと笑いかけた、たしかに笑いかけた、と信じてしまって、それは、遠い田舎の山の頂上の一軒家、深夜だまって背戸でお洗濯している、くるしい娘さんが、いま、いるのだ、それから、パリイの裏町の汚いアパアトの廊下で、やはり私と同じとしの娘さんが、ひとりでこっそりお洗濯して、このお月様に笑いかけた、とちっとも疑うところなく、望遠鏡でほんとに見とどけてしまったように、色彩も鮮明にくっきり思い浮かぶのである。私たちみんなの苦しみを、ほんとに誰も知らないのだもの。いまに大人になってしまえば、私たちの苦しさ侘びしさは、可笑しなものだった、となんでもなく追憶できるようになるかも知れないのだけれど、けれども、その大人になりきるまでの、この長い厭な期間を、どうして暮していったらいいのだろう。誰も教えて呉れないのだ。ほって置くよりしようのない、ハシカみたいな病気なのかしら。でも、ハシカで死ぬ人もあるし、ハシカで目のつぶれる人だってあるのだ。放って置くのは、いけないことだ。私たち、こんなに毎日、鬱々したり、かっとなったり、そのうちには、踏みはずし、うんと堕落して取りかえしのつかないからだになってしまって一生をめちゃめちゃに送る人だってあるのだ。また、ひと思いに自殺してしまう人だってあるのだ。そうなってしまってから、世の中のひとたちが、ああ、もう少し生きていたらわかることなのに、もう少し大人になったら、自然とわかって来ることなのにと、どんなに口惜しがったって、その当人にしてみれば、苦しくて苦しくて、それでも、やっとそこまで堪えて、何か世の中から聞こう聞こうと懸命に耳をすましていても、やっぱり、何かあたりさわりのない教訓を繰り返して、まあ、まあと、なだめるばかりで、私たち、いつまでも、恥ずかしいスッポカシをくっているのだ。私たちは、決して刹那主義ではないけれども、あんまり遠くの山を指さして、あそこまで行けば見はらしがいい、と、それは、きっとその通りで、みじんも嘘のないことは、わかっているのだけれど、現在こんな烈しい腹痛を起しているのに、その腹痛に対しては、見て見ぬふりをして、ただ、さあさあ、もう少しのがまんだ、あの山の山頂まで行けば、しめたものだ、とただ、そのことばかり教えている。きっと、誰かが間違っている。わるいのは、あなただ。

お洗濯をすまして、お風呂場のお掃除をして、それから、こっそりお部屋の襖をあけると、百合のにおい。すっとした。心の底まで透明になってしまって、崇高なニヒル、とでもいったような工合いになった。しずかに寝巻に着換えていたら、いままですやすや眠ってるとばかり思っていたお母さん、目をつぶったまま突然言い出したので、びくっとした。お母さん、ときどきこんなことをして、私をおどろかす。

「夏の靴がほしいと言っていたから、きょう渋谷へ行ったついでに見て来たよ。靴も、高くなったねえ」

「いいの、そんなに欲しくなくなったの」

「でも、なければ、困るでしょう」

「うん」

明日もまた、同じ日が来るのだろう。幸福は一生、来ないのだ。それは、わかっている。けれども、きっと来る、あすは来る、と信じて寝るのがいいのでしょう。わざと、どさんと大きい音たてて蒲団にたおれる。ああ、いい気持だ。蒲団が冷いので、背中がほどよくひんやりして、ついうっとりなる。幸福は一夜おくれて来る。ぼんやり、そんな言葉を思い出す。幸福を待って待って、とうとう堪え切れずに家を飛び出してしまって、そのあくる日に、素晴らしい幸福の知らせが、捨てた家を訪れたが、もうおそかった。幸福は一夜おくれて来る。幸福は、——

お庭をカアの歩く足音がする。パタパタパタパタ、カアの足音には、特徴がある。右の前足が少し短く、それに前足はO型でガニだから、足音にも寂しい癖があるのだ。よくこんな真夜中に、お庭を歩きまわっているけれど、何をしているのかしら。カアは、可哀想。けさは、意地悪してやったけれど、あすは、かわいがってあげます。

私は悲しい癖で、顔を両手でぴったり覆っていなければ、眠れない。顔を覆って、じっとしている。

眠りに落ちるときの気持って、へんなものだ。鮒か、うなぎか、ぐいぐい釣糸をひっぱるように、なんだか重い、鉛みたいな力が、糸でもって私の頭を、ぐっとひいて、私がとろとろ眠りかけると、また、ちょっと糸をゆるめる。すると、私は、はっと気を取り直す。また、ぐっと引く。とろとろ眠る。また、ちょっと糸を放す。そんなことを三度か、四度くりかえして、それから、はじめて、ぐうっと大きく引いて、こんどは朝まで。

おやすみなさい。私は、王子さまのいないシンデレラ姫。あたし、東京の、どこにいるか、ごぞんじですか?もう、ふたたびお目にかかりません。

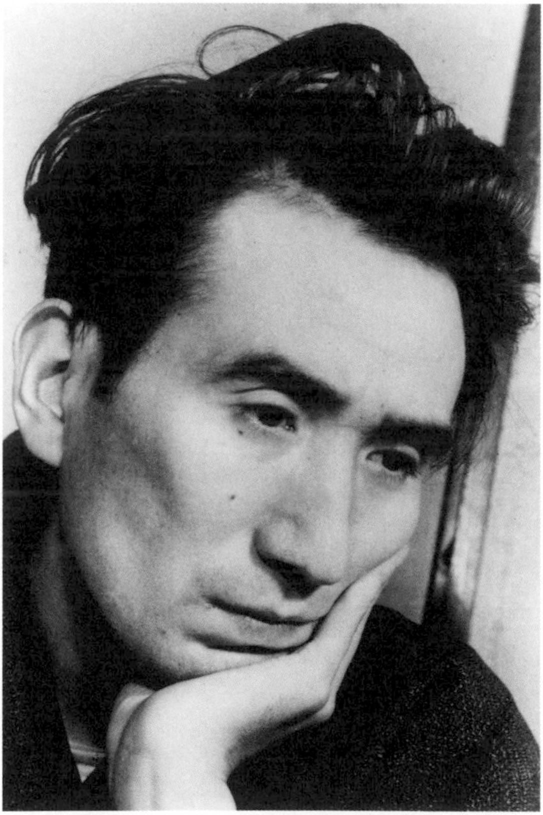

1909

0

■本名為津島修治。六月十九日出生於青森縣北津輕郡金木村。津島家是當地首屈一指的大地主、大富豪。父親津島源右衛門曾任眾議院議員，後被選為貴族院議員，算是貴族階級，同時經營銀行與鐵路。母親夕子體弱多病，所以自小他是在叔母及保母照顧下長大。家中本有六男，二位兄長夭折，只剩文治、英治、圭治三個哥哥以及四個姊姊，家中兄弟排行第六，三年後弟禮治出生。

1916	7	■進入金木第一尋常小學。成績傑出。
1922	13	■小學第一名畢業，為增強學業能力，前往近兩公里遠的組合立明治高等小學就讀一年。
1923	14	■三月，父親源右衛門去世，享年五十二歲。 ■四月，進入青森縣立青森中學，寄宿於該市寺町的遠親豐田家。
1925	16	■三月，於《校友會誌》發表《最後的太閤》一作。和同學年的友人發表小說、戲曲、散文於同人誌上。開始熱衷於芥川龍之介、菊地寬的文學作品之中，開始嚮往作家一職。 ■八月，與同學年的友人創立同人雜誌《星座》，發表了戲曲《虛勢》一作，但隨後便停刊。 ■十一月，與文學同好創立同人雜誌《海市蜃樓》，發表了《犧牲》、《地圖》等作品，雜誌持續到十二號後，因準備升學而停刊。
1927	18	■四月，進入弘前高等學校文科甲類（英語），寄宿於遠親藤田家。 ■七月，芥川龍之介自殺，對太宰治造成很大的衝擊。不久後認識藝妓紅子（小山初代）。
1928	19	■五月，創立同人雜誌《細胞文藝》，以辻島眾二為筆名發表《無間奈落》。

1929	20	■思想上漸受馬克思主義的影響，開始對自己的出身感到苦惱而有服安眠藥自殺的意圖。
1930	21	■三月，畢業於弘前高等學校，並於四月進入東京帝國大學法文科。 ■五月，與井伏鱒二會面，奉為終身之師。 ■六月，三兄圭治去世。 ■十一月，在銀座的酒吧結識女服務生田部，兩人相約在鎌倉郡腰越町海岸殉情未遂，由於田部身亡，因此以協助自殺之罪嫌遭起訴，此事是他終身難忘的罪惡意識，心境凝聚在《小丑之花》中。 ■十二月，與小山初代私訂終身。
1931	22	■二月，與小山初代同居於東京，號朱麟堂，沈迷於俳句之中，漸漸沒去上大學。
1932	23	■因為參與左翼非法運動，而不斷搬家。但於七月時，對左翼非法運動感到絕望，後來向青森警察署自首，正式放棄非法運動，傾心於寫作之中。
1933	24	■二月，開始以太宰治為筆名，發表《列車》一作。 ■七月，結識伊馬鵜平（春部）、中村地平、小山祐士、檀一雄等人。

1934　25

■十二月，與津村信夫、中原中也、山岸外史、今官一、伊馬鵜平、木山捷平等人共同成立同人雜誌《青花》，發表〈浪漫主義〉一作，但隨後便停刊。

1935　26

■二月，於《文藝》發表〈逆行〉。

■三月，參加東京都新聞社的求職測驗，落選後企圖於鎌倉上吊自殺。

■四月，罹患盲腸炎，併發腹膜炎，於此時開始陷入藥物成癮之苦。

■五月，加入「日本浪漫派」，發表〈小丑之花〉。

■八月，以〈逆行〉一作，入圍第一屆芥川獎，並開始和田中英光通信。

■九月，因未繳學費而遭帝大退學。

■十月，於《文藝春秋》發表〈通俗之物〉。又因看了川端康成於同誌九月號發表的芥川賞評選一文後，一怒之下於同誌的〈文藝通信〉單元上發表意見，以示反駁。

1936　27

■二月，為治療藥物成癮，進入芝濟生會醫院接受治療，只住院了一個月，尚未痊癒就出院了。

■四月，於《文藝雜誌》發表〈陰火〉。

■五月，於《若草》發表《關於雌性》。

■六月，出版首本創作集《晚年》。

■八月，落選期待已久的第三屆芥川賞，心情大受打擊。

■十月，接受井伏鱒二的建議，進入江古田武藏野醫院治病，一個月後痊癒而出院。於同月發表《狂言之神》、《喝采》。

1937　28

■一月，於《改造》發表《二十世紀旗手》，並於同年七月出版同名短篇集。

■三月，發現住院期間，小山初代與小館善四郎有染，在絕望之下與初代至水上溫泉，企圖吃安眠藥自殺未果。回東京後與初代離別。

■四月，於《新潮》發表《HUMAN LOST》。

■六月，出版《虛構的徬徨》、《通俗之物》。

■十月，於《若草》發表《燈籠》。

1938　29

■九月，於《文筆》發表《滿願》。

■十月，於《新潮》發表《姥捨》。

1939　30

■一月，在井伏鱒二夫妻撮合下，與石原美知子舉行結婚典禮，於甲府市御崎町定居。

■二月，於《文體》發表《富嶽百景》。

■三月，於《國民新聞》發表《黃金風景》，獲選短篇小說大賞，贏得五十圓獎金。

■四月，於《文學界》發表《女生徒》，並於同年七月出版同名短篇集。

■六月，於《若草》發表《葉櫻與魔笛》。

■八月，於《新潮》發表《八十八夜》。

■九月，移居東京府下三鷹村（現東京都三鷹市）。

■十月，於《文學者》發表《畜犬談》。

■十一月，於《文學界》發表《皮膚與心》。

1940 31

■奠定了新進作家的地位，發表的作品也愈來愈多。於一月，開始連載《女人的決鬥》、《俗天使》、《鷗》等作品。

■二月，於《中央公論》發表《越級控訴》。

■三月，於《婦人畫報》發表《老海德堡》

■四月，出版短篇集《皮膚與心》。於《文藝》發表《追憶善藏》。

■五月，於《新潮》發表《跑吧！梅洛斯》。

■六月，出版短篇集《回憶》、《女人的決鬥》。於《知性》發表《古典風》。

■七月，於《新風》發表《盲人獨笑》；於《若草》發表《乞食學生》。

■十一月，於《新潮》發表《蟋蟀》。

■十二月，於《婦人畫報》發表《小說燈籠》。以短篇集《女生徒》獲選北村透谷紀念文學賞。

■因前半年所發表的《越級控訴》與《跑吧！梅樂斯》被譽為名作，受邀演講的機會增多，曾於東京商大以《近代之病》為題發表演說，亦於新瀉高校演說。

1941　32

- 一月，發表《東京八景》、《佐渡》、《清貧譚》等作品。
- 二月，開始執筆長篇小說《新哈姆雷特》，並於五月完成，七月發表。
- 五月，出版短篇集《東京八景》。
- 六月，長女園子誕生。於《改造》發表《千代女》，並於同年八月出版同名短篇集。
- 八月，探訪十年未歸的故鄉金木町。
- 九月，太田靜子與友人初次造訪太宰治的住處。
- 十一月，於《文學界》發表《風的來訊》。收到徵兵單，但因肺部患有疾病而免役。
- 十二月，於《知性》發表《誰》。出版《越級控訴》限定版。十八日，太平洋戰爭開打，執筆《十二月八日》。

1942　33

- 一月，於《婦人畫報》發表《羞恥》。
- 四月，出版短篇集《風的來訊》。

- 五月，於《改造》發表《水仙》。出版短篇集《老海德堡》。
- 六月，出版《正義與微笑》、短篇集《女性》。
- 十月，發表《花火》，但全文遭到刪除。（《花火》於戰後改名為《日出之前》）
- 十月，收到母親重病的通知，與美知子和園子返回老家，十二月母親夕子去世（享年七十歲）。

1943　34

- 一月，為了亡母的法事，與妻子結伴返鄉。發表《故鄉》、《禁酒之心》。出版短篇集《富嶽百景》。
- 六月，於《八雲》發表《歸去來》。
- 九月，出版《右大臣實朝》。
- 十月，完成《雲雀之聲》一作，但有無法通過審查的疑慮，所以延後出版日期，隔年準備出版之際卻遇上空襲，全化為烏有。兩年後發表的《潘朵拉的盒子》則是以此作品為基礎創作而成。

1944　35

- 一月，於《改造》發表《佳日》，後來由東寶電影公司將《佳日》拍攝成電影。
- 三月，於《新若人》發表《散華》。

■五月，於《少女之友》發表《雪夜的故事》。為創作《津輕》一作，而探訪津輕地區，之後於同年七月完成，十一月出版。

■七月，前妻小山初代病逝（享年三十二歲）。

■八月，長男正樹誕生。出版短篇集《佳日》。

■十二月，受情報局與文學報國會之託，創作描寫魯迅留日生活的小說，開始研究魯迅。

1945

36

■二月，完成魯迅傳記《惜別》，於九月由朝日新聞社出版。

■三月，在空襲警報下執筆《御伽草紙》，並於同年六月完成，十月出版。三月底妻子回娘家甲府避難。

■四月，位於三鷹的住處遭遇空襲，房屋部分毀損，因此前往妻子的娘家避難。

■七月，妻子的娘家遭受炸彈攻擊全毀，帶著妻小返回老家津輕。

■八月，日本宣布無條件投降，第二次世界大戰落幕。

■十月，於《河北新報》發表《潘朵拉的盒子》。

1946　37

■戰後更加活躍於文壇，並參加了許多座談會。

■一月，於《新小說》發表《庭》。

■二月，於《新潮》發表《謊言》。

■三月，發表《已矣哉》、《雀》等作品。

■四月，於《文化展望》發表《十五年間》。

■五月，芥川比呂志為《新哈姆雷特》於思想座上演的許可登門造訪。

■六月，發表戲曲《冬季的花火》，原於十二月時要在東劇上演，但遭麥克阿瑟禁演。出版《番朵拉的盒子》。長男正樹罹患急性肺炎，經歷了生死交關。

■七月，祖母去世（享年九十歲）。

■九月，發表戲曲《春天的枯葉》。

■十一月，於《東北文學》發表《訪客》。

■十二月，發表《男女同權》、《摯友交歡》。出版短篇集《薄明》。

1947 38

■一月，於《群像》發表《鏗鏗鏘鏘》。

■二月，前往神奈川縣拜訪太田靜子，滯留了一周左右，借走靜子的日記後，前往田中英光的避難地伊豆三津濱，開始執筆《斜陽》。

■三月，次女里子誕生。結識二十八歲的山崎富榮。發表《母親》、《維榮之妻》。

■四月，於《人間》發表《父親》。

■五月，於《日本小說》發表《女神》。

■六月，完成長篇小說《斜陽》，並於同年十二月出版。

■七月，出版作品集《冬季的花火》。

■八月，出版短篇集《維榮之妻》。

■十月，於《改造》發表《阿三》。

■十一月，與太田靜子生下一女，取名為治子。於《小說新潮》發表隨筆《論我半生》。

1948

39

■一月，發表《犯人》、《招待夫人》等作品。

■三月，發表《眉山》、《美男子與菸草》、《如是我聞》。開始執筆《人間失格》，此時隨著肺結核惡化，身體極度虛弱甚至開始失眠，時常吐血。

■四月，於《群像》發表《候鳥》。

■五月，於《世界》發表《櫻桃》。

■六月十三日深夜，留下遺作《Goodbye》的草稿，以及數封遺書後，與山崎富榮一齊在玉川上水投河自盡。於十九日，生日當天發現遺體。二十一日在豐島與志雄、井伏鱒二主持下於自宅舉行告別式，葬於三鷹町禪林寺。

■七月，發表《Goodbye》，出版《人間失格》、短篇集《櫻桃》。

■八月，於《中央公論》發表《家庭的幸福》。

■十一月，出版散文集《如是我聞》。

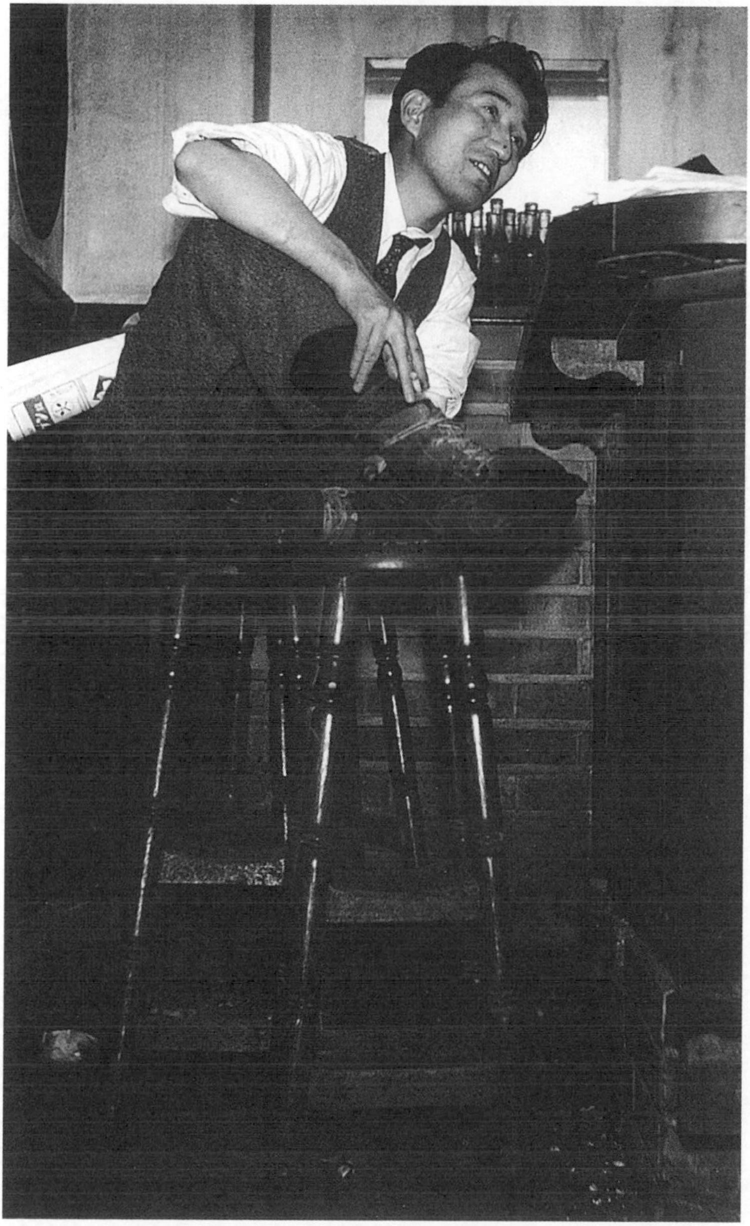

女生徒 / 太宰治著；李桂芳譯. -- 二版. --
臺北市：笛藤, 2020.04
面；　公分. -- (日本經典文學)
ISBN 978-957-710-770-1(平裝附光碟片)

861.57　　108016771

附《女生徒》
情境配樂
中日朗讀MP3
&
紀念藏書票

女生徒

じょせいと

2020年4月24日　二版第1刷　定價340元

著　者　太宰治
譯　者　李桂芳
總編輯　賴巧凌
編　輯　黎虹君．陳亭安
編輯協力　何雅臻
封面設計　王舒玗
內頁設計　王舒玗
發行所　笛藤出版圖書有限公司
發行人　林建仲
地　址　台北市中山區長安東路二段171號3樓3室
電　話　(02)2777-3682
傳　真　(02)2777-3672
總經銷　聯合發行股份有限公司
地　址　新北市新店區寶橋路235巷6弄6號2樓
電　話　(02)2917-8022．(02)2917-8042
製版廠　造極彩色印刷製版股份有限公司
地　址　新北市中和區中山路2段340巷36號
電　話　(02)2240-0333．(02)2248-3904
印刷廠　皇甫彩藝印刷股份有限公司
地　址　新北市中和區中正路988巷10號
電　話　(02) 3234-5871
郵撥帳戶　八方出版股份有限公司
郵撥帳號　19809050